아들아,
책 쫌 읽어라

아들아,
책 쫌 읽어라

김청수 지음

스토리하우스

서문

이제는 나이가 들어 책의 중반을 넘기면 시력이 떨어져서 글자가 두세 개로 보인다. 그럴 때면 밖에 나가 잠시 산책을 하거나, 눈을 찬물로 씻고 난 후에 다시 책을 집어 든다. 나이가 들면 불편해지는 게 한두 가지가 아니다. 그럼에도 책을 놓지 못하는 이유는 책이 주는 재미 때문이다. 이야기가 너무 흥미로워서, 범인이 누구인지 궁금해져서, 주인공의 운명이 어떻게 될지 마지막 장을 읽지 않고는 잠을 청할 수가 없어서, 때로는 허영심을 충족시키기 위해서, 심지어는 문장 한 줄 때문에 밤을 새워 책을 읽거나 끼니를 거르게 된다.

몇 년 전, 북경에서 중학교를 다니던 아들이 아빠 온다고 한 달 동안 뎬둥(電動, 배터리로 움직이는 오토바이)을 열심히 연습했던 적이 있었다. 북경에 도착한 그날 밤, 나는 아들이 운전하는 뎬둥 뒷좌석에서 타이타닉처럼 양팔을 벌린 채 밤거리를 쏘다녔다. 너무 기분이 좋아서 십 대들처럼 고함도 지르고 담배도 피워 물었었다. 아들은 마냥 좋아 웃기만 했다. 지금 아들은 나보다 키가 큰 대학생이 되었다. 어느 날 문득, 내가 죽으면 아들에게 무엇을 남길까 하는 생각이 들었다. 재산도 없고, 존경받을 만한 업적도 없고, 물려줄 긍지 한 조각도 없는 스스로를 돌아보며 제대로 살아오지 못했던 지난날의 모든 순간이 후회스러웠다. 언젠가 식당에서 아빠가 미리 하는 유언이라고 하면서 책, 여행, 친구 세 가지를 놓치지 말고 살아가라는 말을 한 적이 있다. 그러니까 이 책은 미리 하는 유언의 첫 번째 약속인 셈이다.

막상 책을 쓰고 보니 내가 느낀 감상들이 싸구려처럼 느껴지기도 한다. 문학에 대해 내가 뭘 알겠는가? 유명 인사가 쓴 독서 일기라면 팔리기라도 하겠지만, 이 책은 늦은 밤 커피숍에 앉아 아들은 공부를 하고 나는 옆에서 책을 읽다가 그 책에 대해 잠깐 들려주는 아주 작은 이야기에 불과하다. 아들이 몇 권의 책이라도 읽으면서 나를 추억해 주면 좋겠다. 우리는 형제처럼 격이 없었고 친구처럼 즐거워했으니까 그 순간들을 기억하면서 미소 지어주기를 희망한다. 책을 읽고, 밑줄 치면서 읽고, 끝까지 읽고, 재미있으면 원서를 구해서 한 번 더 읽으라는 말을 덧붙이고 싶다. 순전히 나만의 취향에 따라 책을 골랐고 작가의 출생년도에 따라 목차를 만들었다.

> "그게 사는 길이지. 꿈을 추구하고, 다시 꿈을 추구하고,
> 그런 식으로 영원히, 끝까지."

『로드 짐Lord Jim』에 나오는 구절이다. 무일푼이더라도 거센 파도를 두려워하지 말고 꿈을 추구하면서 자신의 진짜 삶을 묵묵히 걸어가라는 말을 아들에게 해주고 싶다. 세상에 내세울 만한 거 하나 없어도 묵묵히 제 갈 길을 가다 보면 어느새 운명이 정한 목적지에 도달해 있을 거라고 말이다. 그 길에 변함없는 친구가 있다면 그게 바로 책이라는 것을 알아주면 더 바랄 게 없겠다.

이 초라한 책을 북경에 있는 사랑하는 아들 김정인에게 바친다.

2017년 10월

너에게 들려주고 싶은 이야기들

What was it we expected and hoped from ourselves?
That we were boundless, or quite different than we are?

– Pascal Mercier

우리가 우리에게서 바라고 기대했던 것은 무엇이었나?
우리가 한계가 없다는 것?
아니면 우리가 사실은 아주 다른 사람이었다는 것?

– 파스칼 메르시어

단테 알리기에리
(Dante Alighieri, 1265~1321)

제 1권

단테 알리기에리

신곡

미리보기 ───────────────────○

"아, 눈먼 탐욕이여! 어리석은 분노여!
 짧은 인생 동안 그렇게 우리 뒤를 쫓아다니더니
영원한 삶에서는 이런 고통 속으로 몰아넣는구나!"

"나의 지성과 기술로 널 여기까지 데려왔으나,
 여기부터는 너의 기쁨이 너의 길잡이가 될 것이다.

이젠 내 말이나 눈짓을 기다리지 마라!
너의 의지는 곧고 빠르고 자유로우니
그 뜻대로 해야 할 것이다."

[❝]아들아

"우리 인생길 반 고비에
올바른 길을 잃고서 난
어두운 숲에 처했었네."

"우리 인생길 반 고비에 올바른 길을 잃고서 난 어두운 숲에 처했었네."라는 구절로 시작하는 단테의 『신곡』은 지난 천 년 동안의 문학작품 가운데 가장 위대한 작품으로 손꼽히고 있어. 네가 살아가면서 책에서든, 영화에서든, 사람을 만나든 적어도 수십 번은 듣게 될 이름이 바로 단테야. 『신곡』은 각각 지옥 편, 연옥 편, 천국 편으로 이루어져 있는데 당시에도 따로 출판이 되었다고 해. 여기서 당시라 함은 1300년대 초반을 일컬어. 단테는 1265년 이탈리아 피렌체에서 태어난 사람이야. 1302년에 정치적인 이유로 추방을 당한 후 죽을 때까지 거의 20년을 떠돌며 고향인 피렌체로 돌아가지 못했지. 이 책은 의무감으로라도 읽어보기 바란다. 위대함을 만나는 건 늘 고통이 뒤따르는 법이야. 그렇다고 모든 행의 의미를 물고 늘어져서 단테 연구자의 마음으로 책을 읽으라는 뜻은 아니니까 너무 걱정하지 마. 700년 전에 살았던 한 시인이 세상을 떠돌며 14,233행에 이르는 시를 써 내려가는 모습을 한 번 떠올려봐. 전율이 느껴지지 않아?

그럼 넌서 베르길리우스(Vergilius)를 따라 지옥으로 떠나보자. 베르길리우스는 또 누구냐고? 이 책에서 단테의 길잡이가 되어 지옥과 연옥을 안내하는 여행가이드야. 원래는 뭐하는 사람이었냐고? 기원전 로마에서 활동했던 최고의 시인이었지. "여기 들어오

는 너희는 모든 희망을 버려라.”로 시작하는 지옥 편은 한마디로
판타지 블록버스터야. 거대한 파리와 벌 떼, 영겁의 비, 불타는 비,
세 개의 아가리를 가진 케르베로스(Cerberus), 시뻘겋게 부글부글
끓는 강, 금빛 망토... 열거하려면 끝이 없다. 19곡에 나오는 유명한
구절을 인용해 볼게. 상상할 수 있는 모든 끔찍한 장면들, 공포영화
에서 무수히 만나보았던 잔혹한 이미지들이 어디에서 나왔을까?
아빠는 단테라고 생각해.

> “구멍마다 죄인의 발과 정강이, 넓적다리가
> 거꾸로 솟아 있었고 몸과 얼굴은
> 구멍 안쪽에 거꾸로 박혀 있었다.
>
> 그들의 양 발바닥에는 불이 붙어
> 오금이 어찌나 세차게 떨렸는지,
> 밧줄이나 사슬도 끊어낼 수 있을 정도였다.”

　단테가 다음으로 방문하게 되는 곳은 연옥이야. 지옥은 뭐고 연
옥은 뭘까? 정말 궁금하지? 큰 죄를 짓고 말할 수 없는 고통에 영원
히 괴로워해야 하는 곳이 지옥이라면, 연옥은 ‘인간 영혼이 정화되
고 천국에 오를 준비를 하는 곳’이야. 그러니까 비교적 작은 죄를
지은 사람이 이 연옥에서 죗값을 치르게 되면 천국으로 올라가게
되는 거지. 벌을 받긴 하지만 구원에 이르게 되는 중간 단계라고 하
면 되려나? 단테는 이 연옥에서 조국 이탈리아에 대해 탄식을 하기
도 하고(비천하고 고통스러운 곳, 부패와 싸움으로 얼룩진 곳으로
묘사해) 인간 세상의 일곱 가지 죄를(오만, 시기, 분노, 태만, 탐욕,
탐식, 애욕) 비통함과 연민의 눈길로 바라보기도 해. 겸손하지 못

한 것도, 게으른 것도, 넘치는 욕심도, 먹는 걸 무지 밝혀도 죄가 되는 셈이지. 먹는 걸 밝히다가 '배고픔으로 허공만 씹어대는' 벌을 받는 사람도 나와. 식탐을 버려야 해, 정말 큰일이다!

"크라수스여, 말해 다오! 황금이 무슨 맛이었느냐?"

크라수스(Crassus)는 고대 로마의 정치가였고 아주 탐욕스러운 인물이었어. 이 구절이 무슨 의미인지는 책 뒤에 붙어있는 각주를 찾아 읽어봐. 친절한 각주를 찾아서 하나하나 읽어 보는 것도 무척 즐거울 거야. 뭐 하나 놓치는 법이 없어야 해, 알겠지?

베르길리우스와 헤어진 단테는 마침내 천국으로 올라가게 되는데 이때 그 유명한 단테의 연인 베아트리체(Beatrice)가 하늘의 길잡이로 등장해. 단테가 평생을 그리워했던 베아트리체는 천국 편에서 지성과 지혜, 아름다움을 두루 갖춘 이상적인 여성으로 그려지고 있어. 단테는 아홉 살 나이에 처음 본 소녀에게, 그것도 살면서 겨우 두 번 마주쳤던 베아트리체를 평생 동안 그리워하게 돼. 그 절절한 그리움과 사랑을 위대한 예술작품으로 승화시킨 거지. 문학사에 길이 남을 러브스토리야.

"그래도 거짓으로 위안하지 말고,
너의 글로 네가 본 모든 것을 드러나게 하고
가려워하는 사람들이 시원하게 긁도록 해 주어라."

이런 각오와 결의가 있었기 때문에 『신곡』은 그가 살았던 시대뿐만 아니라, 지금에 이르기까지 그 누구도 도달하지 못했던 경지에 오르게 된 게 아닐까? 책의 내용과 두께에 기죽지 말고 모르는 인물이나 이야기가 나오면 책 뒤의 각주를 찾아보면서 그냥 소리 내어 읽어봐. 지옥과 천국의 풍경이 네 앞에 펼쳐질 거야. 그 풍경을 따라가다 보면 유한한 삶과 영원불멸의 시(詩)에 대한, 죄와 양심과 신성함에 대한 단테의 사상을 너도 모르게 조금씩 알아가게 될 테니까. 박상진이라는 교수님이 번역한『신곡』한글판에는 윌리엄 블레이크(William Blake)가 그린 그림들이 많이 들어가 있어. 1757년에 태어난 이 위대한 시인이자 화가는 당시만 하더라도 미치광이 취급을 받으며 무시당했다고 해. '핏빛 범죄의 상상력'으로 불렸다는 그의 작품을 보면 그럴 만도 했겠다 싶을 거야. 미치광이라니, 시대를 뛰어넘는 상상력을 보유한 천재들이 세상을 살아가기란 예나 지금이나 똑같이 힘든 거 같아. 연옥 편 27곡에 나오는 구절을 인용하고 다음 책으로 넘어가자. 아빠가 너에게 해 주고 싶은 말이기도 하다.

> "나의 지성과 기술로 널 여기까지 데려왔으나,
> 여기부터는 너의 기쁨이 너의 길잡이가 될 것이다.
>
> 이젠 내 말이나 눈짓을 기다리지 마라!
> 너의 의지는 곧고 빠르고 자유로우니
> 그 뜻대로 해야 할 것이다."

놓치지 말아야 할 것

한때 단테라는 이름이 들어간 추리소설들이 마구 쏟아졌던 때가 있었어. 제목만 봐서는 절대 손이 가지 않을 책이었는데 책에 나오는 몇 개의 문장을 읽고는 말 그대로 홀딱 반해버린 책이 있어. 내 독서 취향이 이상한가? 아니면 이 작가의 글이 숨겨진 걸작인가? 뉴욕과 과거를 오가는 특이한 형식의 책,『단테의 손In the Hand of Dante』을 읽어봐.

> "말 없는 사랑으로 쓴 것을 읽는 법을 배우는 것, 미풍의 힘에 몸을 낮추어 굴복하는 것. 이러한 것들을 포용하는 것이 삶이고, 그 침묵과 그 힘이 글을 쓰기 시작하기 전까지는 우리가 쓸 수 있는 게 아무것도 없다는 것을 깨닫는 것이다."

우리를 지배하는 관념과 가치가 영원성에 비추어 보면 얼마나 웃기고 하찮은 것이겠어? 대학에 들어가고 직장에 다니고 그렇게 하루하루를 보내고 나면 너에게 남는 건 무엇일까? 이 모든 걸 다 해내더라도 결국 손에 남는 건 '인생이 왜 이렇지?'라는 회의와 불안이 아닐까? 아빠가 너의 미래를 너무 암울하게 그리고 있나? 아니면 이 말은 변함없는 진실일까?

> "호메로스가 대중들로부터 존경받던 세상은 이제 없다. 다만, <오프라 윈프리 쇼>의 '북 클럽'이 있을 뿐이다. 오류를 범하면서도 절대 의심하지 않는 얼간이들은 자신들이 대중의 소비를 예측하고 조작할 수 있다는 오만한 환상을 절대 저버리지 않았다."

"세월은 유수와 같다고 하지만, 흐르는 물처럼 속절없이 흘러가
는 것은 시간이 아니라 호흡이다. 시간은 우리 인간이 만들어낸 망상
에 불과하며, 시간이라는 헛된 망상은 맥박을 지배하고 호흡을 앗아
가 버린 불안감을 낳았다."

책을 읽다 보면 작가 닉 토시즈(Nick Tosches)의 문장들이 특히나
기억에 남아. 깊고 분명하고 박력이 넘치고 신랄하기 짝이 없지. 현
대를 살아가는 우리들의 가볍고 충동적이고 천박한 태도에 대한 작
가의 경멸은 너도 공감하는 부분이 많을 거야. 『단테의 손』은 단테에
대한 이야기이자 단테가 쓴 『신곡』에 대한 이야기이고 문학과 인생,
시간과 기억, 어리석음과 참을 수 없는 가벼움에 대한 이야기야.

세르반테스(Cervantes, 1547~1616)

세르반테스

돈키호테

미리보기

"우리에게 일고 있는 이런 폭풍우는 곧 평화로운 시간이 찾아오고 좋은 일이 일어난다는 징조이기도 하다. 좋은 일이건 나쁜 일이건 영원히 계속될 수는 없는 법이니까 말이다. 지금까지 나쁜 일만 계속 있었으니 이제부터는 좋은 일들만 일어날 것이다."

"마법사들이 내게서 행운을 빼앗아 갈 수 있을지는 몰라도, 노력과 용기를 빼앗아 가는 것은 불가능할 것이다."

"아들아 책을 구입하면 먼저 책의 서문을 꼼꼼하게 읽는 습관을 가졌으면 좋겠다. 서문에는 책에 관한 많은 것들이 담겨 있으니까 말이야. 아빠가 학교 다닐 때, 돈키호테는 산초 판사를 데리고 다니며 풍차와 결투를 벌이는 정신 나간 기사쯤으로 생각했어. 하지만 완역본을 다 읽고 나면 독창성과 기지, 엄청난 학식과 심오한 사상, 비범함, 유머와 풍자까지 세르반테스의 위대함에 놀라게 될 거야. 그리고 그를 단순히 '무모함의 대명사'라고 정의하는 것이 얼마나 가소로운 일인가를 깨닫게 되겠지. 내가 문학사나 예술사 연구자는 아니지만 지금 우리가 접하는 책과 연극, 영화의 많은 것들이 이 작품에서 비롯된 게 아닌가 하는 생각이 들어. 살아 꿈틀거리는 캐릭터들과 대사, 남녀 간의 사랑과 너무나 재미있는 이야기들이 밤을 꼴딱 새게 만드는 책이야. 책의 앞부분, 신부와 이발사가 집행하는 '책에 대한 종교재판'을 읽어봐. 시작부터 이미 게임 끝난 거야.

"우리에게 일고 있는 이런 폭풍우는 곧 평화로운 시간이 찾아오고 좋은 일이 일어난다는 징조이기도 하다. 좋은 일이건 나쁜 일이건 영원히 계속될 수는 없는 법이니까 말이다. 지금까지 나쁜 일만 계속 있었으니 이제부터는 좋은 일들만 일어날 것이다."

이렇게 말하는 돈키호테의 무한한 낙천주의를 누가 사랑하지 않을 수가 있겠어? 산초 판사의 지혜는 또 어떻고? 흔히 말하듯이 돈키호테는 이상주의자, 산초는 현실주의자 이렇게 단순히 둘로 나누는 것도 웃기는 소리야. 산초가 현실주의자라면 섬을 하사하겠다는 황당한 말을 믿고 그렇게 험난한 모험을 따라 나서지는 않앉겠지. 세르반테스는 산초를 통해서 혈통보다 더 중요한 것은 미덕이고 정의감이고 자비심이라는 것을 역설하고 있어. 계급이 높고 잘난 체하는 많은 사람들을 비웃고 야유하고 질타하는 산초를 보면 희열이 느껴질 정도야. 마침내 섬의 총독으로 부임하게 된 산초가 내리는 놀랄만한(현명하고 철학적이고 재치가 넘치는) 판결은 2권의 가장 재미있는 대목이기도 해.

낙천주의니 현실에 대한 안목이니 그런 거 다 떠나서 『돈키호테』의 최고 압권은 1권의 4부, 등장인물들이 주막에 다 모여서 벌이는 한바탕 소동극이야. 신부와 이발사, 루신다와 카르데니오, 도르테아와 돈페르난도, 소라이다와 포로, 포로와 판관, 이들 조연들이 들려주는 모험담이야말로 시대극, 멜로, 스릴러, 코미디가 절묘하게 배합되어 있는 장르의 만찬이라 불러도 손색이 없어. 영화나 연극 한 편을 보는 듯 생생하게 그려지는 주인공들의 이야기는 1605년에 출판된 책이라고는 도저히 믿기지가 않을 정도로 세련되고 거침없고 파격적이야.

세르반테스의 『돈키호테』는 당시에 엄청난 인기를 누렸고 10년 후인 1615년에 2편이 출판되었어. 특이한 건, 책의 2편을 보면 '승인서'라는 게 실려 있어. 책에 왜 승인서가 필요하냐면 당시 종교 재판소에는 검열관들이 있어서 혹시 책의 내용에 왕이나 교회를 비웃거나 비판하는 내용이 없는지 일일이 검사를 하고 승인을 해 줬기 때문이야. 물론 돈키호테와 산초는 잘난 체하는 귀족들을 비웃고 관용과 자비를 모르는 종교까지 비판하기도 해. 하지만 검열관들도 이 책의 내용이 너무 웃기고 재미있으니까 이를 눈치채지 못하고 넘어간 거지. 세르반테스가 천재였다는 것을 역설적으로 증명한다고나 할까? 세르반테스의 말처럼 "진실이라는 것은 왜소해질 수는 있으나 꺾이지는 않는 법이며, 물 위에 뜬 기름처럼 거짓말 위에 존재하기" 때문이겠지. 이런 검열이 지금도 존재한다는 게 믿어져?

자, 이제 돈키호테를 마무리해야겠다. 어떤 고난과 위험이 닥쳐도 삶으로부터 단 한 발자국도 피하거나 도망가지 않았던 우리의 돈키호테. 무모해 보이고 정신 나간 사람처럼 보이는 돈키호테가 책 속 그 누구보다 멋진 대사를 많이 날린다는 사실을 잊지 마. 그가 남긴 말을 인용하고 이 장을 마무리하도록 할게. 너도 노력과 용기를 잃지 말고 인생의 편력 기사가 되어 뚜벅뚜벅 나아가기를 진심으로 바란다. 편력 기사는 돈키호테처럼 모험을 찾아 길을 떠나는 의로운 기사를 일컫는 말이야.

"마법사들이 내게서 행운을 빼앗아 갈 수 있을지는 몰라도, 노력과 용기를 빼앗아 가는 것은 불가능할 것이다."

놓치지 말아야 할 것

스페인에 세르반테스가 있었고 영국에 셰익스피어가 있었다면 독일에는 실러(Friedrich von Schiller)가 있었어. 아빠가 이 희곡을 처음 읽었던 건 네 나이 때였어. 너무 좋아서 등장인물들의 대사를 막 외우고 다녔던 기억이 난다. 그때는 『군도(群盜)』라는 제목으로 출판이 되었는데 자유, 정의, 사랑, 서로 다른 길을 걷는 형제, 복수 등 우리가 좋아할 만한 소재들이 다 들어 있어 열광할 수밖에 없었지. 실러의 『도적떼The Robbers』도 한번 읽어봐.

형인 카를을 음해하고 집안의 재산과 권력을 독차지하려는 동생 프란츠. 두 형제는 유서 깊은 가문인 모어 백작의 자식들이야. 전혀 다른 길을 걷게 되는 두 형제, 도적떼의 우두머리 카를과 폭군 프란츠의 운명은 과연 어떻게 될까? 카를과 아말리아의 사랑은 이루어질까? 『도적떼』는 '드라마'라는 것이 어떤 건지를 제대로 보여주는 작품이야. 친구들 몇 명을 모아놓고 역할을 나눈 뒤 같이 대사를 읽어봐. 재미가 두 배로 늘어날 테니까. 실러는 20대 초반에 이 책을 출판했고(이토록 매끈하고 역동적인 데뷔작이라니!) 이듬해 국립극장에서 초연되어 대성공을 거두게 되는데 혁명적인 주제와 강렬한 드라마로 센세이션을 일으켰다고 해. 공연을 본 관객들이 실신할 정도였다고 하니 그 인기가 어땠는지 짐작이 가지? 활쏘기의 명수 『빌헬름 텔William Tell』알지? 그 작품도 실러가 쓴 거야. 평생을 인간의 자유에 대해 깊은 관심을 가지고 작품 활동을 했던 이 위대한 독일의 작가는 세상을 떠나기 3년 전인 1802년 귀족 칭호를 받아. 그래서 이름 안에 귀족을 의미하는 폰(von)이 더해진 거야. 다음은 『도적떼』에서 아빠가 가장 아꼈던 카를의 대사야.

"좋다, 그러면 이제 떠나자! 불굴의 운명이 우리를 인도할 것이니, 죽음과 위험을 두려워하지 말라. 푹신한 솜이불 속에서든 황량하고 소란스러운 싸움터에서든 들판의 교수대와 환형 차에서든, 누구나 언젠가 한 번은 죽기 마련이다! 이중의 하나가 우리의 운명이 되리라!"

알렉상드르 뒤마
(Alexandre Dumas, 1802~1870)

제 3 권

알렉상드르 뒤마

삼총사

미리보기

"하느님이라고! 하느님 좋아하시네! 하느님은 나야. 내 복수를 도와주는 사람은 누구나 하느님이야!"

"하나는 모두를 위하여, 모두는 하나를 위하여. One for All, All for One."

"아들아 뒤마는 가장 인기가 많은 프랑스 작가 중 한명이야. 책을 펼치는 순간, 몇 시간이고 그 자리에서 꼼짝도 못하게 만드는 이야기의 마법사지. 아빠는 그의 책을 읽으면서 시간이 얼마나 흘렀는지 시계를 본 적이 없을 정도야. 역사적 사실과 상상력을 완벽하게 버무려 낸 역사소설의 마스터, 뒤마의 대표작이 바로『삼총사』야. 불같은 청년 다르타냥과 아토스, 포르토스, 아라미스 삼총사가 펼치는 가슴 벅찬 활극을 읽다 보면 왜 이 책이 그렇게 자주 영화로 만들어졌는지 이유를 알게 될 거야. 훌륭한 텍스트는 이처럼 재미를 잃지 않고 시대에 맞게 각색되고 변신해서 끊임없이 우리 앞에 모습을 드러내는 법이지. 뒤마를 두고 문학성을 운운하는 사람들 말은 듣지도 마. 손에 땀을 쥐게 하는 현대적인 이야기 구조와 대사들만으로도 위대한 작가임에 틀림이 없으니까. 아빠가 '현대적'이라고 말한 이유는 책이 나온 게 1844년인데, 책의 내용은 요즘 나오는 영화보다 훨씬 더 재미있으니까 그런 말을 한 거야.

냉철하고 검술이 뛰어난 아토스를 빼면 삼총사들은 뭔가 2% 부족해. 네가 좋아하는 나사가 풀린 바보 캐릭터에 가까워. 아라미스는 사랑에 빠져 속세를 등지겠다고 하고, 포르토스는 노름 좋아하고 목소리 크고 허세는 말할 것도 없지. 이들의 대사나 행동들을 보면 영락없는 코미디 영화의 캐릭터들이야. 삼총사의 진짜 주인공은 삼총사가 아닌 다르타냥인데, 스무 살도 안 된 그는 청동 같은 몸에 하늘을 찌르는 용기로 모험을 주도하고 삼총사들을 보살피기까지 해. 순수하고 의리 있고 쾌활한 젊은이를 누군들 좋아하지 않겠어?

1권을 마치고 2권을 손에 들면 이마를 손으로 탁 하고 치게 될 거야. 눈치챘어야 했어. 뒤마의 삼총사는 뒤마 판 돈키호테라는 것을. 이건 물론 아빠만의 생각인지는 모르겠지만 책의 도입부, 뒤마가 다르타냥을 소개하면서 "로시난테 2세를 타고 등장한 돈키호테"라고 말하거든? 각기 다른 특성과 장점을 가진 4명의 돈키호테(삼총사와 다르타냥)와 4명의 시종들. 시종들도 산초 못지않게 아주 중요한 역할을 수행해. 딱 프랑스 버전의 돈키호테인 셈이지. 삼총사들이 버킹엄 공작으로부터 받은 최고의 말들을 팔아먹거나 내기에 지는 대목을 읽어봐. 32장에서 포르토스가 코크나르 부인의 집에 방문해서 사환들과 식사를 하는 대목은 어떻고? 웃겨 죽을 지경이야. 뒤마의 다른 작품들이 보여주는 비극적인 장엄함이나 긴장감은 덜할지 몰라도 이토록 유쾌하고 신나고 재미있는 기사 모험담을 놓쳐서는 안 돼.

결말을 향해 질주하는 책의 말미. 밀레디와 윈터 경, 버킹엄 공작과 펠턴이 나오는 대목은 책의 백미라고 할 수 있어. 다르타냥을 파멸시키기 위해 매복과 독살, 복수의 음모를 꾸미는 밀레디. 이 여자 캐릭터가 2권의 진짜 주인공이라고 할 수 있어. 이쯤하면 그만두겠지 생각하다가는 큰 코 다치는 수가 있어. 식을 줄 모르는 복수심, 절대 포기하지 않는 끈기, 비상한 머리, 탁월한 임기응변 능력, 완벽히 관능적인 몸매, 뛰어난 언변, 누구든 속아 넘어갈 수밖에 없는 대범한 연기력까지 밀레디는 책으로 나온 최고의 팜 파탈(femme fatale)이 아닐까 싶어. 감금당한 밀레디의 독백을 들어봐. 소름이 쫙 하고 끼칠 거야.

"하느님이라고! 하느님 좋아하시네! 하느님은 나야. 내 복수를 도와주는 사람은 누구나 하느님이야!"

쫓고 쫓기는 추격전에, 쫄깃한 위기의 순간들하며, 뒤마는 늘 그렇듯이 우리를 배신하는 법이 없어. 독자들이 무엇을 좋아하는지, 어떻게 하면 독자들이 손가락에 침을 묻혀가며 다음 장을 넘기게 되는지 누구보다 잘 알았던 작가라고 생각해.

놓치지 말아야 할 것

『몬테 크리스토 백작 The Count of Monte Cristo』은 뒤마의 책 중에서 아빠가 가장 좋아하는 작품이야. 뒤마는 단 한 번의 실수도 없이 2000페이지가 넘는 몬테 크리스토의 복수극을 완벽하게 그려 내고 있어. (1) 등장인물 누구 하나도 놓친 적이 없고 (2) 모든 행동의 이유와 필요가 다 충족되어 있고 (3) 복수의 내용과 형식도 적절하고 (4) 무엇보다 몬테 크리스토 백작의 치밀함과 균형 감각에 혀를 내두를 지경이야.

『검은 튤립The Black Tulip』이라는 작품도 재미있어. 주인공 코르넬리우스는 악당 복스텔의 음모와 덫으로부터 어떻게 빠져나올까? 코르넬리우스와 로자의 사랑은 이루어질까? 타고난 이야기꾼들은 책을 잡았다 하면 중간에 멈추게 하질 않아. 19세기 작가들은 어떻게 이런 안목과 재능을 부여받았을까? 세계적인 문호 빅토르 위고(Victor Hugo)는 뒤마가 세상을 떠나자 그에게 이런 헌사를 남기지. "알렉상드르 뒤마라는 이름은 프랑스적인 것 이상입니다. 그것은 유럽적인 것입니다. 아니 그는 유럽적인 것 이상입니다. 그의 이름은 바로 보편입니다."

찰스 디킨스(Charles Dickens, 1812~1870)

제4권

찰스 디킨스
데이비드 코퍼필드

미리보기

"유행은 꼭 인간과 같아요. 오기는 하지만, 언제, 무엇 때문에, 왜 오는지는 아무도 모르니까. 또 사라지기는 하는데, 언제 무엇 때문에, 어떻게 사라지는지 아무도 몰라요. 내가 생각하기에는, 이런 걸로 보아, 모두가 다 인생과 같아 보여요."

"이것으로 충분해요. 사소한 오해로 봄꽃을 시들게 하지 말아요. 한 번 싹이 돋았다가 시들게 되면 다시는 원상태로 되진 않으니까요."

"아들아 눈이 내리는 날엔 돌아가신 아버지 생각이 많이 난다. 넌 할아버지에 대해 기억나는 게 뭐가 있을까? 오래전에 할아버지를 싣고 응급차를 처음 탔을 때, 그날도 눈이 내렸었어. 의식이 가물가물한 할아버지 걱정보다 이렇게 빨리 달리다가 차가 미끄러지는 건 아닌지 그런 생각을 잠깐 했었지. 그렇다고 진짜 미끄러질까봐 걱정을 한 것도 아니었는데 말이야. 아무튼 그해 겨울엔 부산에도 눈이 많이 왔었어. 나이가 들어 나도 아버지가 되고 보니까 할아버지 돌아가시기 전에 '아버지 그래도 최선을 다하셨어요, 고생하셨어요.' 그 말 한마디 못 건넨 게 죽도록 아쉬워. 병실에 있으면서 하루에 몇 번이고 그 말을 했지만 할아버지는 이미 말을 알아듣지 못하셨지. 할아버지가 마지막을 보냈던 병실, 그 겨울을 잊을 수가 없구나. 눈 내리는 밤이 오면 늘 이 책을 꺼내 읽어. 디킨스의 『데이비드 코퍼필드』는 아빠의 유일한 위로였으니까.

> "유행은 꼭 인간과 같아요. 오기는 하지만, 언제, 무엇 때문에, 왜 오는지는 아무도 모르니까. 또 사라지기는 하는데, 언제 무엇 때문에, 어떻게 사라지는지 아무도 몰라요. 내가 생각하기에는, 이런 걸로 보아, 모두가 다 인생과 같아 보여요."

이 책은 너도 기억할 거야. 방학 때마다 읽어보라고 끈질기게 이야기를 했건만 넌 아직도 데이비드가 세상에 태어난 1장 22페이지에 머물러 있지. 어린 나이에 세상의 고통과 불행을 다 겪게 되는 주인공 데이비드. "만약 그가 스무 번씩 물으면서, 물을 때마다 나를 구타하여, 나의 조그마한 가슴이 찢어진다 해도 나는 바른대로 대답하지 않았을 것이다." 하지만 우리의 데이비드는 온갖 학대와 굶주림, 역경 속에서도 대고모의 가르침을 지키기 위해 최선을 다하지. 비겁해서는 안 된다, 거짓말을 해서도, 잔인한 행동을 해서도 안 된다. 데이비드의 가혹한 시련은 언제쯤 끝이 날까? 아그네스와의 순수한 사랑은 어떻게 결론이 날까? 가슴 졸이며 읽다보면 벌써 책이 끝났나 싶을 만큼 아쉬움이 남는 그런 책이야. 아직도 데이비드가 고생한 걸 생각하면 가슴이 짠할 정도야.

"사태는 절망적이었다. 여기서 헤어날 생각을 포기하고 운명에 맡기기로 했다."

다양하고 생동감 넘치는 등장인물들, 주인공에게 동화되게 만들어 그의 미래가 곧 나의 미래인 것 같은 착각을 불러일으키는 이야기 솜씨, 당시 사회상에 대한 세밀한 묘사와 유머 감각, 경험에서 우러나오는 지혜로운 문장들까지 디킨스는 최고 중의 최고였고 천재 중의 천재였지.『위대한 유산Great Expectations』는 말할 것도 없고『두 도시 이야기A Tale of Two Cities』도 끝내주게 재미있어.

"이것으로 충분해요. 사소한 오해로 봄꽃을 시들게 하지 말아요. 한번 싹이 돋았다가 시들게 되면 다시는 원상태로 되진 않으니까요."

놓치지 말아야 할 것

디킨스는 극장에서 자기 작품을 낭독한 최초의 영국 소설가였어. 디킨스가 극장에서 낭독을 할 때면 늘 구름 같은 인파들이 모여들었다고 해. 그 시절에는 극장에 사람들이 모여서 디킨스가 들려주는 이야기를 듣곤 했는데 책 낭독하는 걸 들으려고 돈 내고 극장을 가다니 이해가 안 되지? 디킨스는 북 콘서트를 열었다 하면 매진이 되는 최고의 인기 작가였어. 매튜 펄(Matthew Pearl)의『디킨스의 최후The Last Dickens』라는 책을 보면 미국의 독자들조차 디킨스의 작품을 얼마나 목이 빠져라 기다렸는지, 낭독을 하던 극장의 분위기가 어땠는지 생생하게 묘사되어 있어. "입장권 판매가 시작되는 날이 밝았을 무렵, 2킬로미터가 넘는 행렬이 트레몬트 가를 에워쌌다. 그중에는 아예 안락의자를 들고 와서 눈을 붙이는 사람도 있었다." 네가 낭독을 하며 디킨스의 책을 읽는다면 아빠가 기꺼이 관객이 되어 줄게. 필요하다면 입장료도 낼게.

허먼 멜빌(Herman Melville, 1819~1891)

허먼 멜빌

모비 딕

"Call me Ishmael. 내 이름을 이슈메일이라고 해두자."

"내 몸뚱이는 더 나은 내 존재의 찌꺼기일 뿐인지도 몰라. 원하는 사람은 내 몸뚱이를 가져가도 좋다. 맘대로 가져가. 이건 내가 아니니까. 그러니, 낸터컷을 위해 만세 삼창! 구멍 뚫린 보트, 구멍 뚫린 몸뚱이는 언제든지 올 테면 와라. 하지만 제우스라 할지라도 내 영혼에 구멍을 뚫을 수는 없으리라."

❝아들아

"Call me Ishmael. 내 이름을 이슈메일이라고 해두자."

『모비 딕』의 첫 문장이야. 이슈메일이 물보라 여인숙에 묵고, '야만인' 퀴퀘그와 친구가 되고, 피쿼드 호에 승선하게 되고, 에이해브 선장을 바라볼 때 아빠 역시 긴장과 설렘으로 심장이 두근거렸었지.

"내 몸뚱이는 더 나은 내 존재의 찌꺼기일 뿐인지도 몰라. 원하는 사람은 내 몸뚱이를 가져가도 좋다. 맘대로 가져가. 이건 내가 아니니까. 그러니, 낸터컷을 위해 만세 삼창! 구멍 뚫린 보트, 구멍 뚫린 몸뚱이는 언제든지 올 테면 와라. 하지만 제우스라 할지라도 내 영혼에 구멍을 뚫을 수는 없으리라."

기가 막히지 않니? 영문학이 도달할 수 있는 최고의 작품이라고 감히 말하고 싶어. '74장 향유고래의 머리-비교연구' 부분을 읽으면서 자신의 경험과 지식과 상상력을(이것들은 한 인간의 모든 것이라 불러도 무방하겠지) 책 한 권에 쏟아 붓고 있는 한 인간의 모습을 그려봐. 그가 어떤 마음으로 책을 써 내려갔는지는 상상조차 할 수 없어. "웅대한 책을 낳으려면 웅대한 주제를 선택해야 한다."고 믿었던 허먼 멜빌. 거친 바다와 거대한 고래와 인간 세상에 대한 폭풍과도 같은 작품『모비 딕』은 1851년에 출간되었고 그때 멜빌의 나이는 겨우 31세였어.

"나는 도가니를 구해서 그 안에 들어가 녹아버리고 싶다. 그래서 작고 간결한 하나의 등뼈가 되고 싶다. 그러고 싶다."

에이해브의 이 독백은 작가의 독백이지 않을까? 모비 딕을 쫓는 에이해브처럼 이 책을 집필하는 동안 '운명의 손이 그의 영혼을 움켜잡고' 놓아주지 않았을 거라는 생각을 했어. 그렇게 보면 에이해브가 멜빌이고, 멜빌이 곧 모비 딕이고, 모비 딕이 에이해브인 거 같아.

아빠가 초등학교 다닐 때 친구 집에 있던 세계문학전집이 그렇게 부럽더라. 그 친구 집에만 가면 문학전집을 한 권씩 꺼내서 읽고 오곤 했지. 그때의 제목은『흰 고래 모비 딕』이었어. 하얀 색 두꺼운 표지에 큰 고래와 싸우는 조그만 보트 그림이 그려져 있었지. 고래를 잡아서 해체하는 과정에서 누군가가 깊은 기름통에(그러니까 고래의 몸속. 정확하게는 사체 속) 빠지는 장면이 평생 기억에 남았어. 지금 다시 완역본을 읽어보니 '타슈테고'가 고래의 기름통에 빠져 바다 밑으로 가라앉는 장면이더라고. '77장 하이델베르크의 큰 술통', '78장 기름통과 들통'을 읽어봐. 이 책은 고래학(學)에 관한 책인 동시에 고래잡이와 고래잡이의 역사에 관한 책이기도 해.

책의 마지막, 추적의 3일을 읽을 때면 언제나 눈물이 나. 스타벅에게 던지는 마지막 인사 장면에서든(나는 지금 가장 높은 물마루에 도달한 파도 같은 기분일세. 스타벅, 나는 이제 늙었네. 자, 우리 악수하세) 에이해브의 마지막 외침에서든(빌어먹을 고래여, 나는 너한테 묶여서도 여전히 너를 추적하면서 산산조각으로 부서지겠다) 때로는 눈물이 소리 없이 흘러내리기도 하고, 어쩔 때는 꺼이꺼이 울음을 터뜨리기도 해. 왜 그런지는 아빠도 모르겠어. 나이 탓인가?

요즘은 툭하면 창밖을 바라보게 돼. 간판과 간판을 비추는 조명들, 편의점, 병원, 식당, 커피숍, 또 커피숍, 배달 나가는 오토바이에서 나오는 하얀색 배기가스, 신호등에 멈춰선 차들, 총총걸음으로 지나가는 사람들. 커피를 한 잔 마시면서 생각했지. 내 영혼의 배는 어디로 향해 나아가고 있는 걸까? 이것이 몇 번째 항해일까? 보트를 내리고 고래를 추적하면서 산산조각으로 부서질 것인가? 단념하고 안전하게 항구로 돌아갈 것인가?

"이 커다란 지구 자체는 '놓친 고래'가 아니고 무엇이겠는가. 그리고 독자들이여, 그대도 역시 '놓친 고래'이자 '잡힌 고래'가 아니고 무엇이겠는가."

놓치지 말아야 할 것

『모비 딕』에는 중간 중간 깜짝 놀랄 만한 서술 구조가 많이 나와. 고래에 관한 연구논문처럼 보이다가도 '40장 한밤중, 앞 갑판'을 보면 모든 선원들이 돌아가며 노래를 부르거나 대사를 치는데 마치 뮤지컬의 한 장면을 떠올리게 만들어. 재미있는 대사, 리드미컬한 노래, 카메라가 선원들이 서있는 위치를 어떤 식으로 잡아야 하는지 알려주는 영화 대본처럼. 정말 천재적이라는 말이 딱 맞구나, 그런 생각이 자연스레 들 거야.

커피숍 스타벅스 있잖아? 일등항해사 스타벅의 이름을 따서 지었다고 해. 스타벅스 갈 때 간판 로고 자세히 본 적 있어? 여신의 분위기를 풍기는 어떤 여자가 웃고 있지? 이 여자의 정체는 바로 달콤한 노래로 선원들을 유혹해서 배를 침몰시켰던 그리스 신화의 사이렌(Siren)이야.

루이스 캐럴(Lewis Carroll, 1832~1898)

제 6권

루이스 캐럴

이상한 나라의 앨리스
거울 나라의 앨리스

미리보기

"세월은 쏜살같이 흐르고 나와 너

인생의 절반이 엇갈린다 하여도

이제 네 젊은 삶에

나를 생각할 자리 없겠으나

내 요정 이야기에 귀 기울이는

네 모습으로 충분하리.."

"삶, 한갓 꿈 아니던가? Life, what is it but a dream?"

"아들아 저녁 무렵 네게서 문자가 왔었지. 아빠? 뭐해? 바쁘나? 일찍 쉬고. 푹 쉬고. 밤늦게까지 글 쓰지 마. 그리고 나머지는 전부 사랑해란 말이었어. 너의 문자를 보면서 희망만 잃지 않고 끝까지 버티면 된다는 생각이 들었어. 루이스 캐럴의『이상한 나라의 앨리스』를 꺼내 다시 읽었어. "앨리스, 이쪽은 양고기! 양고기, 이쪽은 앨리스!" 이 한 문장만 가지고도 웃겨서 미칠 거 같아. 우리가 깔깔거리며 같이 읽었던 책 중의 하나였잖아? 험프티 덤프티(Humpty Dumpty), 기억 나?

　　"왜 여기 혼자서 앉아 계세요?
　　아무도 옆에 없으니까! 내가 <그런> 것에 답을 못 할 거라고 생
　　각한 거야? 다른 걸 물어봐."

　　원래 험프티 덤프티는 "험프티 덤프티가 담 위에 앉아 있었네 Humpty Dumpty sat on a wall"로 시작하는 영국의 전래 동요에 나오는 달걀 캐릭터야. 앨리스와 나누는 언어유희는 가히 독보적이라고 할 수 있어. "<내>가 단어를 쓰면 말이다. 그 단어는 바로 내가 선택한 의미만 가지게 돼. 그 이상도 그 이하도 아니야." 앨리스의 나이를 묻는 장면은? "일곱 살하고 6개월이라니! 불편한 나이야. 만약 <내> 충고를 원했다면 난 <일곱 살에서 멈춰>라고 말했을 거야. 하지만 이제는 너무 늦었지." 정말이지 끝을 모르는 상상력과 패러디와 패러독스는 몇 번을 읽어도 질리지가 않아. 이만큼 유쾌하고 환상적이고 재미있는 책도 드물 거야.

"세월은 쏜살같이 흐르고 나와 너
인생의 절반이 엇갈린다 하여도

이제 네 젊은 삶에
나를 생각할 자리 없겠으나
내 요정 이야기에 귀 기울이는
네 모습으로 충분하리."

『거울 나라의 앨리스』 머리말에 나오는 시 구절이야. 100년이 넘게 지나도 세상의 모든 아이들이 귀를 쫑긋 세우고 듣는 가장 인기 있는 아이들을 위한 책, 1865년(이상한 나라)과 1871년(거울 나라)에 아이들을 위해 나왔지만 시간이 흐르면서 다양한 관점과 시대의 트렌드가 더해져 수많은 작가와 예술가들에게 영감을 주었던 어른들을 위한 책, 지금도 영화와 뮤지컬로 꾸준히 만들어지고 있는 책. 팀 버튼(Tim Burton)의 영화 기억나지? 붉은 왕비 역을 맡은 헬레나 본햄 카터(Helena Bonham Carter)의 연기는 최고였잖아? 반드시 원서로 읽어봐야 할 책이야.

아빠는 네가 작가 루이스 캐럴처럼 '사물을 삐딱하게 보는 지성'을 가졌으면 좋겠어. 그리고 먼 훗날 세상의 시계가 다 멈추어 버리고 침묵이 찾아오는 그런 순간에 나와 나누었던 유치한 말장난과 우리가 같이 봤던 영화들과 함께 떠난 여행들, 어깨동무하면서 걸었던 거리들, 세상에서 가장 밝았던 미소를 떠올려 주면 좋겠어. 나의 수많은 말과 모습 중에서 넌 어떤 걸 기억하게 될까? 아빠는 어떤 사람으로 기억될까?

놓치지 말아야 할 것

어제는 하루 종일 집안 청소를 했어. 수납장을 다 열어서 더 이상 쓰지 않는 물건은 버리고, 네가 보내준 편지를 읽고 눈물 흘리기도 했고, 같이 찍었던 사진을 보고 한참을 웃기도 했어. 네가 중학교 때 쓴 시(詩)들과 네게 보냈던 편지 한 통도 발견했어.

보호자

난 그녀를 매일 본다.
그녀는 나를 사랑한다.
특이한 성격의 그녀는 어쩔 땐 이상하다.
하지만 마음이 불안할 땐 그녀가 떠오른다.

그녀의 역사에 대해서는 잘 모른다.
그녀는 언젠가 '신비한 TV 서프라이즈'의 주인공이 될 거 같다.
오래 전 그녀는 배우와 모델이었다고 하는데
나는 상상이 안 된다.

나에게 화를 낼 때면
눈이 녹으면 땅이 보이듯이 그녀의 진심이 보인다.
나의 어머니,
이젠 제가 어머니의 보호자입니다.

경계선

나라를 나누는 이 선
사랑도 나누어버리는 이 선
서로의 오해로 만들어진 이 선은
화해를 통해 없어지지만
때로는 끝까지 선으로 남기도 한다.

사랑으로 이 선을 지워야 한다.

오염

내가 사는 북경은 공기 오염이 심하다.
남극도 녹고 있다.
학자들은 방법을 찾고 있다.

하지만 그들이 모르는 오염이 있다.
학교에서 상처받고 자신감을 잃어버리는
아이들의 마음 오염.

데칼코마니

내 인생은 데칼코마니.
한 치의 변함도 없이
지루한 공간 속에 갇혀
날 꺼내 줄 사람 하나 없이
시간은 나를 버려둔 채 자기 길을 간다.

난 멈춰 있다.
공부로 꽉 찬 인생.
나의 미래도 공부로만 꽉 차 있을까?
물감을 뿌리고 종이를 반으로 접어 다시 열어보니
왼쪽과 오른쪽이 같은 모양이 되는
내 인생은 데칼코마니.

실패자의 영광

천재는 세상이 주목한다.
발명왕은 사랑받는다.
스타는 인기를 한 몸에 받는다.

실패자는 욕먹고 버림받고 무시당한다.

공평이란 단어는 왜 있는지?
실패자도
주목받고 사랑받고 존중받을 자격이 있다.

많아서 미쳐요

엄마 잔소리는 많아요.
내가 미쳐버릴 거 같아요.
언젠가 난 화병으로 죽겠죠.

스트레스를 많이 받아서
스트레스 부자가 된 나와 친구들.
스트레스 해소 못하는 나와 친구들.
그래서 우린 그냥 미쳐가요.

교육을 잘 못 받은 걸까요?
교육을 잘 못 하는 걸까요?

아빠

힘든 기러기 아빠, 우리 아빠.
건강은 챙기는지, 우리 아빠.
생활비에 과외비에
옷 한 벌 안 사 입는 우리 아빠.
영원한 원룸 아빠, 우리 아빠.
주말도 바쁜 아빠, 우리 아빠.
하루 끝나 외톨이, 우리 아빠.
죄송하고 감사하고 사랑하는
우리 아빠.

오늘 연두색 표지의 작은 수첩을 발견했는데 싱가포르 갔을 때 메모했던 게 아직 있더라고.

담배 한 대 피기가 너무 어려웠다는 내용(아들이 워낙 엄격하여), 중국집에서 쟁반 짜장 2인분을 아들 혼자 다 먹었다는 내용, 용돈을 다 써버려서 친구들에게 축구선수 스티커 비싸게 팔아서 밥 사먹은 내용, 엄마가 늘 화를 낸다는 내용(그 옆에는 '내가 나쁜 놈이다.' 이렇게 썼네)

그리고 장터(카니발)가 열리면 엄마가 네가 좋아하는 2가지를 잘 사준다고 자랑을 했었는데 기억나니? 회오리 감자와 다른 것 하나. 이름은 잘 모르겠다. 3음절인데, 수첩에는 OOO 이라고만 되어 있어. 이 대목을 읽는데 그렇게 눈물이 나는 거야.

아들이 오랫동안, 어른이 되어서도, 이런 기억들 잊지 않기를 바란다.

엄마와 만들었던 두 사람만의 기억.

난 지금도 기억나는데 그때 막 자랑하던 네 말투, 표정, 너무 행복해하는 모습.

나이 들면서 더 많이 상처받고, 먼 길을 돌아 또 제자리로 오기도 하겠지만 어떤 경우라도 용기를 잃지 말거라. 네가 어떤 모습이든 난 너를 믿는다. 다음에 옛날 사진 같이 보자. 정말 웃기거든.

아빠로부터

브램 스토커(Bram Stoker, 1847~1912)

브램 스토커

드라큘라

미리보기

"she may suffer - both in waking, from her nerves,

and in sleep, from her dreams.

깨어 있을 때는 긴장에,

잠든 동안에는 악몽에 시달리게 될 걸세."

"'사랑하다'라는 동사의 모든 서법과 모든 시제를 다 동원하여 내가 너를 사랑하고 있기 때문에. 모든 축복이 너에게 내리기를 빌어. 언제나 변함없는 너의 벗, 미나 하커."

아들아

"she may suffer - both in waking, from her nerves, and in sleep, from her dreams. 깨어 있을 때는 긴장에, 잠든 동안에는 악몽에 시달리게 될 걸세."

아주 오래 전 보수동 책방 골목에서 헌책 두 권을 샀었어.『모비 딕』과『드라큘라』의 영문판이었지. 책 여백마다 깨알 같은 글씨로 영어 단어의 뜻을 메모해 둔 영문과 87학번 학생의 책이었어. 드라큘라를 모르는 사람은 없지만 드라큘라를 제대로 읽은 사람도 별로 없을 거야. 나도 그때까지 드라큘라의 완역본을 읽은 적은 없었으니까. 지금 생각하면 그래도 책방 골목을 뒤지고 다닐 때는 아빠 인생이 조금은 찬란하기라도 했었던 거 같아.

"나는 기쁨이나 즐거움을 추구하지 않소. 나는 그늘과 그림자를 사랑하오. 그리고 할 수만 있다면 사색을 하면서 홀로 지내고 싶소."

이렇게 멋진 대사를 날리는 공포 캐릭터가 또 어디 있겠어? 브램 스토커는 더블린에서 태어났고 대학 때의 전공은 순수 수학이었어. 법률을 전공했다거나 그랬으면 그냥 지나쳤을 텐데, 좀 특이하다고 느껴졌어.『드라큘라』가 출판된 것이 1897년이야. 이 품격 높은 걸작은 음산한 분위기에서부터 박진감 넘치는 액션에 이르기까지 '현대성으로 제압할 수 없는 과거의 힘이 살아 있는' 최고의 공포소설이라고 할 수 있어. 특히나 편지를 한 장 한 장 읽어 내려가면서 서서히 드러나는 공포, 다음에는 어떤 일이 벌어질지 조마조마하게 만드는 분위기 묘사, 에로틱하고 기묘한 이야기의 톤(tone)은 말 그대로 환상적이야. 이야기를 직접적으로 서술하지 않고 이렇게 편지나 일기, 증언이나 신문 기사를 사용하는 이유는 마치 진짜 실화를 다루고 있는 것처럼 사실감을 극대화하기 위해서야. 책에서 보여준 공포와 환상, 피와 욕망, 미신과 흡혈귀, 어둠과 악몽은 사람들의 상상력을 사로잡으면서 불사(不死)의 삶을 얻었지. 결국 드라큘라 백작은 지금도 살아있는 셈이 되는구나.

> "그 결과가 두렵고 무시무시한 것일지라도, 그것을 바르게 안다는 것이 도리어 그이에게 위안과 힘이 될 수도 있을 것이다. 그이를 따라다니며 괴롭히는 것은 의혹이다. 의혹이 사라지고 꿈이었든 현실이었든 진실이 밝혀지고 나면, 그이는 일의 전말을 더욱 잘 이해할 수 있게 될 것이고 그 충격을 굳건히 감당할 수 있게 될 것이다."

10년도 훨씬 지난 헌책을 보며 스스로에게 진실해지는 법부터 배워야겠다는 생각이 들었어. 아빠가 언제나 책 냄새에 파묻혀 지내는 이유도, 술자리에서 친한 척하는 행동이 그토록 어색했던 이유도, 무관심과 괴팍함을 나의 특징이라고 떠들어대는 이유도 다 진실하지 못했기 때문이었거든. 좋다고 말은 해도 마음의 문을 열어본 적이 없는 사람이라면 그 사람이 흡혈귀지 뭐겠어? 나도 언젠가 진실한 사람이 될 수 있을까? 언제 썼는지는 기억이 안 나지만 책에 이런 메모가 있더라. '미나 하커는 최고의 여성 캐릭터다. 놀랄 만한 어드벤처, 공포 영화의 모든 것이 담겨 있는 100년 전 걸작.'

> "'사랑하다'라는 동사의 모든 서법과 모든 시제를 다 동원하여

내가 너를 사랑하고 있기 때문에. 모든 축복이 너에게 내리기를 빌어. 언제나 변함없는 너의 벗, 미나 하커."

놓치지 말아야 할 것

드라큘라하면 영화에 대해 이야기를 안 할 수가 없지. 드라큘라 영화의 효시는 F. W. 무르나우(Murnau)감독의 <노스페라투(Nosferatu, a Symphony of Terror)>라는 작품이야. 제목은 공포의 교향곡이지만 무성영화야. 이 영화는 1922년 베를린에서 개봉했는데 저작권 사용에 대한 허락 없이 만들어졌기 때문에 법원의 결정에 따라 모든 프린트가 다 파기되고 말아. 하지만 세상일이 다 법대로 되는 건 아니잖아? 딱 하나 남아 있던 필름이 발견되었고 이 필름을 복구함으로써 영화사에 길이 남을 독일 표현주의의 걸작은 살아남게 돼. 드라큘라의 생명력이란! 제목의 노스페라투는 뱀파이어와 같은 의미야. 동유럽에서는 이렇게 부른다고 해.

드라큘라를 연기한 배우들은 여럿 있었지만 아직도 이 두 사람을 뛰어넘은 배우는 없었어. 헝가리 태생의 벨라 루고시(Bela Lugosi)는 토드 브라우닝(Tod Browning) 감독의 1931년 작 <드라큘라>에서 귀족적인 외모와 카리스마가 넘치는 드라큘라를 연기하면서 '호러의 왕'이 되었지. 진짜 드라큘라 백작처럼 생겼어. 그리고 1958년 또 다른 드라큘라 영화가 세상에 나왔는데 주연을 맡았던 크리스토퍼 리(Christopher Lee)라는 배우가 있었어. 어찌나 리얼했는지 이 분은 드라큘라의 상징과도 같은 존재가 되었어. <반지의 제왕> 기억나지? 사루만이 바로 이 분이었어. 안타깝게도 얼마 전에 돌아가셨지.

로버트 L. 스티븐슨
(Robert Louis Stevenson, 1850~1894)

제 8권

지킬 박사와 하이드

로버트 L. 스티븐슨

미리보기

"우리 인간은 인생의 불운과 고난을 영원히 어깨에 짊어지고 가야한다는 것, 그 짐을 던져버리려고 시도하면 그것이 더욱 낯설고 더욱 끔찍한 무게로 되돌아와 우리를 짓누른다는 것을 깨달았기 때문이다."

"자네가 이 운명의 무게를 덜어주는 길은 내 침묵을 존중하는 일뿐이네."

❝아들아 네가 한국에 와서 영어 시험을 치던 날. 어찌나 더 웠는지 에어컨 나오는 커피숍에 들어가서 널 기다렸었어. 창밖으로는 사람들과 차들이 바삐 지나가고, 커피숍 안에는 누군가를 기다리는 사람, 킥킥거리며 이야기를 나누는 젊은 연인들이 있었지. 그때 널 기다리며 읽었던 책이 『지킬 박사와 하이드』야.

"우리 인간은 인생의 불운과 고난을 영원히 어깨에 짊어지고 가야한다는 것, 그 짐을 던져버리려고 시도하면 그것이 더욱 낯설고 더욱 끔찍한 무게로 되돌아와 우리를 짓누른다는 것을 깨달았기 때문이다."

지킬 박사는 삶의 무게가 너무 무거웠던 걸까? 어떤 초월적 존재가 되고 싶었던 걸까? 오만한 욕망과 쾌락, 유혹과 불안은 양립할 수 없는 어떤 것일까? 인생의 주사위를 던지면 어떤 숫자가 나올까? 드라큘라 백작과 마찬가지로 스티븐슨의 『지킬 박사와 하이드』도 너무 유명해서 원작을 잘 읽지 않는 그런 책 중의 하나지. 1886년 당시에는 인기가 너무 많아서 빅토리아 여왕도 이 책을 읽었다고 해.

"자네가 이 운명의 무게를 덜어주는 길은 내 침묵을 존중하는 일뿐이네."

아빠가 책에서 가장 좋아하는 문장이야. 런던의 안개와 뒷골목, 살인 사건과 미스터리, 인간의 이중적인 본성, 분열된 자아, 두려움과 공포를 다룬 이 독창적인 소설은 문학과 연극, 뮤지컬, 영화, 심리학 등에 엄청난 영향을 미쳤지. 배우인 조승우 아저씨가 부른 '지금 이 순간'이라는 노래 들어봤어? 아마 이 책을 읽지는 않았어도 뮤지컬에 나오는 이 노래는 많은 사람들이 들어봤을 거야. 아빠 어렸을 적에 <두 얼굴의 사나이The Incredible Hulk>라는 TV 시리즈가 있었어. 잘생긴 과학자가 화가 나면 초록색 괴물로 변신하거든? 엄청난 괴력으로 악당들을 물리치는 이 헐크의 원조가 하이드야. 지금도 헐크의 찢어진 청바지를 잊을 수가 없어.

"그 진실이란, 인간은 진정 하나가 아니라 둘이라는 것이다."

살아가는 일이 더 복잡해지고 더 불안해질수록 지킬 박사의 고백이 더욱 빛을 발할 거라고 생각해. 책을 읽다가 심심해서 '나의 불안 목록'은 어떤 것들인지 작성을 해 봤어. 목록 만들기는 나의 오래된 취미야. 그리고 혼자 몇 시간을 기다리다보면 별 짓을 다 하는 법이야. 아들 너의 불안 목록은 뭐야? 시험 치기 전날? 방학이 끝나기 하루 전? 갑자기 궁금하네.

*** 나의 불안 목록**

1. 어쩌면 지금과 같은 인생이 계속될 것 같은 느낌. 정말 지옥이다.
2. 비행기 이륙하고 나서 5분. 이 불안감은 평생 따라다닐 거야.
3. 어딜 갔는데 사람들이 많을 때. 사람들 많은 것도 싫고 사람들과 인사하는 것도 불편해.
4. 메모, 일기, 기록 강박증. 몇 년 동안 하루도 안 빠지고 일기를 쓰고 메모를 정리해 왔는데 이걸 하루라도 건너뛰면 마음이 불편했었어. 좋은 습관이라고 말하는 사람도 있지만 해보니까 웃기

는 소리야. 3일 전에 이 우라질 습관을 버리기로 했어.

5. 목소리가 유난히 큰 사람과 자리를 함께하면 그 즉시 떠나고 싶어져. 이건 너도 똑같지?

6. 길모퉁이에 경찰차가 보이면 이유 없이 가슴이 철렁해. 아, 이건 좀 웃기다.

7. 어떤 일을 하기 직전에 제일 중요한 한 가지를 빠뜨렸다는 생각이 들 때. 미친다.

8. 정말 하기 싫은 전화를 하기 직전. 그러나 돌파하는 것만이 언제나 정답이긴 해.

9. 친구나 가족에게 몇 번이고 전화를 했는데(특히 너에게!) 연결이 되지 않을 때. 온갖 끔찍한 사건, 사고를 다 상상하게 돼. 대개의 경우 상대방은 전화 온 줄도 모르고(세상모르고!) 자신의 일에 집중하고 있었거나 자고 있었거나 둘 중 하나야. 막상 전화가 연결되고 되고 전화기 너머로 태평스러운 목소리를 들으면 사람 돌아버린다.

10. 공항 입국장. 캐리어 안에 입던 속옷뿐인데도 세관 아저씨들을 볼 때면 늘 불안해.

11. 계산대에서 카드를 내밀었는데 혹시나 한도 초과라는 말을 듣지나 않을까? 안 겪어본 사람은 그 심정 몰라. 절대 모른다.

12. 책을 한참 읽다가 이게 내가 읽은 책이라는 사실을 자각할 때. 난 기억력이 쇠퇴하는 게 너무 두려워. 너의 답은 이렇겠지. 안 읽으면 될 것을. 요즘 특히 글을 읽다가 글자가 두 세 개로 보이면 내 몸의 세포가 죽어간다는 사실에 서늘함을 느껴.

13. 담배를 피우고 싶은데 피우지 못할 때. 너의 답은 분명하겠지. 끊어라 그러면 불안도 함께 사라질 것이니.

『보물섬Treasure Island』이라는 작품 알지? 이 책도 스티븐슨이 쓴 거야. 스코틀랜드 에든버러(Edinburgh)에서 태어난 스티븐슨은 보물섬을 찾아 모험을 떠나는 주인공 짐 호킨스처럼 영원한 방랑자의 삶을 살았어. 운명의 교차로를 건너 남태평양의 섬 사모아(Samoa)에서 살다가 죽었고 그곳에 묻혔어. 처음 사모아에 갔을 때 현지인들과도 잘 어울렸고 나중에는 존경받는 사모아인이 되었다고 해. 지금도 사모아에 가면 그의 무덤이 있고 박물관도 있다고 하니까 다음에 꼭 방문해 보기 바란다.

아서 코난 도일
(Arthur Conan Doyle, 1859~1930)

제 9권

아서 코난 도일

셜록 홈즈 전집

미리보기

"가장 일상적인 범죄가 가장 이해하기 힘든 것이 될 수가 있습니다. 왜냐하면 평범한 사건에는 새롭거나 특이한 점들이 없어서 추리를 전개시켜 나가기가 곤란하니까요."

"여보게, 왓슨, 자네는 미치광이, 치매환자, 정신이 오락가락하는 바보 천치와 같은 방에서 자는 게 무섭지 않은가?"

["]아들아

"가장 일상적인 범죄가 가장 이해하기 힘든 것이 될 수가 있습니다. 왜냐하면 평범한 사건에는 새롭거나 특이한 점들이 없어서 추리를 전개시켜 나가기가 곤란하니까요."

이토록 지적인 즐거움을 주는 책이 또 있을까? 책 읽는 즐거움으로 보면 홈즈보다 나은 것을 찾기도 힘들 거야. 세계적인 명탐정 홈즈가 등장하는 첫 작품은 1887년에 출간된 『주홍색 연구A Study in Scarlet』야. 단서 하나 놓치는 법이 없는 홈즈의 비결은 바로 관찰력이야. 홈즈의 말처럼 위대한 정신에 중요하지 않은 것은 없으니까 말이야. 이런 문장을 읽다보면 코난 도일이 참 대단한 작가였다는 생각이 들어. 위대한 정신에 중요하지 않은 것이 없다. 새겨들을 말이지 않니? 주홍색이 무얼 의미하는지, 그 연구의 결과가 무엇인지는 책을 읽어보면 알 수 있어. 장담하지만 너도 '베이커가 특공대'의 일원이 되고 싶어질 거야.

"오늘은 뭐지? 모르핀인가 아니면 코카인인가?" 두 번째 책은 『네 사람의 서명The Sign of Four』인데 홈즈는 허무와 불안 속에서 사건이 일어나기를 애타게 기다려. 사건이 없으면 그의 존재 이유도 없는 거니까. 드디어 사건 의뢰가 들어오고 '추리하는 기계' 셜록 홈즈의 진면목이 드러나기 시작하지. "불가능한 요소를 다 지워버렸을 때 남는 것 하나가 진실임에 틀림없다."는 홈즈의 가장 유명한 법칙 중 하나가 언급되는 책이기도 해. 우리의 왓슨은 사건 의뢰인인 마리 모스턴 양을 만나 사랑에 빠지게 되고 마침내 결혼을 하게 돼.

세 번째는 몇 년 전에 네게 영문판을 선물했던 『바스커빌 가문의 개The Hound of the Baskervilles』라는 작품이야. 넌 읽고 조금 무섭더라고 말했었지. 대대로 내려오는 전설과 기이한 캐릭터의 학자와 감옥을 탈옥한 살인범. 범인은 전설 속 사냥개인가? 이상한 학자인가? 탈옥수인가? 홈즈는 과연 누구를 범인으로 지목하게 될까?

네 번째 책은, 아빠가 가장 좋아하는 『공포의 계곡The Valley of Fear』이야. 공포의 계곡인 버미사(Vermissa)에서 벌어지는 살인과 폭력, 뒤이은 복수와 반전까지 한 편의 영화를 보는 듯한 즐거움을 느낄 수 있어. 무엇보다 다양한 인간 군상들의 욕망과 갈등이 흥미진진하게 그려지는데 이 책에 나오는 최고의 명대사를 소개할게. 여기서 방은 우리가 살아가는 세상을 의미해.

> "여보게, 왓슨, 자네는 미치광이, 치매환자, 정신이 오락가락하는
> 바보 천치와 같은 방에서 자는 게 무섭지 않은가?"

다섯 번째 책은 『셜록 홈즈의 모험The Adventure of Sherlock Holmes』이야. 12개의 각기 다른 이야기를 담고 있는 단편집인데 이 단편들이 분량은 짧으면서도 맛이 제각각이거든. 골라먹는 재미가 있지. "셜록 홈즈에게 그녀는 항상 '그 여자'이다 To Sherlock Holmes she is always 'the' woman"로 시작하는 『보헤미아 왕국 스캔들A Scandal in Bohemia』도 재미있고 『빨간 머리 연맹The Red-Headed League』과 『너도밤나무 집The Copper Beeches』같은 일급의 단편들이 실려 있어. "몹시 추운 밤이었다. 여기저기서 권총을 쏘아댄 것처럼 통행인들의 입김이 하얗게 피어올랐다 It was a bitter night, the breath of the passers-by blew out into smoke like so many pistol shots" 이렇게 멋들어진 표현을 본 적 있어?『푸른 카벙클The Blue Carbuncle』이라는 작품에 나오는 문장이야. 카벙클이 뭐냐고? 보석의 일종이야.

여섯 번째 책은『셜록 홈즈의 회상록Memoirs of Sherlock Holmes』인데 이번 것도 단편집이야.『마지막 사건The Adventure of the Final Problem』을 보면 홈즈는 라이헨바흐(Reichenbach) 폭포에서 모리어티 교수와 목숨을 건 대결을 펼치지. 홈즈는 정녕 폭포 아래로 떨어져 죽음을 맞이했을까? 라이헨바흐 폭포는 스위스에 있는 낙차 250m의 폭포로 알프스에서 가장 높은 곳에 있는 폭포 중 하나라고 해.

독자들은 폭포 아래로 떨어져 생사도 모른 채 홈즈가 사라지는 것을 가만히 두고 볼 수가 없었지. 결국 코난 도일은 홈즈를 컴백시키게 돼. 일곱 번째 책의 제목은『셜록 홈즈의 귀환The Return of Sherlock Holmes』인데 "나의 샘솟는 아이디어는 세월에 녹스는 법도, 관습에 젖어 진부해지는 법도 없다네."라는 홈즈의 말은 자신감에 찬 작가의 말처럼 느껴지지 않아?

여덟 번째는『홈즈의 마지막 인사His Last Bow』라는 책이야. 책에 실려 있는『빈사의 탐정The Adventure of the Dying Detective』에 나오는 아래 대사는 나를 팔짝 뛰게 만들기도 했어. 왜 그랬는지는 책을 읽어보면 알아.

"이봐, 나한테 더 부탁하고 싶은 것 없나?"
"성냥하고 담배."

그리고 마지막 책은『셜록 홈즈의 사건집The Casebook of Sherlock Holmes』인데 코난 도일은 서문에서 "독자들이여, 이제 셜록 홈즈에게 작별을 고하자!"고 말하고 있어. 정말 마지막인 셈이지. 아빠는 태풍이 몰아치거나 비가 오거나 흐린 날엔 아직도 홈즈를 꺼내서 다시 읽어. 그런 날엔 홈즈만한 게 없으니까. 꼼꼼하게 한 문장 한 문장 정성들여 읽거든. 그리고 홈즈의 대사를 흉내 내지.

"여기 창가로 좀 와보게. 정말 어둡고 우울하고 공허한 세상 아닌가? 지상에서 진부한 것을 빼면 아무것도 없네."

놓치지 말아야 할 것

역사상 가장 유명한 탐정에 대해서는 평론가인 마이클 더다(Michael Dirda)가 쓴『코난 도일을 읽는 밤On Conan Doyle: Or, The Whole Art of Storytelling』도 유익하고 줄리언 시먼스(Julian Symons)의『블러디 머더Bloody Murder』라는 책도 있으니까 진지하고 분석적인 것들은 그 책들에서 답을 찾기 바란다. 특히『블러디 머더』는 추리소설의 역사와 작가들, 꼭 읽어야 할 작품을 정리한 책인데 추리소설, 경찰소설, 범죄소설에 관한 백과사전이라고 할 수 있어. 줄리언 시먼스 자신도 유명한 추리소설 작가였는데 자기가 봤을 때 별로인 작품은 시원하게 별로라고 말하고 있어서 책 읽는 쾌감이 남다를 거야. 언젠가 네가 추리소설에 발을 들여놓게 되면 꼭 찾게 될 훌륭한 책이야.

러디어드 키플링
(Rudyard Kipling, 1865~1936)

제 10권

러디어드 키플링

킴

"Go up to the Gates of Learning. Let me see thee go... Dost thou love me? Then go, or my heart cracks... I will come again. Surely I will come again.

네가 저 문으로 들어가는 걸 보게 해 다오. 넌 나를 사랑하지? 그러면 가라, 그러지 않으면 내 마음이 부서질 거다. 다시 오마. 꼭 다시 오마"

"Kim flung himself wholeheartedly upon the next turn of the wheel.

킴은 자신을 내던져 생의 수레바퀴를 앞으로 나아가게 했다."

[“]아들아

"킴은 동양의 행복한 무질서 속으로 기꺼이 빠져 들어갔
다. 그 무질서는 인간에게 진정으로 필요한 것이란 그리 많지
않다는 사실을 일깨워주었다."

키플링의『킴』은 위의 문장에서처럼 '빠져 들어가는' 그런 종류
의 책이야. 빠져 들어간다는 것은 주인공인 킴과 라마 스님의 대화
를 들으면서 여정을 따라가다 보면 어느덧 강에 다다른 자신을 발
견하게 된다는 의미야. 이 강이 무엇을 뜻하는지, 어디에 있는지,
그 강가에서 무얼 보게 되는지는 오로지 책을 읽은 사람만이 알게
되겠지. 이 책『킴』은 큰 맘 먹고 양장본 영문판을 구입했었어. 양장
본이 페이퍼백보다 훨씬 비싸거든. 책에서 아빠가 가장 좋아하는
단락은 라마 스님이 킴에게 작별을 고하는 대목이야. 원서를 그대
로 인용해볼게.

"Go up to the Gates of Learning. Let me see thee go...
Dost thou love me? Then go, or my heart cracks... I will
come again. Surely I will come again.

"네가 저 문으로 들어가는 걸 보게 해 다오. 넌 나를 사랑하지?
그러면 가라, 그러지 않으면 내 마음이 부서질 거다. 다시 오마. 꼭 다
시 오마"

이 책을 읽던 당시 너무 절절히 와 닿아서 눈물을 펑펑 흘렸었
어. 책을 읽고 어떤 대목에서 감동을 받거나, 별것도 아닌 거 같은
데 그 대목이 너무 좋거나 할 때는 다 숨겨진 이유가 있기 마련인데

당시에는 아빠 자신에 대한 믿음이 바닥이었으니까 그저 힘들다, 괴롭다, 슬프다 이런 생각만 했던 거 같아. 그래서 책속의 킴이 꼭 나를 지칭하는 것으로 들렸거든. 아빠도 스스로를 어떤 문으로 떠나보내고 싶다는 생각을 하고 있었나봐.

내가 널 너무 힘들게 했던 거지? 우리 이제 어떻게 하면 좋을까? 여러 일들 중 하나였을 뿐이라고 너에게 위로를 해야 하는 걸까? 내 위엄과 의지는 어디로 가 버린 것일까? 어디에서 그것들을 다시 찾는단 말이지? 이러는 거 자체가 또 한 번의 호들갑일 뿐이라고? 만사가 잘 되고 있다고, 수레바퀴가 변함없이 잘 굴러갈 거라고, 착각 속에 집을 짓고 허망함을 먹고 살아가는 너 같은 인간들을 볼 때면 측은하다가도 금세 화가 치밀어. 한 잔의 커피도, 부드러운 음악도, 책에 대한 탐욕도 너를 구원해주지는 못할 거야. 넌 누구도 쉽게 발견할 수 없는 외딴 곳, 그 곳에서 절망에 빠진 거야.

이게 뭐냐고? 아빠가 그때 스스로에게 했던 말이야.

"They sought a River - a River of miraculous healing.
Had any one knowledge of such a stream?
우리는 강을 찾고 있소. 기적과 치유의 강을. 그런 강을 아는 사람 누구 없소?"

아빠의 강은 도대체 어디 있는 걸까? 찾을 수 있을까? 아니, 존재하기는 할까? 아직도 강을 찾아 헤매는 볼품없는 나는 여기저기 흘러가는 떠돌이 인생 같아. 아들 네 인생의 강은 어떤 모습일까? 넌 그 강을 찾으러 어디로 갈 생각이야? 그 강을 만나게 되면 넌 제일 먼저 무엇을 할 계획이야?

"Kim flung himself wholeheartedly upon the next turn of the wheel.

킴은 자신을 내던져 생의 수레바퀴를 앞으로 나아가게 했다."

놓치지 말아야 할 것

키플링의 가장 유명한 작품은 『킴』과 『정글 북The Jungle Book』이야. 키플링이 인도를 배경으로 책을 쓰게 된 것은 그가 태어난 곳이 인도 봄베이(Bombay)였고 거기서 유년시절을 보내게 되는데 이때 형성된 인도의 고유한 정서들, 자연과 동물들에 대한 사랑이 영국인인 그의 글쓰기에 많은 영감을 주었다고 해. 모글리(Mowgli)로 유명한 『정글 북』의 배경은 인도의 밀림이야. 아프리카 아니다. 『정글 북』이 1894년도, 『킴』은 1901년에 출간되었고 키플링은 1907년 노벨 문학상을 수상해. 그때 그의 나이는 겨우 42살이었어.

G. K. 체스터튼
(G. K. Chesterton, 1874~1936)

제 11권

G. K. 체스터튼

브라운 신부 전집

미리보기

"모든 예술작품은 성스럽건 사악하건 절대 없어서는 안 될 특징을 자기고 있지요. 제 말은 아무리 복잡한 모습으로 완성됐다 하더라도 그 핵심은 아주 단순하다는 뜻입니다. 〈햄릿〉을 예로 들어볼까요? 그 안에는 무덤 파는 사람의 기괴한 모습과 미친 여인의 꽃, 병색이 짙은 유령, 냉소 띤 해골 등이 나옵니다. 하지만 이 모든 것이 검은 옷을 입은 한 사내의 비극적 모습을 보여주기 위해 그의 주변을 둘러싼 채 뒤얽혀 있는 화환에 지나지 않는 것들이란 말입니다."

"그는 매우 학식 있고 명석한 변호사이며 정치가였지요. 정치에 대해 아주 진지하고 넓은 견해를 갖고 있었고, 세련되고 지적인 외모의 조용한 사람이었죠. 주로 그런 사람이 악마에게 자신을 팝니다."

"아들아 에드먼드 벤틀리(Edmund Clerihew Bentley)가 쓴 『트렌트 마지막 사건Trent's Last Case』이라는 책의 서문에서 작가는 책을 체스터튼에게 바치고 있는데 "내가 이 소설을 당신에게 바치는 마지막 이유는 옛날이 그립기 때문입니다."라는 구절이 나와. 지금껏 읽은 책의 서문 중에서 가장 마음을 사로잡는 문장이었어. 벤틀리가 헌사를 바친 체스터튼은 1874년 런던에서 태어난 작가야. 많은 책을 집필했지만 그중에서 가장 인기를 끌었던 책은 브라운 신부님이 등장하는 단편 추리소설들이었지. 늘 우산을 들고 다니는, 땅딸막한 키에 챙 넓은 모자를 쓰고 함박웃음을 짓는 이 특이한 캐릭터의 신부님을 만나볼까?

"모든 예술작품은 성스럽건 사악하건 절대 없어서는 안 될 특징을 자기고 있지요. 제 말은 아무리 복잡한 모습으로 완성됐다 하더라도 그 핵심은 아주 단순하다는 뜻입니다. <햄릿>을 예로 들어볼까요? 그 안에는 무덤 파는 사람의 기괴한 모습과 미친 여인의 꽃, 병색이 짙은 유령, 냉소 띤 해골 등이 나옵니다. 하지만 이 모든 것이 검은 옷을 입은 한 사내의 비극적 모습을 보여주기 위해 그의 주변을 둘러싼 채 뒤얽혀 있는 화환에 지나지 않는 것들이란 말입니다."

브라운 신부 시리즈 중 『결백The Innocence of Father Brown』에 나오는 구절이야. 각 단편들의 범죄 내용과 추리 과정, 브라운 신부가 들려주는 유머와 명문장들은 직접 읽어보고 느껴보기를 바란다.

1914년에 출간된 『지혜The Wisdom of Father Brown』로 넘어가자.

"정확하게 지적한다는 것에 맹점이 있는 걸세. 막대기 한쪽 끝이 어딘가를 가리킬 때 그 막대기의 반대쪽 끝은 늘 정반대 방향을 가리키고 있어. 우리가 어느 쪽 끝을 보느냐에 따라 우리가 가게 되는 방향은 정반대로 달라져버리는 거지."

브라운 신부의 단편들이 가진 최고 장점은 읽을 때마다 새롭다는 데 있어. 읽을 때마다 새로우니까 흥미가 줄어들지를 않아. 절대 농담이 아니야. 다음 책은『의심The Incredulity of Father Brown』이야.

"그는 매우 학식 있고 명석한 변호사이며 정치가였지요. 정치에 대해 아주 진지하고 넓은 견해를 갖고 있었고, 세련되고 지적인 외모의 조용한 사람이었죠. 주로 그런 사람이 악마에게 자신을 팝니다."

브라운 신부는 인간 본성의 나약함에 대해 큰 동정심을 가지고 사건을 해결해. 그가 사건을 해결하는 모습을 보면 마치 고해성사의 한 장면 같이 느껴지거든? 탐정 역사에서 이만큼 지혜롭고 따뜻한 품성을 가진 탐정도 아마 없을 거야.

"예술적으로 수준 높고 철학적인 극작품을 하는 지적 부류들 말씀을 하셨지요. 그러나 철학적인 것들이 어땠는지 기억하십시오! 그런 교양인들이 더 고귀한 뜻을 위해 어떤 행동을 하는지 보십시오! 권력에 대한 욕망과 삶에의 권리? 경험해볼 권리? 다 웃기는 소립니다. 정말 말도 안 되는 기가 막힌 소리들이라고요."

『비밀The Secret of Father Brown』에 나오는 브라운 신부의 말에 귀를 기울여 봐. 인간이란 존재가 주는 우울함, 인간이 가진 혐오스러운 상상력, 타인에게 쏟아 붓고야 마는 오만과 증오까지 진정한 악은 다른 곳에 있는 것이 아니라 결국 인간 내면의 추악한 본성에 있는 게 아닐까? 하지만 브라운 신부는 이토록 사악한 인간에 대해 연민과 애정을 거두는 법이 없어. 우리는 그저 나약하고 죄 많은 한낱 인간일 뿐이니까.

시리즈의 마지막 책『스캔들The Scandal of Father Brown』에 나오는 문장을 읽어보자.

“아, 난 자신이 바보에 실패자라고 고백하는 사람들을 좀 좋아하는 편입니다. 어쩌면 너무나 많은 사람이 바보에 실패자라는 걸 고백하지 않아서겠지요.”

어때? 인용한 구절들이 마음에 드니? 추리소설의 재미와 인간을 바라보는 따뜻한 시선, 인생의 비밀을 살짝 알려주는 지혜로운 문장들, 너도 브라운 신부의 매력에 흠뻑 젖게 될 거야. 브라운 신부님이 네게 속삭이는 말이 들리지 않아? “자, 계속하게. 우리는 진실을 찾으려는 것뿐이네. 무엇을 두려워하는가?”

놓치지 말아야 할 것

체스터튼이 쓴『목요일이었던 남자The Man Who was Thursday : A Nightmare』라는 장편소설이 있어. 어느 날 주인공인 ‘사임’이 무정부주의자 조직에서 ‘목요일’이라는 이름을 얻게 되면서 펼쳐지는 이야기야. 정치적이고 철학적이고 긴박감이 넘치는 새로운 스타일의 추리소설이지. 이 남자의 악몽이 어떤 모습인지 놓치지 말기 바란다.

　"정신이 완전히 혼미해지기 전에 어두운 상태에서, 그는 어디선가 들은 듯한 흔한 말을 어렴풋이 들었다. 내가 마시는 잔을 마실 수 있겠느냐?"

　"내가 마시는 잔을 마실 수 있겠느냐?" 이 문장이 너무 좋아서 주위 사람들에게 만날 읊조리고 다닌 기억이 난다. 이 책에서 체스터튼은 앞에 언급했던 작가 벤틀리에게 헌사를 바치고 있어. 짐작했겠지만 두 사람은 평생 동안 절친한 친구로 지냈지. 헌사의 한 구절을 인용하고 체스터튼을 마무리하도록 할게.

　"비록 우리는 어려서 우리의 모래성은 힘이 없었지만, 그 모진 파도에 맞설 만큼 아주 높이 쌓았지. 모든 교회 종소리가 침묵했을 때에도, 우리의 광대 모자는 방울 소리를 울렸네. 우리를 도와주는 이 없었지만 우리는 성을 지켰고, 우리의 작은 깃발을 펄럭였지."

레이먼드 챈들러
(Raymond Chandler, 1888~1959)

제 12권

레이먼드 챈들러 기나긴 이별

미리보기

"우리 시대에는 공적, 사적인 도덕률이 충격적인 속도로 바닥에 떨어지고 있소. 자기 인생의 품질이 결핍되어버린 사람들에게 좋은 품질을 기대할 수는 없는 거요. 우리는 세상에서 가장 근사한 포장 기술을 갖고 있다오, 말로 씨. 그 안에 들어 있는 것은 대부분 쓰레기요."

"그런 삶을 받아들이라고, 친구. 나는 이 음울하고 더러우며 비틀린 대도시의 삶을 받아들일 테니."

[“]아들아

"바의 의자에 앉아서 바텐더와 이야기하는 슬픈 남자도 있었다. 바텐더는 유리잔을 닦으며, 사람들이 비명을 지르지 않으려고 애쓸 때 으레 짓는 꾸민 미소를 띠고 이야기를 경청하고 있었다. 세상의 모든 조용한 바에는 그렇게 슬픈 남자가 한 명씩은 있다."

사립탐정 필립 말로가 등장하는 챈들러의 작품들 중에서 어떤 걸 고를까 고민을 했었어. 아빠가 고른 건 작가의 마지막 장편소설이라고 할 수 있는 『기나긴 이별』이야. 그런데 챈들러라는 이름 낯익지 않아? 셰익스피어 앤 컴퍼니(Shakespeare And Company)에서 네가 아빠에게 책을 한 권 선물했었지? 그때 사준 책이 바로 챈들러의 편지 모음집 『Selected Letters of Raymond Chandler』였어. 1981년에 출판된 초판본이었지. 에즈라 파운드의 시집과 이 책 중에서 망설였잖아? 그 챈들러야. 아빠는 책 선물을 받고 너무 마음에 들어서 죽을 거 같다고 네게 말했었지?

"우리 시대에는 공적, 사적인 도덕률이 충격적인 속도로 바닥에 떨어지고 있소. 자기 인생의 품질이 결핍되어버린 사람들에게 좋은 품질을 기대할 수는 없는 거요. 우리는 세상에서 가장 근사한 포장 기술을 갖고 있다오, 말로 씨. 그 안에 들어 있는 것은 대부분 쓰레기요."

챈들러는 시카고에서 태어난 추리소설 작가고 그가 만들어 낸 사립탐정 필립 말로는 대실 해밋(Dashiel Hammett)의 샘 스페이드 만큼이나 유명한 캐릭터야. 인용한 문장에도 나오지만 현대사회에 대한 냉소와 연민, 인생의 쓸쓸함과 살면서 겪게 되는 이별들에 대해 담담하게 이야기하는 필립 말로에게서는 언제나 고독과 체념이 묻어나지. 챈들러가 단순한 탐정소설을 썼다면 그토록 많은 팬을 거느리지는 못했을 거야.

"나는 부엌에 가서 커피를 만들었다. 많은 양의 커피를. 진하고, 강하고, 쓰고, 끓을 정도로 뜨거우며, 가차 없고 타락한 커피를. 지쳐 버린 남자의 인생의 피."

필립 말로 시리즈의 마지막 책이어서 그랬던 걸까? 아니면 인생의 말년, 챈들러도 작가로서의 삶이 피곤했던 걸까?『기나긴 이별』에는 인생을 바라보는 작가의 피곤함이 짙게 배어 있어.

"텅 빈 수영장 위의 늘어진 다이빙대는 피곤해 보였다."

다이빙대를 피곤해 보였다고 표현하는 작가가 도대체 몇 명이나 되겠어? 챈들러는 자신의 모든 것을 이 책에 쏟아 부었다고 해. 이 책이 출판되고 5년 뒤 그는 폐렴으로 세상을 떠나고 말았지.

"베개 밑에 긴 검은 머리카락이 떨어져 있었다. 내 뱃속 깊은 곳에 납덩이가 들어있는 기분이었다. 프랑스 사람들은 그런 상황에 어울리는 표현을 가지고 있다. 그 녀석들은 모든 일에 어울리는 표현을 가지고 있고, 항상 맞는 말만 한다. 이별을 말하는 것은 조금씩 죽어 가는 것이다."

아, 깊이 숨을 들이마시자. 지나간 어느 순간이 너무 그리워 눈물이 날 만큼 사무치는 그런 날에는 양치질을 한번 하고 챈들러를 읽

자. "가진 적이 없는 위엄을 지키기 위해 일생 동안 가진 에너지의 반을 소진하면서 살아가는" 우리들에게, 잔인한 도시의 삶을 꾸역꾸역 살아가고 있는 쯤 우리들에게 챈들러가 말을 걸어올지도 모르니까.

"그런 삶을 받아들이라고, 친구. 나는 이 음울하고 더러우며 비틀린 대도시의 삶을 받아들일 테니."

놓치지 말아야 할 것

책의 뒷부분에 챈들러가 이 책의 원고를 뉴욕 출판사에 보내며 쓴 편지 일부가 실려 있어. 당연히 네가 사준 편지 모음집에도 들어 있어서 원문으로 인용해 본다. 편지를 보면 그 사람이 보이거든? 누군가를 알고 싶다면 그 사람과 편지를 주고받도록 해라. 챈들러의 편지 모음집도 놓치지 말고 읽어보기 바란다.

"May 14 1952

Dear Bernice:

I'm sending you today, probably by air express, a draft of a story which I have called The Long Goodbye. It runs 92,000 words.

Anyhow I wrote this as I wanted to because I can do that now. I didn't care whether the mystery was fairly obvious, but I cared about the people, about this strange corrupt world we live in, and how any man who tried to be honest looks in the end either sentimental or plain foolish. Enough of that."

T. S. 엘리엇(T. S. Eliot, 1888~1965)

T. S. 엘리엇

캣츠

미리보기

"오직 한 마리 고양이를 위한 단 하나의 이름.
말할 수 없는, 말로 하되 말로 표현할 수 없는 깊고 불가해한
단 하나의 이름."

"그렇게 사기꾼 기질과 품위를 두루 갖춘 고양이는 없다네.
그는 언제나 알리바이가 있네, 여유분으로 한두 개가 더 있네.
사건이 벌어지면 어김없이 매캐비티는 이미 사라지고 없다네!"

[“]아들아

"오직 한 마리 고양이를 위한 단 하나의 이름.
말할 수 없는, 말로 하되
말로 표현할 수 없는
깊고 불가해한 단 하나의 이름."

<캣츠Cats>라는 뮤지컬 들어봤지? 역사상 가장 성공한 뮤지컬 중 하나인 <캣츠>의 원작이 바로 이 시집이야.『노련한 고양이에 관한 늙은 주머니쥐의 책』이라는 재미있는 제목의 시집이지. 작가인 T. S. 엘리엇은 시인이자 비평가였고 책의 편집자로도 유명했어. 20세기 문학에 큰 영향을 미친 작가였는데『황무지The Waste Land』라는 작품으로 노벨문학상을 수상하기도 했어.

"쥐들이 절대로 조용해지지 않을 거라는 기미를 잡으면,
그것이 불규칙한 식사가 될 줄 알면서도
시도하지 않고 되는 건 없다는 걸 믿으면서,
그녀는 굽고 튀겨낼 준비를 하지요."

15편의 시로 이루어진 이 시집은 장난기와 재치가 가득해서 입가에 미소를 짓지 않고서는 읽어 내려갈 수가 없어. 그런데 엘리엇은 왜 고양이를 소재로 시를 지었을까? 평소에 고양이를 너무 좋아해서? 아니면 고양이가 가지고 있는 특별한 문학적 의미가 있어서?

"그라울타이거는 불한당 고양이, 거룻배를 타고 여행을 했죠:
수사망을 피해 유유히 돌아다닌 사납디사나운 고양이.

그레이브젠드에서 옥스퍼드까지 사악한 목표를 향해 질주하고,
'템즈강의 공포'라는 별명을 스스로 즐겼답니다."

시에 등장하는 고양이들을 살펴보자. 심오한 명상을 하는 고양이, 반항아 고양이, 도시 고양이, 불한당 고양이, 귀까지 먹은 늙은 고양이 등 엘리엇은 고양이들을 통해 기쁨과 행복을 추구하느라 발버둥을 치지만 늘 어설프고, 어이없고, 한심한 우리 인간들을(인간 사회를) 쉽고 재미있게 풍자하고 있어. 그는 고양이 세 마리를 집에서 기르면서 고양이들이 보이는 특이한 버릇이나 행동패턴을 관찰했다고 해.

"그렇게 사기꾼 기질과 품위를 두루 갖춘 고양이는 없다네.
그는 언제나 알리바이가 있네, 여유분으로 한두 개가 더 있네.
사건이 벌어지면 어김없이 매캐비티는 이미 사라지고 없다네!"

책의 뒤쪽에는 영문 원작시도 들어 있어. 시를 읽으면서 영어로는 어떻게 표현이 되어 있는지 같이 읽어보는 것도 큰 즐거움이 될 거야. 이 책에 실린 시들도 재미있지만 무엇보다 눈에 확 들어오는 건 고양이를 익살맞게 그려 놓은 삽화야. 어떻게 고양이를 이토록 능글맞고 뻔뻔스럽고 사랑스럽게 그릴 수가 있을까? 이 그림을 그린 작가는 에드워드 고리(Edward Gorey)라는 미국 태생의 시인이자 일러스트레이터야. 1925년 시카고에서 태어났고 찰스 디킨스나 루이스 캐럴 같은 유명 작가의 작품에 삽화를 그렸어. 『캣츠』에 나오는 고양이들도 그의 솜씨야. 그의 작품집이 책으로도 여러 권 나와 있으니까 꼭 구해서 보기 바란다. 어딘가 기괴하고 소름끼치

지만 한번 보면 자꾸만 생각난다는 게 그의 작품을 본 사람들의 공통된 반응이야. 아무튼 고양이가 말을 하기 전까지는 절대 말을 걸어서는 안 된다는 거, 그리고 반드시 존경심을 먼저 표시해야한다는 거, 잊지 마.

놓치지 말아야 할 것

T. S. 엘리엇의 대표작이『황무지』라고 했잖아? 이 작품은 네가 항상 '에즈라 머시기'라고 부르는 시인 에즈라 파운드(Ezra Pound)의 도움이 없었다면 세상에 나오지 못했을지도 몰라. 에즈라 파운드는 런던에 살면서 여러 문학잡지의 편집을 담당했었는데 그때 유럽 각국의 문학에서부터 중국과 일본문학까지 번역해서 소개를 했다고 해.『황무지』를 세상에 나오게 했고, 젊은 미국 소설가였던 헤밍웨이를 도와주었고, 그 유명한 제임스 조이스(James Joyce)의『율리시스Ulysses』의 출판을 돕기도 했어. 그는 70권의 책을 썼고 1500편 이상의 글을 썼으며 동양과 서양문학에 깊은 조예를 가진 천재였지. 당시를 지배하던 시대의 흐름보다는 시와 예술에 대한 열망과 의지를 손에서 놓지 않았던 작가야. 진정한 문학을 옹호했고 돈과 상업주의에 물들어가는 문화계를 경멸하고 비판하기도 했어. 그의 삶 자체도 한편의 서사시였다고 할까? 어쩌면 아빠가 에즈라 파운드에게 매혹되었던 것도 그의 소설 같은 삶 때문이었는지도 몰라. 어떤 인생을 살았는지는 아들이 한번 찾아봐. 인간의 삶이 이토록 드라마틱할 수도 있다는 걸 알게 될 거야. 그는 1972년 11월 1일에 세상을 떠났어.

단 두 줄의 문장으로 에즈라 파운드의 이름을 영원하게 만들었던 <지하철 정거장에서In a Station of the Metro>라는 시를 소개해 줄게.

"The apparitions of these faces in the crowd;
Petals on a wet, black bough.
군중 속에서 유령처럼 나타나는 이 얼굴들,
까맣게 젖은 나뭇가지 위의 꽃잎들."

에즈라 파운드가 파리의 지하철 플랫폼에서 지나가는 지하철을 바라본 거지. 어두운 지하철 선로를 따라 지하철이 도착했겠지. 옷 색깔이 아주 밝지 않은 이상, 밖에서 지하철 안을 바라보면 형광등 불빛에 비친 사람들의 얼굴만 도드라지게 보이잖아? 많은 사람들이 삶에 찌든 표정으로 손잡이에 몸을 싣고 집을 향해 가고 있었겠지. 이걸 젖어서 검게 보이는 나뭇가지 위에 매달린 꽃잎이라고 부르다니, 정말 기막히지 않니? 나뭇가지가 비에 젖으면 검은 색처럼 보이니까 말이야. 이제 에즈라 머시기의 이름을 꼭 기억하기 바란다.

제임스 M. 케인(James M. Cain, 1892~1977)

제임스 M. 케인

포스트맨은 벨을 두번 울린다

미리보기

"공연스레 뚱한 표정을 지은 그녀는 입술을 삐죽 내밀고 있었다. 나는 어쩐지 그 입술을 콱 찌부러뜨려 쑥 밀어 넣어주고 싶은 기분이 들었다."

"서로 진실 얘기를 나눈 뒤여서 알아주었을지 모른다고 생각한다. 그러나 살인을 우습게 알면, 그러한 점에 무서운 일이 도사리고 있는 법이다. 차가 충돌했을 때, 역시 내가 해냈구나 하고 그녀의 뇌리에 스쳤을지도 모르는 일이다."

" 아들아 캘리포니아, 고속도로 길가에 널려 있는 흔한 식
당. 어느 날 찾아온 젊은 남자 프랭크, 카페의 여주인 코라, 그리고
그녀의 나이 든 그리스인 남편. 대공황이 몰아닥친 1930년대 미
국 사회의 분위기를 폭력과 섹스, 살인으로 포착한 이 느와르 걸작
은 비정하고 황량하고 거칠고 고독이 물씬 배어나는 작품이야. 무
엇보다 뭔가 불행한 일이, 더 큰 폭력이 일어날 것만 같은 긴장감과
주인공들에 대한 거침없는 묘사가 압권인데 작가는 등장인물들에
대해 동정이나 연민은 1도 없어.

"공연스레 뚱한 표정을 지은 그녀는 입술을 삐죽 내밀고 있었다.
나는 어쩐지 그 입술을 콱 찌부러뜨려 쑥 밀어 넣어주고 싶은 기분
이 들었다."

감정이 배제된 문체가 읽는 사람으로 하여금 더 소름을 돋게 만
들어. 세 남녀는 어떻게 될까? 흥미진진하고 서스펜스 넘치고 팽팽
한 분위기가 장난 아니야. 결말도 매끈하기 짝이 없어. 지금이야 평
범해 보일지 몰라도 책이 나온 1934년에는 많은 사람들에게 충격
을 안겨줬다고 해. 섹스, 살인, 폭력 등 당시 미국 범죄영화들이 원
하는 요소가 다 들어있는 그런 작품이었지.

"멋쩍은 순간을 얼버무릴 생각으로 우스꽝스런 표정을 지어 보
이려 했지만 못난이 표정밖에는 짓지를 못했으니 죽을 쑨 꼴이 되고
말았다. 그러나 녀석들은 내가 불쌍해 보였던지 담배 한 개비를 내
게 적선해 주었다. 그 담배를 피우며 나는 힘없이 걷기 시작했다. 끝
없는 세상을 방황하는 굶주린 들개처럼 냄새를 맡으면서 말이다."

1934년에 출판된 케인의 첫 소설『포스트맨은 벨을 두 번 울린다』는 2번 영화화되었는데 그 중에서도 제시카 랭(Jessica Lange)과 잭 니콜슨(Jack Nicholson)이 주연한 1981년 작품이 유명해. 잭 니콜슨의 연기는 언제나 최고니까.

"서로 진실 얘기를 나눈 뒤여서 알아주었을지 모른다고 생각한다. 그러나 살인을 우습게 알면, 그러한 점에 무서운 일이 도사리고 있는 법이다. 차가 충돌했을 때, 역시 내가 해냈구나 하고 그녀의 뇌리에 스쳤을지도 모르는 일이다."

놓치지 말아야 할 것

(1) 제목과는 달리, 이 책에는 포스트맨이 나오지 않아. 그렇다면 postman의 다른 의미가 있나? 그리고 벨을 왜 두 번 울리지? 재미있는 이야기가 숨겨져 있으니까 한번 뒤져보도록 해라. 위에 말한 영화가 한국에 개봉될 당시, 처음 제목은 '우편배달부는 벨을 두 번 울린다'였다고 해. 제목만 보면 마치 우편배달부가 편지를 배달하면서 그 집의 여자와 무슨 불편한 관계를 가지는 사람처럼 보인다고 항의가 들어와서(영화 포스터에 두 남녀가 에로틱하게 엉켜 있거든) 제목을 '포스트맨'으로 바꾸고 영화를 개봉한 유명한 일화가 있어. 그게 뭐가 다르냐고? 영어잖아. 농담 아니야. 진짜로 그린 일이 있었어.

(2) 번역본에는 여주인공 Cora를 콜라라고 표기하는 바람에 "나는 아래층으로 내려가서 콜라를 준비했다. 콜라를 마시고 트림이 채 나오기도 전에 콜라가 문간에 서 있었다." 대체 콜라가 왜 문

간에 서 있는 거지? 이런 어이없는 문장이 나오기도 해. 오타와 잘못된 띄어쓰기 때문에 화가 치밀어서 확인해보니 이 출판사의 책은 품절되었더라고. 뭐 오래전에 나온 책이니까.

(3) 노벨 문학상을 받았던 유명한 작가 알베르 까뮈(Albert Camus)는 이 책이 자신의 대표작이었던 『이방인The Stranger』에 영향을 미쳤다고 말한 바 있어.

(4) 작가가 책의 헌사를 바친 빈센트 로렌스(Vincent Lawrence)는 1889년에 미국에서 태어난 할리우드의 시나리오 작가야. 대표작으로는 세실 B. 드밀(Cecil B. DeMille) 감독의 <클레오파트라Cleopatra>, 캐서린 헵번(Katharine Hepburn)이 주연했던 <초원의 바다The Sea of Grass>와 같은 작품이 있어.

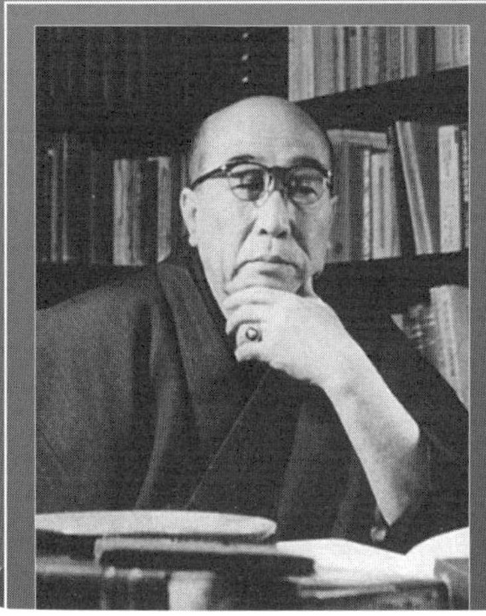

에도가와 란포
(Edogawa Rampo, 1894~1965)

제 15권

에 도 가 와 란 포

외딴섬 악마

미리보기 ─────────○

"나는 드디어 미스터리 소설을 쓸 때가 왔다고 생각했다. 실직한 상태이니까 시간만큼은 충분하다. 만약 이 원고가 팔린다면 담뱃값조차도 궁한 이 생활에 참으로 다행스러운 일이 아니겠는가. 오랫동안 키워왔던 미스터리 소설에 대한 정열을 단숨에 쏟아 부을 수 있는 것도 이때다 싶었다."

"어머니도 아버지도 없이 감옥 같은 곳간에 갇혀서 한 번도 넓은 세상에 나간 일이 없다는 불행만으로도 슬퍼서, 슬퍼서 죽어버리고 싶을 정도인데 요즘에는 기쓰짱이 싫은 짓까지 하니까 가끔 기쓰짱을 목 졸라 죽여 버릴까 하고 생각한답니다. 기쓰짱이 죽으면 틀림없이 히데짱도 함께 죽어 버릴 테니까요."

"아들아 천재 작가, 잔혹한 취미, 몽환적인 경향. 작가 에도가와 란포를 수식하는 말들이야. 와세다 대학을 다닐 때, 학비를 벌려고 아르바이트만 하다 보니 강의를 제대로 듣지 못해서 스스로 '와세다 도서관 졸업'이라고 자조했다는 에도가와 란포. 본명은 히라이 타로인데 에드거 앨런 포(Edgar Allan Poe)의 이름을 일본식으로 흉내 내서(포는 너도 알고 있지?) 에도가와 란포라는 필명을 지었다고 해.

"나는 드디어 미스터리 소설을 쓸 때가 왔다고 생각했다. 실직한 상태이니까 시간만큼은 충분하다. 만약 이 원고가 팔린다면 담뱃값 조차도 궁한 이 생활에 참으로 다행스러운 일이 아니겠는가. 오랫동안 키워왔던 미스터리 소설에 대한 정열을 단숨에 쏟아 부을 수 있는 것도 이때다 싶었다."

이때 나온 소설이 그 유명한 『2전짜리 동전』이라는 작품이야. 단편인데 교묘한 트릭이 무척 재미있어. 오늘 소개할 작품은 『외딴섬 악마』인데, "나는 아직 나이 서른도 채 안됐는데 짙은 머리칼이 한 가닥도 남아있지 않은 백발이다."로 시작하는 이 소설의 요상하고 기괴한 상상력은 무섭다는 말로는 다 표현할 수가 없는 전율을 안겨줘. 어느 네티즌이 그런 리뷰를 썼더라. '등뼈를 진동하게 만드는' 작품이라고. 기괴함에 있어서는 따라올 자가 없지.

"스케하치 씨는 저보고 18살이라고 합니다. 18살이란 태어나서 18년 지났다는 말이니까, 저는 틀림없이 이 네모난 벽안에서 18년을 살았다는 얘기일 겁니다. 꽤 슬픈 기간입니다."

란포의 문장 하나하나를 상상해봐. 머리카락이 곤두설 지경이야. 란포의 이 음울한 미스터리 걸작을 읽고 있으면 젊은 날 란포가 가졌을 예술에의 갈망과 그가 평생을 가슴속에 간직하고 살았던 작가로서의 우울과 고독이 느껴지는 것 같아. 시대를 앞서간 사람들은 다들 얼마나 외로웠을까?

"어머니도 아버지도 없이 감옥 같은 곳간에 갇혀서 한 번도 넓은 세상에 나간 일이 없다는 불행만으로도 슬퍼서, 슬퍼서 죽어버리고 싶을 정도인데 요즘에는 기쓰짱이 싫은 짓까지 하니까 가끔 기쓰짱을 목 졸라 죽여 버릴까 하고 생각한답니다. 기쓰짱이 죽으면 틀림없이 히데짱도 함께 죽어 버릴 테니까요."

책에 나오는 기형 쌍둥이 히데짱의 고백인데 광기와 아름다움, 공포와 소름끼치는 상상력까지 란포의 작품들은 마력(魔力) 그 자체야. 란포가 없었다면 일본 추리소설도 없었어. 그래서 그를 일본 추리소설의 아버지라고 불러. 일본추리작가협회에서는 매년 뛰어난 추리소설 작품에 '에도가와 란포 상'을 수여하고 있지.

"'뭐예요, 그 눈은?' 그녀는 외치면서 양손으로 남편의 눈을 덮었다. 그리고 '뭐예요? 뭐예요?'하고 미친 듯이 계속 외쳤다. 병적인 흥분이 그녀를 무감각하게 만들었다. 양손가락에 어느 정도의 힘이 가해졌는지조차 거의 의식하지 못했다."

단편『배추벌레』에 나오는 구절이야. 이 책을 10년 전에 읽었는데 아직 그 이미지들을 지울 수가 없어. 오늘 밤 잠자리에 들면 우리는 무슨 꿈을 꾸게 될까?『인간의자』에 나오는 의자 속에 들어가 있는 남자의 꿈일까? 아니면『지붕 속 산책자』에 나오는 천장을 산책하는 사나이의 꿈일까? 이 꿈은 악몽일까? 우리 내면의 진실을 비추는 거울일까? 작가가 서명을 할 때 써주곤 했다는 유명한 문구가 있어. '현실은 꿈, 밤의 꿈이야말로 진실.' 에도가와 란포는 진짜 괴물이야.

놓치지 말아야 할 것

일본 추리소설은 영미권의 그것과는 또 다른 분위기와 전통을 가지고 있어. 홈즈처럼 기계 같은 탐정은 거의 없는 거 같아. 범인이든 범인을 쫓는 탐정이든 다 인간적이라고 할까? 인간 심리에 대한 사유와 고민의 흔적들이 느껴지거든. 물론 일본 특유의 기괴함이라든지 어둠 같은 게 짙게 깔려 있기도 하지. 아무튼 인간적이고 디테일한 추리 기법들, 이야기를 끌고 나가는 작가들의 역량, 예상치 못했던 반전까지 일본 추리소설도 한번 맛을 들이면 빠져나오기가 쉽지 않아. 읽었던 작품들 중에 딱 10편을 골라봤어. 비교해서 고심 끝에 고른 게 아니라 10편의 제목을 정해보자 하고 곧바로 생각났던 작품들이야.

(1) 영원한 나만의 베스트. 기리노 나쓰오는 내가 가장 사랑하는 일본의 미스터리 작가야. 그녀의 대표작『아웃』은 한 번 읽고 나면 절대 잊을 수 없는 작품이기도 해.

(2) 이 책을 읽고 일본 추리소설에 입문했지. 기괴하고 무서운데 절대로 중간에 책을 놓을 수 없어.『점성술 살인사건』은 탄복할 만한 트릭으로 일본 추리소설의 새로운 물결을 주도했던 작품이야.

(3) 일본의 스티븐 킹으로 불리는 미야베 미유키의 걸작『모방범』은 이야기의 마법이란 어떤 건지 제대로 보여주는 작품이야. 별이 빛나는 피스의 산장은 지금 생각해도 소름이 돋아.

(4) 단편 추리소설의 참맛은 뭘까? 일상에서 우리가 겪는 서늘한 순간들을 절묘하게 포착해내는 솜씨 아니겠어? 아토다 다카시의 『나폴레옹 광』은 의혹, 유머, 무시무시한 암시와 의외의 반전으로 단편 미스터리의 참맛을 알려주고 있어.

(5) 이런 반전이? 말이 필요 없어.『벚꽃 지는 계절에 그대를 그리워하네』는 마지막 한 페이지만으로 모든 걸 보상해주는 작품이야.

(6) 환상과 공포의 절묘한 만남『망량의 상자』는 분위기가 너무 으스스해서 밤에 혼자 읽기가 영 그럴지도 몰라. 교고쿠도가 끝도 없이 떠드는 장광설이 백미인 작품이지.

(7) 일본의 국민 탐정 긴다이치 코스케가 등장하는 작품. 거장 요코미조 세이시의 호러 미스터리『팔묘촌』은 음습하고 무섭고 충격적인 작품이야. 하얀 머리띠를 하고 일본도와 엽총으로 마을 주민을 학살하는 장면은 일본 미스터리 소설을 통틀어 최고의 명장면이라고 할 수 있어.

(8) 단순히 살인사건의 범인을 잡는 이야기가 아니라, 범죄에는 반드시 그 사회가 안고 있는 구조적인 문제가 자리 잡고 있다는 시각으로 추리소설을 썼던 작가들이 있어. 그들의 작품을 사회파 미스터리라고 부르는데 이 사회파 미스터리의 거장이었던 마쓰모토 세이초의 초기 걸작이『점과 선』이라는 작품이야. 도쿄 역 플랫폼이 배경이고 기차 시간표가 단서가 되는 고전중의 고전이지.

(9) 범인을 잡기 위해 제일 먼저 확인하는 작업이 용의자의 알리바이 잖아? 이 알리바이를 교묘하게 이용해서 최고의 반전을 선사하는 작품이 히가시노 게이고가 쓴『용의자 X의 헌신』이야.

(10)『에토로후 발 긴급 전』은 경찰소설의 대가라고 불리는 사사키 조의 첩보 스릴러야. 일본의 진주만 공격이라는 역사적 사실을 배경으로 한 이 작품은 손에 땀이 날 정도로 박진감 넘치는 첩보전의 세계를 그리고 있어.

대실 해밋(Dashiell Hammett, 1894~1961)

대실 해밋

몰타의 매

미리보기

"책상 위의 담뱃재들이 바람에 떨며 가볍게 꼬물거렸다.
The ashes on the desk twitched and crawled in the current."

"모든 게 다 지겨워요. 나 자신도 지겹고, 거짓말하는 것도 지겹고 그걸 지어내는 것도 지겹고, 뭐가 거짓이고 진실인지 모르는 것도 지겨워요.
So tired of it all, of myself, of lying and thinking up lies, and of not knowing what is a lie and what is the truth."

"아들아 대실 해밋은 실제로 탐정사무소에서 일한 경험을 가진 하드보일드 탐정소설의 선구자야. 그가 창조한 탐정 샘 스페이드는 역사상 가장 유명한 탐정 중 한 사람이지. 융통성 없을 만큼 명예를 소중하게 생각하는 샘 스페이드는 낭만적이고 터프한 탐정의 전형이기도 해. 샘 스페이드 외에도 책의 등장인물들 모두가 갱스터 무비에서 방금 튀어나온 것처럼 개성이 넘치고, 그들이 내뱉는 대사들은 살아 꿈틀거리지.

> "만약 당신이 교수형을 당한다면 나는 영원히 당신을 기억하겠습니다.
> If they hang you I'll always remember you."

그의 문장들은 길지도 않아. 간결하고 비정하고 힘이 넘치지. 차가운 도시를 배경으로 온갖 비열한 인간들이 다 등장하지만, 섬세하고 멋진 표현들이 얼마나 많은지 아마 너도 깜짝 놀랄 거야.

> "책상 위의 담뱃재들이 바람에 떨며 가볍게 꼬물거렸다.
> The ashes on the desk twitched and crawled in the current."

twitch를 사전에서 찾아보면 씰룩거리다, 경련하다는 뜻이거든. 담뱃재가 바람에 떨다니, 이런 멋진 문장이 또 어디 있겠어? 험프리 보가트(Humphrey Bogart)가 주인공을 맡았던 흑백영화 <몰타의 매>도 기회가 되면 찾아보기 바란다. 거장 존 휴스턴(John Huston) 감독이 1941년에 연출한 작품이야. 험프리 보가트는 흑백영화 시대 최고의 스타였고 멋쟁이였어.

브리지드 오쇼네시가 샘에게 이렇게 말해. 아빠는 이 대사가 책
의 주제라고 생각해. 금주법(National Prohibition Act, 미국에서 술
의 제조와 판매를 전면 금지시켰던 법)과 범죄로 얼룩진 1920년대
를 이만큼 잘 표현한 문장도 없을 거야.

> "모든 게 다 지겨워요. 나 자신도 지겹고, 거짓말하는 것도 지겹
> 고 그걸 지어내는 것도 지겹고, 뭐가 거짓이고 진실인지 모르는 것도
> 지겨워요.
> Oh, I'm so tired, so tired of it all, of myself, of lying and
> thinking up lies, and of not knowing what is a lie and what
> is the truth."

돈과 욕망, 총과 폭력, 범죄와 인간 군상들, 어김없이 등장하는
여인들과 정의로운(때로는 우아하다고 느껴질 정도로 세련된) 탐
정까지 대실 해밋의 작품들은 범죄가 횡행했던 1920년대 미국 사
회의 단면을 거침없이 묘사하고 있어. 보스턴 글로브(The Boston
Globe)라는 미국 신문이 있는데 이 신문이 "Dashiell Hammett is a
master of the detective novel, yes, but also one hell of a writer."라고
평한 적이 있어. 정말 굉장한 작가라는 말이지. 아무튼 대실 해밋은
이후 등장한 모든 하드보일드 탐정소설의 기틀을 마련한 작가였고
『몰타의 매』는 그 모든 것들 중에서도 최고의 작품이야. 작가의 첫
장편소설인『피의 수확(Red Harvest)』도 재미있으니까 꼭 읽어보고.

놓치지 말아야 할 것

제목인 몰타의 매는 황금과 보석으로 치장한 매 조각상의 이름이야. 이 조각상을 둘러싸고 살인사건이 일어나지. Malta는 나라이름(The Republic of Malta)인데 이탈리아에서 100km정도 아래에 위치한 지중해의 작은 섬나라야. 말타 아니다, 몰타다. 이 섬나라의 섬들 중에서 가장 큰 섬의 이름이 몰타 섬이기도 해.

대실 해밋이 실제로 탐정사무소에서 일한 경험이 있다고 했지? 그가 7년 동안 근무했던 탐정사무소의 이름은 Pinkerton National Detective Agency였는데 이곳에서 범죄의 유형이라든지, 탐정 캐릭터에 대한 많은 소재와 영감을 얻었다고 해. 1850년에 설립된 이 탐정사무소의 설립자 이름이 앨런 핑커톤(Allan Pinkerton)이었어. 자료를 찾아보니까 탐정사무소의 슬로건이 We Never Sleep 이더라. 재미있지?

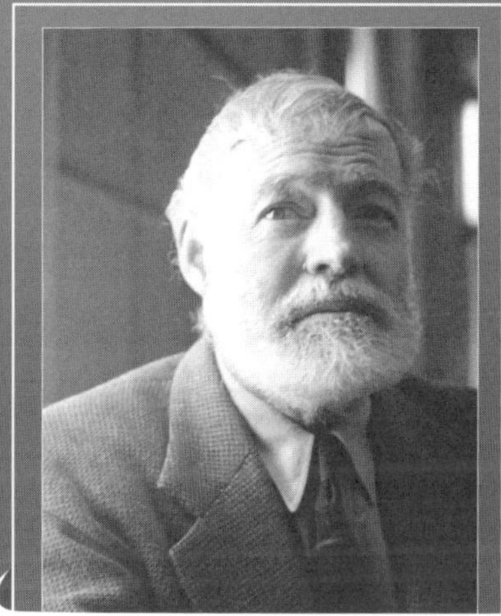

어니스트 헤밍웨이
(Ernest Hemingway, 1899~1961)

어니스트 헤밍웨이

노인과 바다

미리보기 ──────────────────○

"하지만 인간은 패배하도록 만들어지지 않았어." 노인은 말했다. "사람은 파멸당할 수는 있을지언정 패배하진 않아."

"이보게, 늙은이, 생각일랑 집어치우게." 노인은 큰 소리로 말했다. "이대로 항해나 계속하게. 그러다 일이 닥치면 그때 맞서 싸워."

아들아

오늘도 여지없이 밤늦게 위원장님 전화가 와서 책 읽고 있냐? 고 묻는다. 24시간 책을 읽지는 않습니다라며 웃었거든. 커피나 한 잔 어때? 해놓고는 결국 돼지국밥집으로 가서 소주 한 잔을 했어. 파주 촌 출신 아니랄까봐 입맛은 어찌나 촌놈 스타일인지. 돌이킬 수 없는 영화제와의 관계에 대해, 처음 시작했던 사람들과의 우정에 관해 이런저런 이야기를 나누었어. 너도 몇 번 만났으니까 얼마나 재미있는 분인지 잘 알고 있을 거야. 소주 한 잔하고 헤어져야 그나마 잠이 온다는 말을 하면서 씩 웃으시지.

길 건너편 건물이 안보일 정도로 해무(海霧)가 자욱한 밤이야. 귀를 기울이면 안개가 움직이는 소리가 들릴 것만 같아. 기적처럼 고요하네. 집에서 나와 텅 빈 개천가를 걸었어. 이 순간만큼은 어둠과 물기를 머금은 바람과 안개 모두 내 것일 수 있다는 생각에 뭉클해지더라. 생뚱맞지?

"하지만 인간은 패배하도록 만들어지지 않았어." 노인은 말했다.
"사람은 파멸당할 수는 있을지언정 패배하진 않아."

아빠는『노인과 바다』에 나오는 이 구절을 너무 좋아 했었어. 지난 1년이 넘는 시간 동안 우리는 <다이빙 벨>과 함께 가라앉고 있었지만 소주 한 잔 기울이며 아무 의미도 없는 농담과 유치한 이야기를 하면서 웃음을 잃지 않으려고 해. 시대를 관통해 나갈 때 누구와 함께하느냐는 참 중요한 문제야. 이 말을 잊지 말도록 해라. 침몰하는 영화제의 앞날은 어찌 될까? 제자리로 돌아가기까지 또 얼마나 많은 시간이 필요할까? 그러는 사이 우리 모두는 병이 들고 말겠지만 시간은 소멸되는 게 아니라 늘 다시 되돌아오는 법이고 셰익스피어의 말처럼 "상처도 나을 때가 되어야 낫는" 법이니까 의연한 마음으로 시간을 좀 더 흘려보내야겠지?

"이보게, 늙은이, 생각일랑 집어치우게." 노인은 큰 소리로 말했다. "이대로 항해나 계속하게. 그러다 일이 닥치면 그때 맞서 싸워."

엉망에 엉망을 이어 붙인다고 엉망이 아닌 건 아니지만, 무언가를 끝내고 새로운 출발을 하고 싶을 때 아빠는 헤밍웨이의 글을 소리 내어 읽어. 그렇게 하면 이 갑갑한 현실이 좀 나아질까 싶어서 말이야.

"잡아당겨, 손아, 단단히 버텨라, 두 다리야, 제발 견뎌다오, 정신아. 제발 견뎌다오."

놓치지 말아야 할 것

헤밍웨이의 진면목을 알기 위해서는 단편소설을 읽어봐야 해. 절망적이고 폭력으로 가득한 세상, 하지만 그의 소설 속 인물들은 끝까지 포기하지 않고 행동하지. 헤밍웨이는 그런 인간의 모습을 때로는 감동적으로, 때로는 비정하리만치 차갑게 묘사하고 있어. 『킬리만자로의 눈The Snows of Kilimanjaro』도 좋고 『프란시스 매코머의 짧고 행복한 생애The Short Happy Life of Francis Macomber』도 좋아. 삶에 대한 날카로운 통찰력을 보여주는 그의 단편소설들을 놓치지 말기 바란다. 심플하고 박력이 넘쳐서 너도 좋아할게 될 거야. 아래는 『프란시스 매코머의 짧고 행복한 생애』

에 나오는 한 구절이야.

"조심스럽게 겨누며 그는 또 쏘았다. 그때 이미 물소의 큼직한
몸뚱이가 거의 그에게 덮칠 정도로 박두해 있었다. 그의 총은 코를
내밀고 덤벼드는 물소 대가리와 닿을락 말락 했다. 악에 받친 사악
하고 작은 두 눈이 보였다. 머리를 아래로 숙였다. 순간 그는 백열의,
눈이 핑 도는 섬광이 머릿속에서 터지는 것을 느꼈다. 그것이 그가
느낀 모든 것이었다."

산도르 마라이
(Sandor Marai, 1900~1989)

제 18권

산도르 마라이

열정

미리보기 ──────────────○

"그녀는 키는 작았지만, 몸속에 비밀을 품고 있는 듯이 강인하고 침착했다. 마치 그녀의 뼈, 피, 살 속에 시간이나 삶의 비밀, 말로 표현할 수 없기 때문에 누구에게 이야기할 수도, 언어로 옮길 수도 없는 그런 비밀이 숨어 있는 것 같았다."

"고통이나 죽음보다 더 나쁜 것이 있네. 자부심을 잃어버리는 경우가 더 나쁘다네. 인간으로서 영위하는 삶의 깊은 의미는 바로 이 자존심에 있네."

❝아들아

아들아, 엄마를 처음 보았을 때 농담이 아니라 26년 동안 만나
본 여자 중에 세상에서 제일 예쁜 여자였다. 지금 그 여자는 베이징
에서 아들을 키우고 있고 먹성이 좋아져서 살도 쪘지만 말이다. 이
렇게 세월이 훌쩍 지나가 버렸는데도 처음 만난 그날이 바로 얼마
전의 일처럼 느껴져. 엄마가 언젠가 아빠에게 이런 말을 한 적이 있
어. 늘 26살 같다고. 철이 없다는 말이었을까? 현실감각이 떨어진
다는 말이었을까? 아마 세월이 흐를수록 아빠는 엄마에 대해 점점
더 크게 후회하고 아파할 거 같아. 어느 책에 나오는 구절처럼 세월
이 지남에 따라 시간이 무거워질 줄을 미처 몰랐던 거지.

"진실, 삶에서 맡는 역할과 복장, 그리고 여러 가지 상황에 가려
보이지 않는 진실이 있다."

아빠가 서울에서 생활할 때 집 앞에 있던 학교 운동장 기억나?
집에 돌아와 할 일이 없을 때는 그 운동장을 몇 바퀴 돌곤 했었어.
초겨울이었나? 서늘한 바람이 파고들어 소름이 돋는 밤이었어. 운
동장을 돌다가 모든 형용사와 부사를 다 지우면 어떤 단어가 남을
까 문득 궁금해졌지. 우리 인생에서 돈이든, 성공이든, 뭐든, 모든
걸 다 지우고 나니 '아프지 마'라는 말이 남더라. 그래서 엄마에게

아프지 마라는 문자를 보냈지. 좋아하는 팥빵이라도 하나 사먹으라는 답장이 왔었어. 우유랑 꼭 같이 먹으라고 하면서. 마치 우유와 같이 먹으면 몸속에 있는 안 좋은 것들이 다 사라진다고 믿는 사람처럼. 엄마는 그런 거 하나에도 간절함을 실어 보내니까. 나도 모르게 웃음이 나오더라. 아빠는 식성이 변해서 팥빵 안 좋아하거든. 우리는 왜 세세한 것들을 통해서만 본질적인 것을 이해할 수 있는 걸까? 엄마와 커피 한 잔 앞에 놓고 우리가 함께 했던 젊은 날에 대해 그리고 흐르는 세월이 안겨준 서글픔에 대해 이야기가 나누고 싶어진다.

> "그에게는 기다리는 도리밖에 없지. 자신을 고독으로 몰아넣은 모든 것에 대해 그러한 처지에 몰아넣은 사람과 한 번 더 이야기할 수 있는 날이나 시간을 기다릴 수밖에 없어."

산도르 마라이는 헝가리에서 태어난 작가고, 그의 책『열정』은 41년 만에 다시 만난 두 친구의 대화가 전부인 소설이야. 그런데 그 대화들이(실은 독백에 가까운) 심장을 콕콕 찔러. 우정, 이기심, 고독, 친밀함, 진실, 절망, 눈먼 희망에 대한 거울과도 같은 책이라고 할까? 그의 글은 기계적으로 정의내리는 무수한 단어들을 뛰어넘고 있어.

> "고통이나 죽음보다 더 나쁜 것이 있네. 자부심을 잃어버리는 경우가 더 나쁘다네. 인간으로서 영위하는 삶의 깊은 의미는 바로 이 자존심에 있네."

엄마가 무화과 좋아하는 거 알지? 무화과가 먹고 싶다는 말을 듣고 곧바로 농산물 시장을 갔었어. 냉장 보관을 하지 않으면 이틀 만에 상해버린다고 해서 중국으로 보내줄 수가 없었지. 아빠 마음이 얼마나 아쉬웠는지 다음에 무화과나무를 심어주겠노라 약속을 했었어. 그 여름, 농산물 시장, 이마 위로 흘러내리던 땀 한 방울을 잊을 수가 없구나. 언제부턴가 엄마 생각만 하면 무화과가 제일 먼저 떠올라.

놓치지 말아야 할 것

『열정』보다 3년 일찍 (1939년) 발표한 『유언Esther's Inheritance』 이라는 작품이 있어. 사십대 중반의 여인 에스터 앞에 사랑을 팔아먹는 거짓말쟁이 라요스가 20년 만에 다시 나타나. 두 사람은 과거의 잘못된 것들을 바로잡을 수 있을까? 라요스를 다시 만난 에스터는 과연 어떤 선택을 하게 될까? 그녀가 남긴 유언의 내용은? 믿음과 배신, 가망 없는 사랑과 기다림 그리고 마주하게 되는 삶의 진실이 궁금하다면 이 책도 읽어보도록 해라. 인간의 운명을 꿰뚫어보는 산도르 마라이의 소설은(언어는!) 단 몇 마디의 문장만으로도 읽는 사람을 단숨에 사로잡는 매력이 있어.

"두 사람은 때가 되기 전에는 하루도 더 일찍 만날 수 없소. 기분이 내키고 마음이 맞아서가 아니라 거역할 수 없는 우주의 율법에 따라 내적으로 성숙해야 한다오."

이렌 네미로프스키
(Irene Nemirovsky, 1903~1942)

제 19권

프랑스 조곡

이렌 네미로프스키

미리보기

　"지금 그 주위에 있는 사람들은 운명이 유독 그들만, 불행한 그들 세대만 못살게 군다고 믿었다. 하지만 그는 이러한 집단탈주가 어느 시대에나 있었다는 것을 알고 있었다. 얼마나 많은 사람들이 아이들을 가슴에 끌어안은 채 화염에 휩싸인 도시를 버리고 적을 피해 달아나다 피눈물을 흘리며 이 땅에(세상의 모든 땅에) 쓰러졌던가! 하지만 아무도 그렇게 죽어간 수많은 사람들에 대해선 생각하지 않았다. 그 후손들에게 그들은 도살당한 닭들처럼 조금도 중요하지 않았다."

"아들아

2차 세계대전. 독일군이 프랑스 파리까지 진격해 들어오고 페리캉 집안사람들, 소설가인 가브리엘 코르트, 미쇼 부부, 전쟁 포로가 되어 생사조차 확인할 수 없는 남편을 둔 뤼실은 피난 준비를 해. 그리고 독일군 장교 부르노가 점령한 땅을 다스리기 위해 도착하지. 광기와 비이성의 시대를 살아남아야 하는 이들의 운명은 어떻게 될까?

"지금 그 주위에 있는 사람들은 운명이 유독 그들만, 불행한 그들 세대만 못살게 군다고 믿었다. 하지만 그는 이러한 집단탈주가 어느 시대에나 있었다는 것을 알고 있었다. 얼마나 많은 사람들이 아이들을 가슴에 끌어안은 채 화염에 휩싸인 도시를 버리고 적을 피해 달아나다 피눈물을 흘리며 이 땅에(세상의 모든 땅에) 쓰러졌던가! 하지만 아무도 그렇게 죽어간 수많은 사람들에 대해선 생각하지 않았다. 그 후손들에게 그들은 도살당한 닭들처럼 조금도 중요하지 않았다."

하지만 애석하게도 이 책은 미완성이야. 작가가 구상했던 책의 절반도 안 되는 분량이지. 미완성인 상태에서 읽어도 재미있고 감동적인데 1000페이지 책으로 완성이 되었더라면 얼마나 위대한 작품이 되었을까? 정말 안타까운 일이 아닐 수 없어. 왜 미완성이냐고? 작가 이렌 네미로프스키는 유대인이라는 이유로 독일군에게 끌려가서 결국 죽음을 맞이하게 돼. 아내를 구하기 위해 눈물겨운 투쟁을 벌였던 남편도 가스실에서 죽고, 살아남은 어린 두 딸은 독일군의 눈을 피해 도망을 다니면서도 엄마의 원고가 들어 있는 가방을 끝내 지켜냈다고 해. 당시 큰 딸 드니즈의 나이는 13살이었어. 그렇게 62년이 지났고 마침내 2004년 엄마의 원고가 출간되었으니 그 책이 바로 『프랑스 조곡』이야. 딸들이 가방을 지켜내지 못했으면 이 책도 없었던 거지. 그 어떤 책보다 더 감동적인 이야기지? 세월이 흘러 할머니가 된 딸은 출간된 책에 이런 헌사를 바치고 있어.

"배척과 탄압의 드라마를 겪었고 오늘날에도 겪고 있는 모든 이를 위해."

책의 원고와 함께 작가가 평소에 메모를 하곤 했던 노트도 남아 있는데, 그 노트를 보면 "폭풍 시리즈가 걸작이 되어야 하고, 걸작이 될 거라는 확신이 든다. 계속 밀어붙여야 한다."는 메모가 있어. 작가의 치열함이 느껴져? 『프랑스 조곡』은 작가의 미완성 유작이 되고 말았지만 문장의 세련됨, 단락의 적절한 배치, 이야기가 주는 감동에 소름이 돋아. 이런 천재가 전쟁이라는 비극이 없었다면 위대한 작품들을 얼마나 더 많이 남겼을까? 흑백 사진 한 장으로만 기억될 작가의 얼굴을 보며 나도 모르게 눈물이 나더라.

출판사가 얼마나 꼼꼼하게 편집을 했는지 책의 본문, 사진들, 긴박감이 넘쳤던 당시의 전보와 편지들까지 속이 알찬 책으로 나와 있어. 이기주의와 비겁함, 잔인함이 넘쳐나는 세상에서 우린 어떤 삶을 살아가야만 하는 걸까? 어떻게 해야 이 가혹하고 헛된 삶 앞에서 한줌의 의미라도 손에 쥘 수 있을까? 필독 도서다. 꼭 읽어 보도록 해.

"결국 남게 되는 것은 우리의 보잘것없는 일상과 예술"이니까.

놓치지 말아야 할 것

작가의 남편 미셸 엡스타인(Michael Epstein) 역시 유대인이었기 때문에 거주지를 벗어날 수 없었어. 직접 아내를 찾아 나설 수 없었던 남편은 몇 몇 사람들에게 아내의 행방을 묻거나 구명 운동을 부탁했지. 이렌 네미로프스키가 어느 수용소로 끌려갔는지, 살았는지 죽었는지도 모르는 상태에서 미셸 엡스타인이 출판사 문학 책임자에게 보낸 편지 하나를 소개할게.

> "1942년 9월 19일.
> 우리 편지가 서로 엇갈렸군요. 아무리 슬픈 것이라 할지라도 소식을 주신 것에 대해 깊은 감사를 드립니다. 죄송하지만 제 아내와 저의 자리를 맞바꾸는 것이 가능할지 한 번 알아봐주십시오. 어디 있는지 모르지만 제가 그녀보다는 훨씬 쓸모가 있을 테고, 그녀도 이곳이 너 나을 겁니다. 그것이 불가능하다면, 저를 그녀 곁으로 데리고 갈 수는 없을까요? 아무리 힘들어도 함께라면 훨씬 나을 겁니다."

남편인 미셸은 "자리를 바꾸는 것이 불가능하다. 왜냐하면 이렌이 어디 있는지 정확히 모르니까. 그리고 알게 되더라도 같은 수용소에서 지내는 것도 불가능하다. 남녀가 엄격히 분리가 되어 있으니까. 아무 것도 하지 말고 가만히 있어야 한다. 극히 위험하니까."라는 내용의 답장을 받게 되지. 아내 대신 끌려가겠다는 미셸의 글이 너무 감동적이지? 그는 결국 아내의 생사 여부도 모른 채 가스실에서 죽음을 맞이하고 말아.

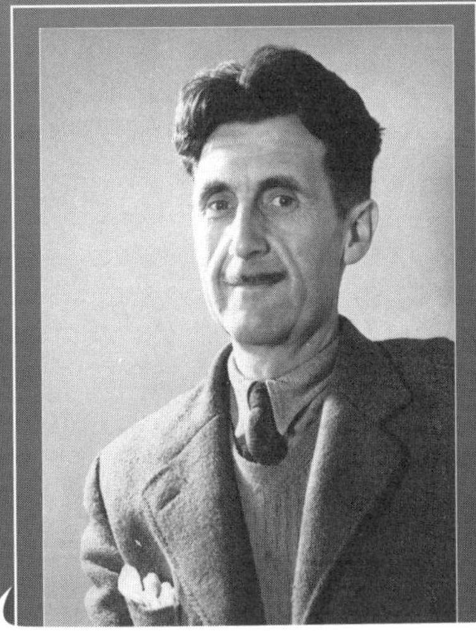

조지 오웰(George Orwell, 1903~1950)

조 지 오 웰

동물농장

미리보기

　　"열두 개의 목소리가 분노에 차서 소리치고 있었는데, 모두 똑같았다. 그러자 돼지들의 얼굴에 일어났던 변화가 무엇인지 분명해졌다. 밖에 있던 동물들은 돼지에서 인간으로, 인간에서 돼지로, 그리고 다시 돼지에서 인간으로 눈을 돌렸지만, 이미 어느 것이 돼지의 얼굴이고 어느 것이 인간의 얼굴인지 구별할 수 없었다."

"아들아 이번에 소개할 책은 대사들도 재미있고 등장인물(등장동물이라고 해야 하나?)들도 개성만점인 조지 오웰의『동물농장』이야. 인간의 폭압적인 행동에 시달리던 동물들이 평등한 세상을 꿈꾸며 들고 일어나. 혁명이 일어난 거지. 그러나 동물들의 희망에 부푼 가슴은 오래 가지 못해. 독재자 나폴레옹이 등장해서 동물들의 꿈은 산산조각이 나버리니까.

> "우리 돼지들은 두뇌 노동자요. 이 농장의 관리와 조직 전체가
> 우리 어깨에 달려 있소. 밤이나 낮이나 우리는 여러분의 안녕과 복지
> 를 챙기고 있소. 우리가 우유를 마시고 사과를 먹는 것은 바로 여러
> 분을 위해서요."

이런 말을 자주 하거나 강조하는 조직일수록 '여러분의 안녕과 복지'가 아니라 '자신들의 권력과 이익'을 위해 존재하는 조직일 가능성이 높지. 국가 조직도 마찬가지야. 애국심이라든지 민족주의를 대놓고 부르짖는 국가 권력 치고 제대로 된 정권은 없다는 것을 꼭 기억하도록 해라.『동물농장』이 출판된 건 1945년이지만 이 책이 시사하고 있는 내용은 여전히 유효해. 아니, 시간이 흐를수록 이 책의 가치는 더욱 올라갈 수밖에 없을 거야. 그만큼 조지 오웰은 탁월한 안목과 용기를 갖춘 지식인이었어. 책의 서문에서 조지 오웰은 이렇게 말하고 있어.

> "이 순간에 연주되고 있는 음악을 좋아하든 안 하든, 축음기같
> 이 판에 박힌 정신이 바로 우리의 적이다."

정신은 늘 열려 있어야 하고, 위기의 순간에 돌아봐야 할 것은 다름 아닌 우리 자신인 경우가 많지. 특히나 대학 나오고 좀 배웠다는, 똑똑하지만 악한 동기를 가지고 사는 사람들을 늘 경계해야만 한다. 알겠지? 다른 동물들을 힘으로 억압하는(그러면서도 본인들은 풍요로운 귀족의 삶을 사는) 무자비하고 영리한 돼지 일당들을 보면서 너는 뭘 느끼게 될까? 노동과 배고픔에 지친 연약한 동물들의 슬픔? 파시즘? 우리 인간들이 돼지들보다 나은 게 하나도 없다는 깨달음? 그래서 우리가 살고 있는 이곳도 동물농장과 다름없다는 암울한 결론?

> "열두 개의 목소리가 분노에 차서 소리치고 있었는데, 모두 똑같았다. 그러자 돼지들의 얼굴에 일어났던 변화가 무엇인지 분명해졌다. 밖에 있던 동물들은 돼지에서 인간으로, 인간에서 돼지로, 그리고 다시 돼지에서 인간으로 눈을 돌렸지만, 이미 어느 것이 돼지의 얼굴이고 어느 것이 인간의 얼굴인지 구별할 수 없었다."

조지 오웰이 쓴 『카탈로니아 찬가Homage to Catalonia』라는 작품도 있어. 한번 읽어 보도록 해라. 카탈로니아 하면 떠오르는 나라는? 그래, 맞아, 스페인이야. 20세기 초, 이 아름다운 나라에서는 서로 죽고 죽이는 내전이 한창이었어. 믿기지 않지? 조지 오웰은 스페인 내전에 참전했고 그때의 경험을 바탕으로 쓴 책이 『카탈로니아 찬가』야. 우리가 흔히 쓰는 냉전(the Cold War)이라는 단어도 조지 오웰이 처음 썼다고 해.

놓치지 말아야 할 것

조지 오웰의 첫 작품은 『파리와 런던의 밑바닥 생활(Down and Out in Paris and London)』인데 5년 동안 파리와 런던에서 접시닦이와 부랑자 생활을 하면서 만났던 사람들과 그때 겪었던 가난, 배고픔, 비참한 밑바닥 삶에 대해 이야기하고 있는 책이야. 구겨진 신문지에 호텔 주방에서 음식을 훔쳐 나온 러시아 친구 보리스와 오웰이 파리의 튈르리 공원 벤치에 앉아 허겁지겁 음식을 먹는 대목은 감동적이야. 에릭 아서 블레어(Eric Arthur Blair)가 본명인 조지 오웰이 1933년에 이 책을 출간하면서 조지 오웰이라는 필명을 처음으로 사용했어.

궁금한 건, 굳이 밑바닥 생활을 체험해야 좋은 작가가 되는 걸까? 왜 조지 오웰은 접시닦이와 부랑자라는 힘든 시간을 보냈던 걸까? 여기에 대한 해답은 1937년에 나온 『위건 부두로 가는 길The Road to Wigan Pier』이라는 책의 9장(제국경찰에서 부랑자로)에 잘 나와 있는데 조금 길더라도 인용을 하도록 할게.

"나는 5년 동안 압제의 일원으로 복무했고, 그만큼 양심의 가책이 컸다. 잊히지 않는 숱한 얼굴들 때문에 얼마나 시달렸는지 모른다."

조지 오웰은 당시 영국의 식민지였던 미얀마에서 경찰관으로 복무했었어. 계속 그의 글을 읽어보자.

"번민 끝에 얻은 결론은 모든 피압제자는 언제나 옳으며 모든 압제자는 언제나 그르다는 단순한 이론이었다. 잘못된 이론일지 모르

나 압제가가 되어본 사람으로 얻을 수밖에 없는 자연스러운 결론이었
다. 나는 내 자신이 단순히 제국주의에서 벗어나는 것뿐만 아니라 인
간에 대한 인간의 모든 형태의 지배에서 벗어나야 한다고 느꼈다. 나
는 스스로 완전히 밑바닥까지 내려가 억압받는 사람들 사이에 있고
싶어졌다. 그들 중 하나가 되어 그들 편에서 압제에 맞서고 싶어졌다.”

그는 말투와 옷차림을 다 바꾸고 “나는 생각을 거듭한 끝에 나아
갈 길을 결정했다. 먼저 나는 적당히 변장을 하고서 런던의 라임하우
스나 화이트채플 같은 곳으로 가서 간이 숙박소에 묵으며 부두 노동
자나 행상인, 노숙자, 걸인, 그리고 가능하면 범죄자 같은 이들과 어
울려보기로 했다.”

이제 조지 오웰의 행동들이 이해가 돼? 이런 치열한 반성과 고
민, 작가로서의 다양한 경험들이 있었기에 『동물농장』이나 『1984
Nineteen Eighty Four』와 같은 대표작들이 탄생할 수 있었던 거 같
아. 모든 종류의 억압에 누구보다 비판적이었고, 행동으로 자신의
신념을 실천했고, 너무나도 인간적인 사회주의자였던 조지 오웰이
세계적인 작가가 되기까지는 이런 밑바닥 생활이 자양분이 되었던
셈이지. 세계적이라고 이름 붙일 수 있는 사람들은 그냥 나오는 게
아니라는 생각이 들었어.

존 딕슨 카
(John Dickson Carr, 1906~1977)

존 딕슨 카
세 개 의 관

미리보기

"무덤 하나가 흙이 부풀어 올라 무너져 내린 것이었습니다. 무엇이 튀는 소리가 나더군요. 그리고 뭔가가 몸을 비틀고 허우적거리기 시작하더니, 검은 색을 한 것이 흙속에서 더듬더듬 기어 나왔습니다. 그것은 손가락이 움직이고 있는 한쪽 손에 지나지 않았습니다."

"아들아 추리소설에 입문하다 보면 밀실 트릭이라는 걸 만나게 돼. 아무도 접근할 수 없는 폐쇄된 공간, 누군가가 죽고 범인은 감쪽같이 사라지지. 들어올 곳도 나갈 구멍도 없는 사건 현장. 깜짝 놀랄만한 마술 같은 트릭의 정체는 무엇일까? 작가 존 딕슨 카는 1930년대 추리소설의 황금기를 대표하는 작가이자 밀실 트릭의 대가로 인정받고 있어. 특히 카는 밀실 트릭에 괴기스러운 요소를 절묘하게 잘 버무린 작가로 유명해. 평생 70권이 넘는 작품을 발표했는데 오늘은 세 작품만 소개하도록 할게.

"무덤 하나가 흙이 부풀어 올라 무너져 내린 것이었습니다. 무엇이 튀는 소리가 나더군요. 그리고 뭔가가 몸을 비틀고 허우적거리기 시작하더니, 검은 색을 한 것이 흙속에서 더듬더듬 기어 나왔습니다. 그것은 손가락이 움직이고 있는 한쪽 손에 지나지 않았습니다."

드라큘라도 아니고 이런 기괴하고 오싹한 묘사가 왜 나오는 걸까? 1935년에 출간된 『세 개의 관The Three Coffins』은 존 딕슨 카의 대표작 중 하나로 밀실 트릭의 최고봉으로 일컬어지는 작품이야. 무덤에서 한쪽 손이 튀어나온 후 몇 십 년의 세월이 흐른 어느 날, 그리모 교수가 자신의 집에서 살해당해. 어디에도 범인이 빠져 나갈 구멍이라곤 없는 밀실 살인이지. 범인은 어디로 사라진 것일까? 우왕좌왕하는 사이, 두 번째 살인이 연이어 일어나. 첫 번째 살인사건의 열쇠였던 마술사가 거리 한복판에서 같은 총에 의해 죽음을 맞이하는데, 사건 현장에는 목격자들이 있었지만 그 누구도 범인의 모습을 보지 못했고 눈 속에 발자국도 남지 않았어. 이런 귀신이 곡할 노릇이 다 있나?

이 책은 펠 박사의 밀실 강의로도 유명한 작품이야. 밀실의 유형과 범죄 방법, 그리고 그 방법들이 사용된 고전 미스터리 작품들을 소개하고 있지. 마술사들이 관객들을 속이기 위해 감쪽같이 기승전결을 만드는 것처럼『세 개의 관』역시 트릭을 꾸미고 장치를 만드는 작가의 비범한 재주가 잘 발휘된 작품이야.

두 번째는 1938년 작『구부러진 경첩The Crooked Hinge』이야. 경첩이 뭔지는 알지? 한쪽은 문에 달고 다른 한쪽은 문틀에 달아서 문 열고 닫을 때 문을 고정시키는 철로 만든 거 있잖아? 그게 뭐냐고? 질문할 줄 알았다. 그만 묻고 좀 찾아봐라. 찾고 뒤지고 알아보는 노력이 더해질 때 모든 지식이 자기 것이 되는 법이야. 영국 남동부 켄트(Kent) 주의 평화로운 마을에 존 판리 부부가 살고 있어. 그들은 재산과 땅을 물려받아 잘 살고 있었지. 어느 날 자신이야말로 진짜 존 판리 경이라고(타이타닉 호가 침몰할 때 두 사람의 신분이 바뀌었다고) 주장하는 한 사내가 찾아와. 둘 중 하나는 사기꾼인 셈이지. 존 판리의 어린 시절 가정교사가 등장하면서 진짜 상속자를 가리는 게임은 싱겁게 끝날 것처럼 보였어. 하지만 두 명의 판리 중 한 명이 무참히 살해되고 결정적 증거였던 지문의 원본도 사라지고 말아. 연락을 받은 펠 박사가 켄트 지방으로 내려오고 게임은 지금부터 시작! 이번에도 펠 박사는 불가능해 보이는 범죄를 재구성해 낼 수 있을까? 제목의 구부러진 경첩은 대체 어느 문에 달려 있던 걸까? 으스스하게 생긴 자동인형이 창밖에 갑자기 모습을 드러낼 것만 같은 이 기분은 뭐지?

세 번째 작품은 1942년에 나온『황제의 코 담뱃갑The Emperor's Snuff-Box』이야. 우연히 창문을 통해 살인 사건을 목격하게 된 네

드와 이브. 50페이지에 달하는 상황 묘사가(살인을 목격하고 놀라고 허둥대는) 한 편의 영화를 보는 듯, 한 장면 한 장면 이어붙인 편집이 기가 막혀. 특히 주인공인 이브가 처하게 된 위기상황 묘사는 스릴러 영화 저리 가라 할 정도로 생생하고 긴박감이 넘쳐. 범인은 과연 누구일까? 전혀 살인이 일어날 수 없는 밀폐된 공간에서 살인이 일어나고 몇 개의 단서와 트릭이 발견되지. 창의적이고 정교하고 매혹적인 심리 트릭의 걸작이야.

그런데 코담배가 뭔지 궁금하지? 담뱃잎을 갈아서 가루로 만든 건데 코로 흡입하거나 잇몸이나 코밑에 발라서 향으로 즐기는 담배야. 영국 귀족층에서 아주 인기가 많았다고 해. 영미소설을 읽다보면 종종 등장하지. 이 코담배를 피우는 사람들이 귀금속으로 만든 비싼 코담배 케이스를 들고 다녔는데 이중에는 예술품으로 인정받는 담뱃갑도 있다고 해. 홈즈도 사건을 해결해 주고 고급 코담배 케이스를 선물로 받은 적이 있어.

놓치지 말아야 할 것

존 딕슨 카는 밀실의 제왕임에는 틀림없어. 하지만 밀실 트릭으로만 그의 작품을 평가해서는 안 돼. 아빠가 볼 때는 밀실 트릭보다는 '상황 묘사'의 귀재로 보여. 특히 공포나 불안한 상황에 처한 사람들의 행동과 심리 묘사에 있어서는 최고라는 생각이야. 그의 문장들을 한 장면씩 상상하면서 읽어봐. 책을 읽다가 벌떡 일어나 박수를 치게 돼.

『구부러진 경첩』의 17장, 단둘이 남게 된 페이지와 매들린. 무슨 일인가 벌어질 것만 같은 불안감, 그 불안감을 떨치려는 두 사람의 심리 묘사를 서술해 놓은 대목인데 아마 이 책을 통틀어 최고의 명장면일 거야.

"매들린은 잠시 동안 그것에 귀를 기울였다. 그러고 나서 탁자로 돌아와 의자에 앉아서는 커피를 두 잔 따랐다. 그들은 서로 직각으로 앉아 있었다. 너무 가까워서 서로의 손이 닿을 수도 있었다. 그녀는 창문 쪽으로 등을 돌리고 있었다, 페이지는 내내 바깥쪽의 어떤 것을 의식하며 기다리고 있었다. 그는 그것이 유리창에 부서진 얼굴을 바싹 갖다 댄다면 기분이 어떨까 생각했다."

『황제의 코 담뱃갑』에 나오는 살인 사건 목격 장면도 마찬가지야. 영화에서 봐왔던 심장을 콩닥거리게 만드는 장면들 있잖아? 존 딕슨 카는 전새적인 솜씨를 발휘해서 우리의 어깨를 뻐근하게 만들고 있어.

"네드는 소리를 지를 겨를도 없었다. 그는 위태로운 자세로 몸의 중심을 잡고 있었고 왼손은 난간 위에 가볍게 얹고 있었는데, 등 뒤는 계단이고 게다가 발뒤꿈치가 계단 가장자리 밖으로 나가 있었다. 의지할 데를 잃고 비틀거리다가 그는 성난 것 같은 소리를 지르면서 한 걸음 뒤로 물러났다. 한 계단 밑에는 삐죽이 솟아나온 양탄자 핀이 대기하고 있었다. 이브는 그가 쓰러지기 전에 얼떨떨한 표정으로 노려보는 것을 보았다."

다프네 뒤 모리에
(Daphne du Maurier, 1907~1989)

제22권

다프네 뒤 모리에

레베카

미리보기

"맨덜리, 우리의 맨덜리였다. 늘 그렇듯 여전히 고요하고 비밀스러운 모습이었다. 회색 돌 벽이 달빛을 받아 빛났다. 창살로 나누어진 창에 푸른 풀밭과 테라스가 반사되었다. 세월도 그 돌 벽의 완벽한 대칭을 깨뜨리지는 못한 셈이었다."

"레베카, 레베카, 늘 레베카가 있다. 집안을 걸을 때나, 어딘가에 앉을 때나, 무언가를 생각하거나 꿈꿀 때조차도 레베카를 만나게 된다."

"아들아 알프레드 히치콕(Alfred Hitchcock) 감독은 영화사에 길이 남을 영국 출신의 명감독으로 <새The Birds>, <사이코 Psycho>, <현기증Vertigo> 등 그의 모든 작품이 다 걸작이었어. 이번 책은 히치콕 감독이 영화로 만들어서 아카데미 작품상을 수상했던 영화 <레베카>의 원작 소설『레베카』야. 이야기를 숨 가쁘게 몰고 가면서 레베카에 압도되어 가는 주인공의 심리 묘사를 완벽하게 표현하고 있는 작품이지.

"맨덜리, 우리의 맨덜리였다. 늘 그렇듯 여전히 고요하고 비밀스러운 모습이었다. 회색 돌 벽이 달빛을 받아 빛났다. 창살로 나누어진 창에 푸른 풀밭과 테라스가 반사되었다. 세월도 그 돌 벽의 완벽한 대칭을 깨뜨리지는 못한 셈이었다."

맥스와 결혼한 여주인공은 맥스의 집인 맨덜리 저택으로 가게 돼. 하지만 집안사람 모두가 왠지 여주인공을 멀리한다는 느낌이 들기 시작하지. 그리고 죽은 전 부인의 그림자가 저택 곳곳에 자리하고 있다는 걸 깨닫게 돼. 맨덜리 저택의 비밀은 도대체 뭘까? 저택을 감싸고 있는 두려움의 정체는 무엇일까? 가장 기이한 건 1권 130쪽이 지났는데도 여주인공의 이름이 한 번도 나오지 않는다는 점이야. 이것부터가 불길해. 책이 끝날 때까지 끝내 그 이름은 나오지 않아.

"레베카, 레베카, 늘 레베카가 있다. 집안을 걸을 때나, 어딘가에 앉을 때나, 무언가를 생각하거나 꿈꿀 때조차도 레베카를 만나게 된다."

이렇게 인용하고 보니 호러는 호러다. 저런 심리 상태가 호러가 아니면 뭐겠어? 이처럼『레베카』의 최고 미덕은 드 윈터 부인(맥스와 결혼한 여주인공)의 시시각각 변하는 불안한 심리를 기가 막히게 묘사했다는 점이야. 죽은 레베카와의 심리 전쟁. 히치콕 감독이 왜 이 책을 영화로 만들겠다고 마음을 먹었는지 짐작이 가더라. 여주인공이 더 이상 레베카를 두려워하지 않고 식사 메뉴에 연필로 줄을 그어버리는 장면은 퍽이나 인상적이었어. 더 밀고 나가서 그동안 겪었던 공포와 긴장, 모멸과 두려움을 스스로 용감하게 헤쳐 나갔더라면 짜릿한 복수극이 되었을 텐데. 아쉬운 대목이야.

"위기의 순간이 찾아왔고 나는 정면으로 마주서야 했다. 해묵은 내 두려움, 수줍음, 열등감 같은 것들은 이제 다 극복해야만 했다. 지금 실패하면 영원히 실패할 것이 뻔했다. 또 다른 기회는 없었다. 나는 필사적으로 용기를 달라고 기도했고 손톱으로 손바닥을 아프게 눌렀다."

영화도 그랬지만 책에서도 가장 기억에 남는 등장인물은 댄버스 부인이야. 영화에서는 주디스 앤더슨(Judith Anderson)이라는 배우가 이 역을 맡았지. 그녀는 엘리자베스 2세로부터 Dame 작위를 받은 명배우였어. 무표정하고 음산한 얼굴에 호러 감성 충만한 이 배우가 얼굴을 바짝 들이대고 증오에 찬 목소리로 이렇게 속삭인다고 상상해 봐.

"저 아래를 봐요. 정말 쉽지 않겠어요? 어째서 뛰어내리지 않는 거죠? 목이 부러진다 해도 고통은 느끼지 못할 거예요. 아주 빠르고

편한 방법이죠. 물에 빠져 죽는 것과는 달라요. 왜 당장 뛰어내리지
않는 거죠?"

놓치지 말아야 할 것

책의 초판이 발행된 이후로 지금까지 한 번도 절판된 적이 없
다는『레베카』의 작가 다프네 뒤 모리에는 런던에서 태어났어. 히
치콕 감독의 공포영화 <새>도 이 작가의 작품이야. 사람을 공격하
는 갈매기와 시커먼 까마귀들이 아직도 생각이 난다. 이처럼 모리
에는 기억, 불안감, 음산한 분위기, 범죄, 공포를 그려내는 데 있어
서 탁월한 역량을 가진 작가였어. 작가가 삶의 대부분을 보냈던 영
국의 콘월(Cornwall)에서는 매년 5월에 The Daphne Du Maurier
Festival of Arts & Literature가 열린다고 해. 우리도 까마귀 분장을
하고 한 번 가 볼까?

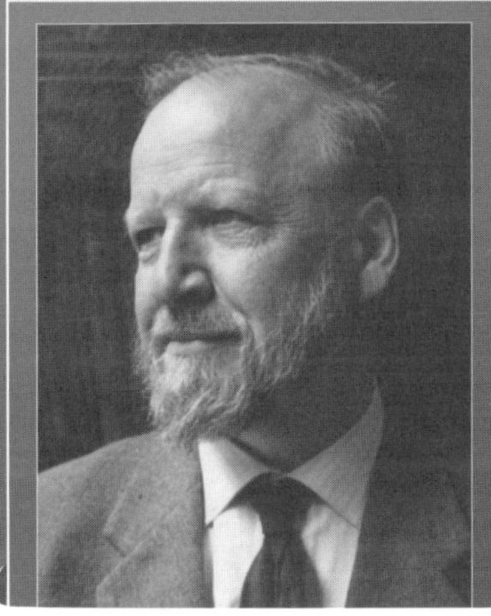

윌리엄 골딩
(William Golding, 1911~1993)

월 리 엄 골 딩

파 리 대 왕

미리보기 ──────────────○

랠프와 돼지의 대화 : "If I blow the conch and they don't come back ; then we've had it. We shan't keep the fire going. We'll like animals. We'll never be rescued."

"If you don't blow, we'll soon be animals anyway."

책의 하이라이트인 9장 A View to a Death : "The beast struggled forward, broke the ring and fell over the steep edge of the rock to the sand by the water. At once the crowd surged after it, poured down the rock, leapt on to the beast, screamed, struck, bit, tore. There were no words, and no movements but the tearing of teeth and claws."

"아들아 무인도에 무서운 십대들과 나이 어린 꼬마들만 남게 되면 어떤 일이 벌어질까? 여기 무인도에는 아무런 장비도 없고, 식량도 따로 없어. 과일을 먹거나 물고기를 잡아먹거나 짐승을 사냥해야만 하는 말, 그대로의 무인도. 비를 피할 집도 없고 갈아입을 옷도 없고 불을 피울 성냥도 없어. 너라면 무엇부터 시작할래?

만 열두 살의 랠프, 돼지(물론 별명이고 영어로는 Piggy야), 사이먼, 쌍둥이 샘과 에릭, 그리고 사냥 부대의 우두머리 잭. 책은 시작하자마자 이상하게 불길하고 불안하고 긴장감으로 심장을 조여 오지. 이야기는 중반부 암퇘지(sow) 사냥 장면 이후로 절정으로 치닫는데 너도 아마 나처럼 숨죽이면서 이야기의 끝이 어떻게 될지 궁금해할 거야. 사이먼의 말을 들어보자. 영어 문장을 그대로 인용한 이유는 문장 하나하나를 천천히 읽으면서 머릿속으로 상상해 보라고 그런 거야.

"Maybe," he said hesitantly, "maybe there is a beast."
"What I mean is... maybe it's only us."

랠프와 돼지의 대화 : "If I blow the conch and they don't come back ; then we've had it. We shan't keep the fire going. We'll like animals. We'll never be rescued.""
"If you don't blow, we'll soon be animals anyway."

책의 하이라이트인 9장 A View to a Death : "The beast struggled forward, broke the ring and fell over the steep edge of the rock to the sand by the water. At once the crowd surged after it, poured down the rock, leapt on to the beast,

무인도의 깊은 밤, 고함을 지르며 짐승을 때리고 물어뜯고 갈기 갈기 찢어 죽이는 아이들의 모습을 떠올려봐. 선량함을 뛰어넘는 추악한 본능을 그대로 표출하고 있는 아이들의 모습에서 넌 무엇을 느낄 수 있을까? 본능을 억제할 교육의 필요성? 패거리를 나누는 힘의 우열? 생존을 위한 어쩔 수 없는 선택들? 인간 본성은 믿을 게 없다는 비관주의? 아니면 인간 내면에 자리 잡은 잔혹성과 악취미?

랠프와 돼지가 안경을 찾으러 가는 대목부터는 이야기를 더 들려줄 수가 없구나. 독서의 즐거움을 뺏을 순 없으니까 말이야. 랠프와 잭의 대결은 어떤 결말을 향해 갈까? 아이들이 무언가에 도취된 채 지르는 함성소리 "Kill the beast! Cut his throat! Spill his blood!"가 아직도 귓가를 맴도는 거 같아.

『파리 대왕』은 윌리엄 골딩(William Golding)의 첫 작품이었어. 1911년 영국에서 태어난 윌리엄 골딩은 1954년에 『파리 대왕』을 출판했고 약 30년 후인 1983년에 노벨문학상을 수상했어. 당시의 사람들에게도 충격이었겠지만 지금 읽어 봐도 여전히 끔찍하고 소름 돋고 충격적이야. 아빠도 작가의 다른 책은 읽어 보지 못했어. 골딩하면 『파리 대왕』이고, 그는 이 한 작품만으로 불멸의 이름을 얻었으니까. 윌리엄 골딩은 노벨상을 수상한 지 10년 후인 1993년 여름에 세상을 떠났어.

놓치지 말아야 할 것

월리엄 골딩의 이 위대한 소설은 처음에 22개의 출판사로부터 퇴짜를 맞았어. 그의 데뷔작이었으니 출판사들이 그를 알아볼 리도 없었지. 허황되고 지루한 판타지라는 의견을 들었다고 해. 무인도에 표류된 소년들이 벌이는 암울한 이야기를 누가 출판하려고 했겠어? 하지만 출간되고 몇 년이 지난 뒤 『파리 대왕』은 전 세계 30개가 넘는 언어로 번역되었고 몇 천만 부가 팔리는 베스트셀러가 되었어.

원래 작가가 쓴 원고의 제목은 <Strangers from Within>이었어. 파리 대왕(Lord of the Flies)이라는 제목은 히브리어인 바알세불(Beelzebub)을 영어로 옮긴 것인데 '날개 달린 마왕'이라는 뜻이야. 부패, 타락, 공포, 악마, 사탄 등을 상징한다고 보면 돼. 그런데 말이야, 이 Beelzebub이라는 단어 어딘가 낯익지 않아? 아빠의 애창곡 중 하나인 퀸의 <보헤미안 랩소디Bohemian Rhapsody>에도 이 마왕이 등장해. 'Beelzebub has a devil put aside for me'라는 가사 기억나니? 재미있지? 이렇게 작은 것 하나도 이어 붙여서 연결, 연결해 나가다보면 재미가 쑥 쑥 늘어나는 법이야. 그렇다면 책에서 파리 대왕은 무얼 의미하는 걸까? 무얼 상징하고 있다고 생각해? 아무튼 광기라는 것은 나이와 상관이 없다는 걸 기억하기 바란다. 엄청나게 큰 대왕 파리와 아이들이 벌이는 사투와 모험을 다룬 이야기 아니다.

윌리엄 버로스
(William S. Burroughs, 1914~1997)

윌리엄 버로스

정키

미리보기 ————————————————○

"나는 마약의 방정식을 배웠다. 술이나 대마초처럼 마약도 삶의 기쁨을 늘이는 수단이 아니다. 마약은 흥분제가 아니다. 삶의 방식이다."

"4월 어느 아침, 잠에서 깨니 몸이 조금 아팠다. 가만히 누운 채 흰 회벽 천장에 어린 그림자들을 지켜보았다. 침대에 어머니와 나란히 누워서 천장을 가로지르고 벽으로 내려오는 거리의 자동차 불빛을 지켜보던 먼 옛날이 떠올랐다. 기차 경적, 집 아래 시가지에서 들려오는 피아노 음악, 낙엽 등이 뼈에 사무치게 그리웠다."

“아들아

“나는 마약의 방정식을 배웠다. 술이나 대마초처럼 마약도 삶의 기쁨을 늘이는 수단이 아니다. 마약은 흥분제가 아니다. 삶의 방식이다.”

주인공 윌리엄 리가 마약에 빠졌다가 취객 털이를 하다가 마약을 밀매하다가 멕시코로 도망가서 그곳에서도 마약을 한다는 이야기가 전부인 책. ‘약’에 대해 전혀 관심이 없는데도(더구나 중독되었다가 끊었다가 다시 중독되기를 반복하는 이토록 건조한 이야기라니!) 그냥 책을 끝까지 읽게 돼. 아무런 매력을 느끼지 못하는데도 끝까지 한달음에 갈 수 있어. 이상하다. 왜 그럴까?

“4월 어느 아침, 잠에서 깨니 몸이 조금 아팠다. 가만히 누운 채 흰 회벽 천장에 어린 그림자들을 지켜보았다. 침대에 어머니와 나란히 누워서 천장을 가로지르고 벽으로 내려오는 거리의 자동차 불빛을 지켜보던 먼 옛날이 떠올랐다. 기차 경적, 집 아래 시가지에서 들려오는 피아노 음악, 낙엽 등이 뼈에 사무치게 그리웠다.”

등장인물들의 면면과 별명을 보면 이 책의 내용과 분위기가 보일 거야. 기관총을 훔친 노튼, 흰둥이라 불리는 흑인, 지하철 마이크, 지하철 말라깽이, 아일랜드 놈, 호모 에릭, 끄나풀 둘리, 광천수 윌리, 뚱쟁이 로니, 동업자 빌 게인스. 이 모든 인물이(심지어는 의사, 약사, 형사, 변호사까지 죄다!) 어처구니없고 야비하고 비겁한 사회의 버러지들로 묘사되고 있어. 이들은 약물 중독으로 죽거나 경찰에게 잡혀 감방에 가거나 둘 중 하나야. 하지만 감방에서 나오더라도 다시 약을 찾게 되고 결국은 몸의 세포가 약을 이기지 못해 죽음을 맞이하게 되지. 그중의 몇 명은 감방에서 자살을 하기도 해. 작가는 이들을 통해서 무엇을 말하고 싶었던 걸까?

『정키』에는 명확한 입장이나 가치 판단 이런 게 나오지 않아. 마약이 좋다고 옹호하는 것도 아니고 그렇다고 완강하게 반대하는 입장도 아니야. 하루가 멀다 하고 마약을 찾다가 금단 현상으로 끔찍한 고통을 겪는 과정이 계속 반복될 뿐이야. 간간이 등장하는 아내의 존재를 보면서 주인공은 도대체 왜 저러고 살지? 의문까지 들게 되는데 자전적 소설이니까 실제로 자신의 아내가 잔소리를 하거나 보석금을 내는 일이 전부였던 사람인지, 아내라는 존재 자체가 중요하지 않았던 건지 알 수가 없어. 작가인 버로스는 연구 대상이야. 그는 환각 상태에서 빌헬름 텔 놀이를 하다가 아내를 권총으로 쏴 죽이고 모로코로 도망을 갔다고 해.

"당신은 아무 일도 하고 싶지 않아? 약에 빠져 있을 때는 당신이 얼마나 지루한 사람이 되는지 당신도 잘 알잖아. 불빛이 다 꺼지는 것 같아. 그래, 하고 싶은 대로 해. 안 그래도 어딘가 또 감춘 약이 있겠지."

윌리엄 버로스는 문학, 영화, TV, 음악, 패션에 이르기까지 문화적 영향력이 엄청나게 컸던 작가였어. 최고의 뮤지션이었던 짐 모리슨(Jim Morrison)이나 그룹 너바나(Nirvana)의 커트 코베인(Kurt Cobain)도 버로스를 존경했다고 하니까 그의 위치가 대충 짐작이 가지? 제목인 junkie는 마약 중독자를 일컫는 단어야. 작가도 정키였고 책에서나 현실에서나 그의 주위엔 온통 정키들이 넘쳐났다고 해.

"약의 효과는 특별한 각도에서 사물을 바라보는 것이다. 노화해
가고, 조심스러우며, 걱정 많고 겁먹은 육신의 주장에서 순간이나마
벗어날 수 있는 자유다."

놓치지 말아야 할 것

"당신도 신경안정제에 취한 예술가인가요?"

윌리엄 버로스의 대표적인 작문법이라고 알려진 '컷 업Cut-
Up'기법은 말 그대로 불쑥 끼어든다는 의미인데 이해할 수 없는
괴상한 문장이 갑자기 나오는가 하면, 이야기가 중단되거나 전혀
다른 내용의 이야기가 튀어나와. 그래서 이야기가 낯설고 재미없
게 느껴지지. 하지만 우리 인생을 한 번 돌아보면 기승전결로 말끔
하게 전개되는 일이 과연 있을까? 사람과의 관계든, 일이든, 공부
도 마찬가지야. 뭘 해도 허무하고 우울하고 단절되고 고립된 기분
이 들잖아? 버로스가 그런 걸 의도했다면 이러한 형식 파괴나 잘라
붙이기가 조금은 이해가 되지 않을까? 그의 작품 중에서 영화로도
만들어졌던 『네이키드 런치Naked Lunch』를 예로 들어볼게.

당수(黨首)가 폭동이 미식축구 같을 거라고 말하면 부관이 답
하고 난데없이 여가수가 대사를 쳐. 다시 당수가 나오고 박사가 정
신 착란에 대해 말하고 미친 여왕이 비명을 지르지. 다음 장면에서
는 민족주의자가 등장하고 누구의 말인지도 헷갈리는 대사들이 이
어져.

도대체 무슨 말을 하고 있냐고? 하나의 정돈된 단락이라는 게 없어서 인용도 하기 어려워. 꼼꼼하고 알찬 책으로 나와 있으니까 그냥 읽어봐. 재판 기록(『네이키드 런치』가 외설물이냐, 아니냐?)도 있고 작가와의 인터뷰도 실려 있어. 기이하지만 천재적인 작품인지, 마약하고 쓴 헛소리인지 직접 판단해 보길 바란다. 둘 중 뭐든 충격적인 작품임에는 분명해.

월리엄 버로스 하면 또 빼놓을 수 없는 게 <비트 제너레이션 Beat Generation>이라는 단어야. beat는 '때리다'도 되고 '얻어터지다'도 되잖아? 이걸 패배한 세대라고 불러야 할지, 저항하고 두드려 부수고 한 방 제대로 먹인 세대라고 불러야 할지 헷갈려. 시인이었던 앨런 긴즈버그(Allen Ginsberg),『길 위에서On the Road』를 쓴 잭 케루악(Jack Kerouac), 월리엄 버로스가 대표적인 작가들인데 이들은 무정부주의, 재즈, 술, 마약에 심취했고 군국주의와 물질주의, 도덕관념(성적인 억압) 등 기존 질서를 거부했지. 아무튼 1950년대 이들 비트 세대의 논쟁적인 문제 제기는 충격과 신선함으로 많은 젊은이들에게 영향을 미쳤어.

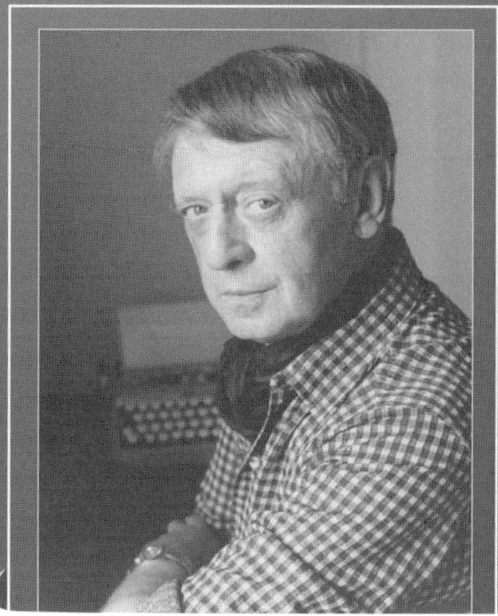

앤서니 버지스
(Anthony Burgess, 1917~1993)

앤서니 버지스
시계태엽 오렌지

미리보기

 "그래, 그래, 바로 그거지. 청춘은 가버려야 해. 암 그렇지. 그러나 청춘이란 어떤 의미로는 짐승 같은 것이라고도 볼 수 있지. 아니, 딱히 짐승이라기보다는 길거리에서 파는 쬐끄만 인형과도 같은 거야. 양철과 스프링 장치로 만들어지고 바깥에 태엽 감는 손잡이가 있어 태엽을 끼리릭 끼리릭 감았다 놓으면 걸어가는 그런 인형. 일직선으로 걸어가다가 주변의 것들에 꽝꽝 부딪히지만, 그건 어쩔 수가 없는 일이지."

❝아들아

"그래, 그래, 바로 그거지. 청춘은 가버려야 해. 암 그렇지. 그러나 청춘이란 어떤 의미로는 짐승 같은 것이라고도 볼 수 있지. 아니, 딱히 짐승이라기보다는 길거리에서 파는 쬐끄만 인형과도 같은 거야. 양철과 스프링 장치로 만들어지고 바깥에 태엽 감는 손잡이가 있어 태엽을 끼리릭 끼리릭 감았다 놓으면 걸어가는 그런 인형. 일직선으로 걸어가다가 주변의 것들에 쾅쾅 부딪히지만, 그건 어쩔 수가 없는 일이지."

이 허무주의와 자포자기와 무관심과 냉소는 도대체 뭘까? 그런 궁금증이 들지 않아? 책의 주인공은 십대들. 그들은 술과 마약, 면도칼과 체인으로 기성세대를 비웃고 조롱하고 힘으로 찍어 눌러. 강간하고 폭력을 휘두르고 도둑질을 하고 강도질도 해. 새로운 세대의 대책 없는 치기일까? 십대들이 벌이는 폭력과 국가 공권력의 폭력을 비교하고 어쩌고 안 해도 상관없어. 그저 주인공인 알렉스의 독백을 따라가다 보면 한 호흡으로 책을 끝낼 수가 있어.

"그 기사에 따르면 '위대한 음악'과 '위대한 시'가 '현대 청소년'을 진정시키고 더 '문명화'시킬 거라는군. 개뿔이나 '문명화'시켜라 그러지. 음악은 항상 나를 흥분시키고 마치 하날님이라도 된 듯이 느끼게 해서는 강도질이나 방화를 저지르거나, 인간들을 나의 전능한 힘 아래 벌벌 기게 만들 준비를 시키지."

책을 끌어가는 알렉스의 거침없는 독백들은 그야말로 압권이야. 어쩌면 저렇게 단어와 문장을 가지고 놀 수 있는지 감탄스럽기만 해. 언어 구사에 있어서 만큼은 정말 창의적이라고 할 수 있어. 문장이 탁월하다 보니 읽는 즐거움이 두 배가 돼. 새로운 언어를 창조했다는 표현이 어울리겠다. 폭력적인데도 웃기고(폭력 장면을 너무 담담하게 묘사해서 오히려 폭력성이 극대화되는) 웃기면서도 진한 비애감이 느껴지기도 하거든. 왜 신문사들이 앞다투어 100대 영문소설로 선정했는지 읽어 보면 알 수 있을 거야. 영어 원서를 꼭 읽어 보도록 해라.

"금관악기와 드럼과 바이올린으로 이루어진 음악 소리가 계속 벽 너머에서 몰려오더군. 그런데 내가 누웠던 방의 창문이 열려 있었어. 거기로 가서 내려다보니 저 아래의 자동차와 버스와 걸러 다니는 논들과 상당히 떨어져 있는 걸 깨달았지. 난 세상을 향해 소리쳤어. '안녕, 안녕, 하날님이 내 삶을 파괴한 너희들을 용서하시기를.' 그리고는 창틀로 가서, 내 오른쪽에서 울려 퍼지는 음악을 들으며, 눈을 감고 찬 공기를 얼굴에서 느끼며, 뛰어내렸어."

작가인 앤서니 버지스는 맨체스터(Manchester)에서 태어난 영국 작가야. 워낙『시계태엽 오렌지』가 워낙 유명하다 보니 다른 작품에 대해서는 알려진 바가 별로 없지만 그는 넘치는 에너지로 50권이 넘는 작품을 출판하기도 했어. 특히 역사와 문화에 관해 조예가 아주 깊었다고 해. 이 작품은 불온하게 비춰질 정도로 과격하고 폭력적이지만 그렇기 때문에 더 큰 명성을 얻었는지도 몰라. 위에서 잠깐 말했지만 비행 청소년들을 선도하려는 국가 권력의 폭력에 대해서도 음미해 볼 가치가 충분히 있어. 인간의 본성은 과연 악한 것일까? 악한 행동을 저지른 인간에 대해 사회는 어떤 역할을 할 수 있는가? 그 역할은 정당한 것인가? "놈들이 나한테 저질렀던 일 때문에 내 대갈통이 뒤집혀서 진짜로 미치게 된 건 아닐까?" "악을 선택하는 사람과 강요된 선을 받아들여야 하는 사람" 중 누가 더 나은 걸까? 우리 자신도 알고 보면 시계태엽 장치로 움직이는 인형에 불과하지 않을까?

> "나, 나, 나. 도대체 나는 어쩌라고요? 난 여기서 뭐란 말이야? 내가 무슨 짐승이나 개란 말이야?"

놓치지 말아야 할 것

책만큼 영화도 유명해. 아니 영화가 더 유명한가? 감독은 스탠리 큐브릭(Stanley Kubrick). 스탠리 큐브릭은 누군가? 모든 장르에 손을 댔고 손 댄 장르마다 최고의 걸작을 만들어낸 천재감독이야. 영화 <시계태엽 오렌지>는 1971년에 발표되었는데 폭력과 가치 전복적인 메시지, 음악, 영상미, 주연을 맡은 말콤 맥도웰(Malcolm Mcdowell)의 놀라운 연기까지 그야말로 엄청난 논쟁과 센세이션을 불러일으켰지. 모방 범죄까지 나와서 사회적으로 문제가 심각했다고 해. 스탠리 큐브릭 감독의 작품 중에서 아빠가 가장 좋아하는 건 <2011 : 스페이스 오디세이2001 : A Space Odyssey>야. 영화의 혁명, SF 장르의 신기원이라고 불리는 이 영화는 이후에 나온 모든 SF 영화에 어마어마한 영향을 미쳤어. 네가 영화를 보고나면 1968년도 작품이라는 걸 절대 믿지 않을 거야. 스탠리 큐브릭은 영화 역사상 가장 혁신적인 감독이었고 완벽주의자였어. 그의 다른 작품들도 반드시 찾아서 보기를 바란다.

J. D. 샐린저
(Jerome David Salinger, 1919~2010)

J. D. 샐린 저

호밀밭의 파수꾼

미리보기

"펜시 고등학교는 펜실베이니아에 있는 애거스타운에 위치한 학교로, 아마 들어본 적이 있을 것이다. 어쩌면 이 학교의 광고를 본 적이 있을지도 모르겠다. 수천 개의 잡지에 광고하고 있는데, 웬 잘난 척하는 녀석이 말을 타고 울타리를 뛰어넘는 사진, 그 광고를 보면 마치 이 학교에 들어오면 내내 폴로를 하는 것처럼 보인다. 하지만 난 이 근처에서 말이라고는 꼬리도 본 적이 없다."

" 아들아 밤 12시. 영화관 마지막 상영은 조금 전에 끝나버렸고, 항상 붙어 다니는 친구가 있는 것도 아니고, 집중해서 하는 취미도 없고, 술을 좋아하지 않으니 취할 수도 없고, 야간 산책이라도 하려니 날씨가 좋질 않아. 망설임의 몇 초속에 들어와 있는 느낌. 괜히 전화기를 뒤적거리다가 그중 몇 명의 이름을 삭제해 버리고 오래된 문자 메시지들도 지웠어. '삭제 중'이라는 글자 옆으로 파란색 원이 빙빙 돌아가는데 나의 시간이, 기억이 그렇게 소용돌이 속으로 사라진다고 생각하니까 마음이 짠해지더라. 아, 다시 우울증이 도지려나 보다.

"저기요, 아저씨. 센트럴 파크 남쪽에 오리가 있는 연못 아시죠? 왜 조그만 연못 있잖아요. 그 연못이 얼면 오리들은 어디로 가는지 혹시 알고 계세요?"

주인공인 홀든 콜필드가 택시 기사에게 한 말이야. 샐린저의 책 『호밀밭의 파수꾼』은 주인공인 콜필드가 펜시 고등학교를 퇴학당해 떠나는 날부터의 이야기를 담고 있어. 사실 특별한 이야기도 없어. 하지만 콜필드가 점점 마음에 들기 시작할 거야.

"펜시 고등학교는 펜실베이니아에 있는 애거스타운에 위치한 학교로, 아마 들어본 적이 있을 것이다. 어쩌면 이 학교의 광고를 본 적이 있을지도 모르겠다. 수천 개의 잡지에 광고하고 있는데, 웬 잘난 척하는 녀석이 말을 타고 울타리를 뛰어넘는 사진. 그 광고를 보면 마치 이 학교에 들어오면 내내 폴로를 하는 것처럼 보인다. 하지만 난 이 근처에서 말이라고는 꼬리도 본 적이 없다."

『호밀밭의 파수꾼』은 10대들이 사용하는 말투와 유머, 간결하고 직설적인 문체, 콜필드의 독백에서 느껴지는 이상한 슬픔까지 10대 고등학생의 눈을 통해 세상을 담아내면서 콜필드 신드롬을 일으킨 작품이야. 이상한 슬픔이라고 했잖아? 아빠도 뭐라고 표현을 못하겠어. 왜 이 책이 좋은지, 주인공 콜필드의 뭐가 그렇게 마음에 드는지. 하지만 한 가지는 분명해. 이 책에는 심장을 쿵쾅거리게 하는 그 무엇인가가 들어 있어.

"창밖으로 뛰어내리고 싶었다. 어쩌면 그렇게 할 수 있었을지도 모른다. 내가 땅에 떨어졌을 때 누군가가 내 몸을 덮어줄 거라는 확신만 있었다면 말이다."

샐린저는 1951년에 이 책을 발표했고 1965년 이후로는 작품을 하나도 발표하지 않은 채 은둔 생활에 들어가. 어떤 인터뷰도 응하지 않았고 2010년 죽을 때까지 그 누구도 근처에 얼씬할 수 없었다고 해. 그러니까 샐린저를 정말 제대로 아는 사람은 아무도 없었다는 말이 정확할 거야. 아무튼 작가는 전후(戰後) 최고의 미국 소설로 불리는『호밀밭의 파수꾼』단 한 권의 책으로 불멸의 삶을 얻었어.

"내가 알고 있는 건, 이 이야기에서 언급했던 사람들이 보고 싶다는 것뿐. 이를테면, 스트라드레이터나 애클리 같은 녀석들까지도. 모리스 자식도 그립다. 정말 웃긴 일이다. 누구에게든 아무 말도 하지 마라. 말을 하게 되면, 모든 사람들이 그리워지기 시작하니까."

놓치지 말아야 할 것

그런데 제목이 왜 호밀밭의 파수꾼일까? 콜필드는 길에서 어떤 꼬마가 '호밀밭에서Comin' Through the Rye'라는 노래를 흥얼거리는 걸 듣게 돼. 이 노래를 듣고 기분이 좀 나아지는 것 같았다고 말하지. 어느 날 콜필드는 동생 피비에게 자신이 나중에 뭐가 되고 싶은지 이야기를 해.

> "나는 늘 넓은 호밀밭에서 꼬마들이 재미있게 놀고 있는 모습을 상상하곤 했어. 어린애들만 수천 명이 있을 뿐 주위에 어른이라고는 나밖에 없는 거야. 그리고 난 아득한 절벽 옆에 서 있어. 내가 할 일은 아이들이 절벽으로 떨어질 것 같으면, 재빨리 붙잡아주는 거야. 애들이란 앞뒤 생각 없이 마구 달리는 법이니까 말이야. 그럴 때 어딘가에서 내가 나타나서는 꼬마가 떨어지지 않도록 붙잡아주는 거야. 온종일 그 일만 하는 거야. 말하자면 호밀밭의 파수꾼이 되고 싶다고나 할까. 바보 같은 얘기라는 건 알고 있어. 하지만 정말 내가 되고 싶은 건 그거야. 바보 같겠지만 말이야."

콜필드가 들었던 노래 '호밀밭에서'는 스코틀랜드의 민족시인 로버트 번스(Robert Burns)가 1782년에 발표한 시에 멜로디를 붙인 전통 동요야. 원래 가사는 호밀밭에서 제니가 페티코트를 입고 걸어가는데 다가가서 키스해 주고 싶다는 그런 내용이지. 아빠가 어렸을 때 즐겨 불렀던 동요 중에 <밀밭에서>라는 노래가 있었어. '나가자 동무들아 어깨를 걸고 시내 건너 재를 넘어 들과 산으로.' 이 노래가 바로 '호밀밭에서'야. 멜로디는 그대로 두고 가사만 우리식으로 바꾼 건데 음악 시간에 배웠거든. 그리고 연말이 되면 항상 흘러나오는 노래 올드 랭 사인 있잖아? 이 노래도 로버트 번스의 시야. 'auld lang syne'은 스코틀랜드 말인데 영어로 하면 'old long since아주 오래 전부터'라는 뜻이야. 흔히 석별의 정이라고 불리지. '오랫동안 사귀었던 정든 내 친구여 작별이란 웬 말인가 가야만 하는가.'

커트 보네거트
(Kurt Vonnegut, Jr., 1922~2007)

커트 보네거트

제5 도살장

미리보기 ──────────────────○

"이제 그들은 눈 속에서 죽어가고 있었다. 아무 느낌도 없이 눈을 딸기 빙과 색으로 물들이며. 그렇게 가는 거지."

"왜 하필 당신이냐? 같은 식으로 생각하면 왜 하필 우리지? 왜 하필 어떤 것이지? 그 이유는 단지 이 순간이 존재하기 때문이오. 호박에 갇힌 벌레들을 본 적이 있소? 우리는 지금 이 순간이라는 호박 속에 갇혀 있는 것이오. 왜라는 건 없소."

"아들아 히로시마에 원자 폭탄이 투하되었을 때 71,379명이 죽었고 연합군의 독일 드레스덴 공습으로 135,000명이 죽었어. 역사적 사실이야. 13만 명이 넘는 사상자를 내고 도시 하나를 지구상에서 사라지게 했던 폭격에 대해 이렇게나 무심하게 묘사하는 작가가 또 있을까? 우리는 그런 비극을 제대로 알고 있기나 한 걸까? 독일군 도시였는데 뭐가 문제냐고 애써 외면했던 건 아닐까? 커트 보네거트의 『제5도살장』은 드레스덴 공습을 배경으로 한 걸작 반전(反戰) 소설이야.

> "이제 그들은 눈 속에서 죽어가고 있었다. 아무 느낌도 없이 눈
> 을 딸기 빙과 색으로 물들이며. 그렇게 가는 거지."

커트 보네거트는 책에 나오는 모든 사람들의 죽음에 대해 "그렇게 가는 거지."라는 한 문장으로 요약해. 마치 그렇게 예정되어 있었던 죽음인 것처럼, 아니면 그 모든 죽음을 이미 알고 있었던 것처럼. 인간들에게 가장 짜증나고 소름끼치는 존재는 뭘까? 귀신일까? 무시무시하게 생긴 뱀일까? 살인마일까? 발이 여러 개 달린 독충일까? 『제5도살장』을 읽고 나면 그 존재는 바로 우리 인간들이 아닐까 하는 생각이 들게 될 거야.

> "왜 하필 당신이냐? 같은 식으로 생각하면 왜 하필 우리지? 왜
> 하필 어떤 것이지? 그 이유는 단지 이 순간이 존재하기 때문이오. 호
> 박에 갇힌 벌레들을 본 적이 있소? 우리는 지금 이 순간이라는 호박
> 속에 갇혀 있는 것이오. 왜라는 건 없소."

주인공 빌리 필그림은 시간을 자유자재로(아니면 본인의 의지와는 상관없이) 이동해. 뉴욕, 비행기 안, 드레스덴, 먼 우주 트랄파마도어 행성까지. 역사적 비극을 이렇게 재미있는 이야기로 그려내다니 작가의 재능에 탄복을 하게 될 거야. 때로는 담담하게 전쟁의 비참함을 묘사하고, 때로는 별일 아닌 것처럼 유머러스하게 죽음에 대해 말하고, 때로는 "그 긴 세월이 다 어디로 가 버렸을까?"라며 삶에 대해 탄식을 하기도 하지. 웃긴데 슬프고 비극적인데 희망의 빛이 슬쩍 보이기도 해. 블랙 유머라고 불러야 할지, 부조리라고 불러야 할지 모르겠지만 오래도록 잊을 수 없는 작품인 건 분명해.

"마차가 도살장에 도착했을 때 빌리는 마차에서 내리지 않고 일광욕을 즐겼다. 다른 사람들은 기념품을 찾으러 갔다. 뒷날, 트랄파마도어인들은 빌리에게 생의 행복한 순간들에 관심을 집중하고 불행한 순간들은 무시해 버리라고 충고한다. 영원이란 놈이 그냥 지나치지 못한 아름다운 것들만 바라보라는 것이었다. 이와 같은 선택적 집중이 가능했더라면, 그는 마차 뒤꽁무니에서 햇볕을 듬뿍 받으며 꾸벅꾸벅 졸던 그 순간을 생애에 가장 행복한 순간으로 택했을 것이다."

작가는 80이 넘은 나이에 이라크 전쟁 반대 활동에 참여했고, 미국 대통령이었던 부시가 애국 법(Patriot Act, 911 이후 미국에서 2001년에 만들어진 테러방지법. 테러를 방지한다는 명목으로 외국인은 물론이고 미국 시민이나 민간단체 등에 대해 비밀조사와 도청까지 가능하게 만든 법안. 인권을 침해하는 독소조항이 많아 2015년 폐지됨)을 만들었을 때 "나는 미국인이 아니다I am Not an American"라며 반대 캠페인을 벌이기도 했어. 커트 보네거트는 권위를 경멸했고 시민의 자유와 인간의 희망을 옹호했던 작가였지. 그는 2007년 뉴욕에서 생을 마감했어. 그가 남긴 말 중에 이런 말이 있어. "I am a pacifist, I am an anarchist, I am a planetary citizen, and so on." 멋지지?

놓치지 말아야 할 것

1945년 2월 13일. 미국과 영국의 연합군은 독일의 아름다운 도시 드레스덴에 공습을 하기로 하고 사흘 동안 무차별 폭격을 가해. 도시의 어느 한 곳도 지나침이 없이 폭탄 세례를 퍼부었지. 부산으로 치면 해운대 해수욕장은 아름다우니까 놔두고 군부대만 타격하자 이런 것도 없었어. 저기는 민간인들이 많이 모여 사는 아파트 단지니까 저 곳은 그래도 넘어가자 그런 것도 없었어. 도시의 아래에서 맨 위까지, 왼쪽 끝에서 오른쪽 끝까지 단 한 곳도 봐주지 않고 그냥 쓸어버린 거야. 산더미처럼 시체가 쌓여 갔고 건물이란 건물은 모두 파괴되었지. 도시는 폐허가 되고 말았어. 말이 안 되는 건, 이 폭격으로 전쟁이 끝나지도 않았고 아군 포로가 단 한 명이라도 구출된 것도 아니고 독일군의 전투력이 약화되지도 않았다는 거야. 그저 드레스덴에 살면서 전쟁으로 힘들어하던 불쌍한 사람들이 죽거나 불구자가 되었다는 거지. 잔인한 학살, 이유 없는 살인이라는 말 외에는 어떤 그럴싸한 이유를 갖다 붙일 게 없는 작전이었어. 작전명은 'thunderclap.' 멀쩡한 하늘에서 천둥이 치고 폭탄이 떨어졌으니 청천벽력은 청천벽력이다.

　몇 년 전에 독일에 일하러 갔다가 드레스덴에 들른 적이 있었어. 드레스덴에 가보고 놀랐던 건 도시가 너무 아름다웠다는 거, 잿더미는커녕 다시 그 옛날처럼 유럽의 보석이 되어 있었다는 점이었어. 환하게 비추던 아침 햇살까지 감동적이었지. 작가의 말 "So it goes."가 생각이 나더라.

비스와바 쉼보르스카
(Wislawa Szymborska, 1923~2012)

비스와바 쉼보르스카

끝과 시작

"예전에 서로를 알지 못했으므로
그들 사이에 아무 일도 없었다고 생각한다.
그러나 오래전에 스쳐 지날 수도 있었던
그때 그 거리와 계단, 복도는 어쩌란 말인가?

그들은 스스로가 운명이 될 만큼
완벽하게 준비를 갖추지 못했다.
그렇기에 운명은 다가왔다가 멀어지곤 했다."

아들아 이 위대한 시인을 너에게 소개할 수 있어서 마음이 벅차구나. 아빠가 가장 사랑하는 책이야. 내가 이 책을 처음 읽은 건 히스로(Heathrow) 공항이었어. 탑승 시간보다 일찍 공항에 도착한 나는 담배라도 피우려고 스모킹 존을 찾았지. 말도 안 되는 소리지만 공항에 스모킹 존이 없었어. 아빠는 담배를 잊기 위해 가방에서 책을 꺼냈고 공항 바닥에 앉아 이 시집을 끝까지 읽어버렸지. 얼굴에는 온통 눈물과 콧물이 범벅이 되어 있었어.

"반갑게 인사를 나누는 순간에도
홀로 고립되었다고 느낀 적은 없는지?

도움의 손길을 내밀기도 전에
얼마나 많은 눈물이 메말라버렸을까?
천년만년 번영을 기약하며
공공의 의무를 강조하는 동안,
단 일 분이면 충분할 순간의 눈물을
지나쳐버리진 않았는지?"

비스와바 쉼보르스카는 폴란드에서 태어난 시인이야.『끝과 시작』은 1952년에 나온 첫 시집부터 마지막 11번째 시집까지, 모든 시집에서 가장 좋은 시를 엄선해서 모아 놓은 책이야. 쉼보르스카 여사는 1996년 노벨 문학상을 수상했지.

"결혼으로 맺어진 경우만 사랑으로 취급하고
그 안에서 태어난 아이만 자식으로 인정할 것.

개와 고양이, 새, 추억의 기념품들, 친구,
그리고 꿈에 대해서는 조용히 입을 다물어야지.

게다가 한쪽 귀가 잘 보이도록 찍은 선명한 증명사진은 필수.
그 귀에 무슨 소리가 들리느냐보다는
귀 모양이 어떻게 생겼는지가 더 중요하지."

제목이 <이력서 쓰기>야. 정말 공감이 가지 않니? 쉼보르스카는 개인의 삶과 존재 이유에 대해, 그들이 아무리 엉망진창이고 보잘것없다 하더라도 너그러움과 사랑의 눈으로 바라봐. 위로받고 있다는 느낌, 이해받고 있다는 안도감이 밀려오지. 내가 히스로에서 그렇게 울었던 이유도 마찬가지였을 거야. 세상 어떤 작품도 내게 이토록 포근하고 따뜻한 가슴을 내어 준 적이 없었어. 아빠에겐 기적과도 같은 순간이었어. 절대 과장이 아니야.

"이곳에서 우리가 존재하기 위해
저곳에서 얼마나 많은 공허를 감내해야 했을지.
이곳에서 귀뚜라미 한 마리가 미약한 울음소리를 내기 위해
저곳에서 얼마나 오랜 적막이 이어졌을지."

<왼쪽으로 가는 여자, 오른쪽으로 가는 남자Turn Left, Turn Light>라는 영화가 있어. 여주인공이 쉼보르스카의 시를 외우고 다니는데 그 시의 제목은 <첫눈에 반한 사랑>이야.

"예전에 서로를 알지 못했으므로
그들 사이에 아무 일도 없었다고 생각한다.
그러나 오래전에 스쳐 지날 수도 있었던

그때 그 거리와 계단, 복도는 어쩌란 말인가?

그들은 스스로가 운명이 될 만큼
완벽하게 준비를 갖추지 못했다.
그렇기에 운명은 다가왔다가 멀어지곤 했다."

오늘은 일요일. 블라인드를 올리고 오후 내내 스러져 가는 햇빛을 바라보고 있었어. "우리의 삶은 늘 별처럼 운명에 맡겨져 있으니." 히스로의 그 시절처럼 앞으로의 나는 또 무수한 실수들을 반복하고 상처받고, 아파하겠지?

"먼 훗날에야 깨달았다.
세상의 법칙 속에는
항상 운 나쁜 일만 있는 건 아니라는 사실을.
아슬아슬 불운이 덮쳐올 듯해도
꼭 실제로 일어나는 건 아니라는 사실을."

놓치지 말아야 할 것

시인이 살아 있는 동안 한번이라도 만나 보고 싶어서 폴란드로 가야겠다는 마음을 먹었던 적이 있어. 하지만 먹고사는 일에 쫓기다 보니 내년에 가야지, 다음 여름에 가야지 하고 시간을 미루게 되더라고. 그 사이에 쉼보르스카는 세상을 떠나고 말았어. 그게 2012년의 일이야. 아들 너는 원하는 일이 생기면 뒤로 미루지 말고 그냥 해버려. 그렇게 해버린다고 해서 세상이 무너지는 것도 아니니까. 후회와 미련을 남기느니 그냥 가는 거야. 언젠가 우리 쉼보

르스카가 살았던 폴란드 크라쿠프(Krakow)로 가자. 세상 그 누구
보다 내게 큰 위안을 주었던 분을 만나러 꼭 같이 가자.

"나 여기서 무얼 하고 있나요?
수많은 날들 가운데 하필이면 화요일에?

왜 하필 어제도 아니고, 백 년 전도 아닌 바로 지금
왜 하필 옆 자리도 아니고, 지구 반대편도 아닌
바로 이곳에 앉아서
어두운 구석을 뚫어지게 응시하며
영원히 끝나지 않을 독백을 읊조리고 있는 걸까요?"

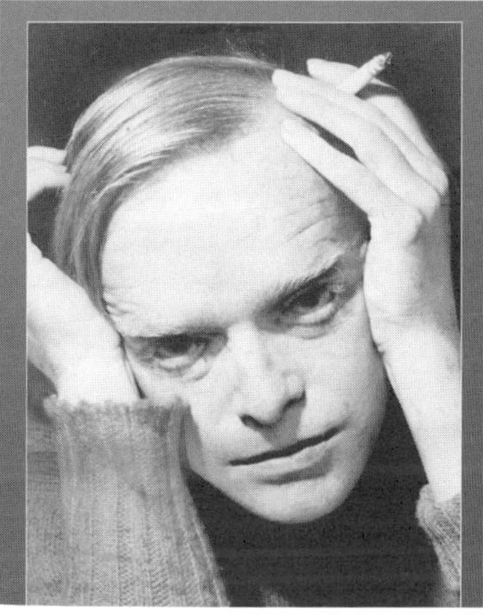

트루먼 카포티
(Truman Capote, 1924~1984)

제 29권

트루먼 카포티

인 콜드 블러드

미리보기

"딕이 발사된 총알을 줍는다. 서둘러, 서둘러. 캐넌의 머리에 동그랗게 불을 비춘다. 입이 막힌 채로 웅얼웅얼 애원하는 소리. 딕이 다시 쓰고 난 탄창을 모은다. 낸시의 방. 낸시는 나무 계단을 올라오는 부츠 발자국 소리를 듣고 있다. 낸시에게 다가가는 한 걸음, 한 걸음마다 계단이 끽끽 울린다. 낸시의 눈, 낸시는 회중전등이 목표물을 찾고 있는 걸 본다."

["]아들아 작가 트루먼 카포티는 세기의 배우 오드리 헵번(Audrey Hepburn)이 주연을 맡았던 영화『티파니에서 아침을 Breakfast at Tiffany's』의 작가야. '할리 골라이틀리'라는 매력적인 여성 캐릭터, 톡톡 튀는 대사들, 거기에 오드리 헵번까지 가세를 하면서 카포티의 명성은 하늘을 찔렀지. "오늘이 수요일이 아닌가요? 그러니 토요일까지는 잘래요. 아주 푹 잘 거예요. 토요일 아침에 은행으로 달려가야죠. 아파트에 잠깐 들러서 잠옷 한두 벌이랑 보석을 챙겨야죠." 경찰에 잡혀갈 곤란한 상황에 처했는데도 이렇게 말하는 여자에게 어찌 애정을 느끼지 않을 수 있겠어?

『티파니에서 아침을』이 출간된 다음 해인 1959년, 미국 캔자스(Kansas) 주의 작은 마을에서 일가족 4명이 총을 맞고 살해되는 사건이 발생해. 새로운 글쓰기를 고민하고 있던 트루먼 카포티는 일가족 살인사건에 대한 짧은 신문 기사를 읽고 캔자스로 달려가게 되지. 그리고 무려 6년 동안 이 살인 사건을 취재해. 범인들을 만나고, 살해된 가족의 주변 사람들과 인터뷰를 하고, 형사들을 만나 조사하고, 이 모든 내용들을 기록했던 거야. 놀라운 사실은 인터뷰를 하는 동안은 단 한 번도 메모를 하지 않았다고 해. 머릿속에 넣어 두었다가 숙소로 돌아온 후에 정리를 한 거지. 엄청난 양의 자료들을 바탕으로 감상적인 시각은 철저하게 배제한 채 냉정하고 섬세하고 사실적으로 이 살인 사건을 재구성해서 나온 책이 바로『인 콜드 블러드』야. 인물들과 사건의 기록이 어찌나 생생한지 마치 살인 사건이 일어나던 그 시간에 작가가 현장에 있었던 것처럼 느껴질 정도야.

"딕이 발사된 총알을 줍는다. 서둘러, 서둘러. 캐넌의 머리에 동그랗게 불을 비춘다. 입이 막힌 채로 웅얼웅얼 애원하는 소리. 딕이 다시 쓰고 난 탄창을 모은다. 낸시의 방. 낸시는 나무 계단을 올라오는 부츠 발자국 소리를 듣고 있다. 낸시에게 다가가는 한 걸음, 한 걸음마다 계단이 끽끽 울린다. 낸시의 눈, 낸시는 회중전등이 목표물을 찾고 있는 걸 본다."

인터뷰 자료를 바탕으로 냉철하고 파워풀하게 써 내려간 이 소설은 nonfiction novel이라 불리며 저널리즘과 소설의 영역에서 일대 센세이션을 일으켰어. 소설과 저널리즘이 만난 최고의 다큐멘터리로 칭송받는 작품이야. 작가의 끈질긴 인내심이 없었다면 이런 작품이 나올 수 없었겠지. 트루먼 카포티는 이 작품으로 부와 명예를 얻게 되는데 아쉽게도 그 이후로는 완성작을 쓰지 못했고 1984년 세상을 떠나게 돼. 결국 이 작품이 작품 경력의 마지막이 된 셈이지. 이 작품에 자신의 에너지를 모두 쏟아부었기 때문일까?

"희생자들은 어쩌면 살다가 벼락을 맞아 죽었을 수도 있는 것이다. 단 한 가지만 빼면. 피해자들은 오랫동안 공포를 경험했고, 고통받았다. 이제 듀이는 그들의 공포를 잊을 수 없을 것이다. 그럼에도 불구하고, 듀이는 옆에 앉은 남자를 분노하며 쳐다볼 수 없었다. 오히려 그는 일종의 동정을 느꼈다. 페리 스미스는 일생 동안 한 번도 온실에서 보호받으며 살지 못했으며, 불쌍하고, 추하고 외로운 과정을 겪어 하나의 망상에서 다른 망상으로 옮겨 다닌 것이다."

165cm가 안 되는 작은 키, 유명 인사들과의 파티, 시선을 끄는 패션, 동성애, 신문 가십 란에 끊임없이 이름을 올렸던 언행들, 음

주운전, 알코올과 약물에 의한 죽음에 이르기까지 트루먼 카포티는 평생을 '영화처럼 살다간' 그런 작가였지. 우리 세대의 가장 완벽한 작가(the most perfect writer of my generation)라는 칭송을 받았던 카포티는 문학과 저널리즘, 연극과 영화를 넘나들었던 대가였어. 이 책『인 콜드 블러드』는 카포티 필생의 역작이야.

놓치지 말아야 할 것

아빠가 가지고 있는 책 중에 로렌스 그로벨(Lawrence Grobel)이 쓴『Conversations with Capote』라는 영문 대담집이 한 권 있어. 로렌스 그로벨은 유명한 인터뷰 작가인데 많은 영화배우들과 감독들, 작가들과 인터뷰를 한 사람이야. 카포티와의 솔직하고 대담하고 내밀한 이야기를 담고 있는 이 책을 몇 년 전 청계천 중고 서점에서 샀었는데 "펜을 뾰족하게 갈았던, 어느 것도 두려워하지 않았던 카포티에게 바친다."는 헌사가 아주 인상적이야.

책의 중간 부분에 오래된 사진들도 실려 있고 카포티가『인 콜드 블러드』와 관련해 자신의 심경을 피력한 챕터도 있어. 캔자스 취재를 마친 카포티는 무려 6천 페이지에 달하는 인터뷰 자료를 들고 스위스로 날아가서 책을 집필하는데 그러는 동안 범인인 딕과 페리는 재판을 받고 결국 교수형을 당하고 말아. 책의 주제가 주는 중압감, 우울과 불안, 예민해지는 신경, 그리고 계속되는 불면의 밤. 그는 정말로(extremely) 글 작업이 힘들었다고 토로하고 있어.

"I know a writer has to be alone a good deal of the time and, as I've told you, at one point I spent seven months on a mountain in Switzerland virtually isolated, not seeing anyone, writing or working on that book - and the subject matter and the loneliness led to a definite darkness and terrific apprehension. I've never been so nervous and so agitated. I never slept more than three hours a night for the seven months there."

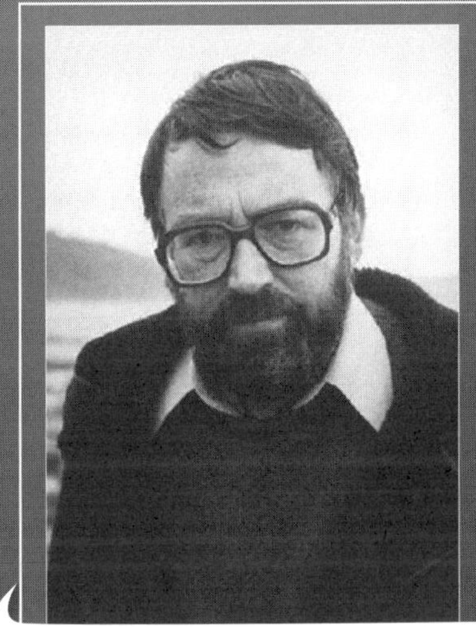

존 파울즈(John Fowles, 1926~2005)

제 30권

존 파울즈
프랑스 중위의 여자

미리보기

"그녀의 두 눈에는 지성과 꼿꼿한 정신이 있었다. 또 거기에는 어떤 동정에도 반발하는 조용한 거부가 깃들어 있었다. 그것은 곧 그녀의 존재였다."

"사라는 책을 한 권도 갖고 있지 않았다. 그 이유를 내가 굳이 덧붙이자면, 가지고 있던 책을 모두 팔아 버렸기 때문이다. 그것은 물론 돈이 필요했기 때문이지, 그녀가 맥루언의 초기 선구자였기 때문은 아니다."

"아들아 이번 작품은『프랑스 중위의 여자』라는 책이야. 작가 존 파울즈는 글쓰기의 귀재라고 할 수 있는데 문장이 대담하고 비범하고 경쾌하고 송곳 같아서 책을 읽기 시작하면 내려놓기가 쉽지 않아. 왜 사람들이 프랑스 중위의 여자, 프랑스 중위의 여자 하는지 알게 될 거야. 주인공인 찰스가 사라를 처음 보았을 때의 표현을 봐.

"그녀의 시선은 마치 라이플처럼 바다 너머 수평선을 겨누고 있었다."

멋진 표현 아니냐? 도대체 저 여자의 정체는 무엇이고 그녀가 숨기고 있는 비밀은 무엇일까? 왜 그녀를 프랑스 중위의 여자라고 부르는 걸까? 사라 우드러프의 사연을 쫓아가다 보면 그녀의 매력에 푹 빠져들고 말지. 그럼 사라를 묘사한 문장을 한번 볼까?

"그녀의 두 눈에는 지성과 꼿꼿한 정신이 있었다. 또 거기에는 어떤 동정에도 반발하는 조용한 거부가 깃들어 있었다. 그것은 곧 그녀의 존재였다."

『프랑스 중위의 여자』에는 1867년의 영국 사회가 생생하게 묘사되어 있어. 빅토리아 시대를 배경으로 하는 역사소설이지만 작가의 현재 시점(1960년대)을 넘나들고 있고 다윈(Charles Darwin)에서부터 마르크스(Karl Marx), 토머스 하디(Thomas Hardy)에 이르기까지 많은 작가들과 예술 장르들이 인용, 토론되곤 해. 그것만으로도 맛있는 게 너무 많은데 찰스와 사라의 멜로 라인도 가슴을 졸이게 만들거든. 한마디로 진수성찬, 끝내주지.

"사라는 책을 한 권도 갖고 있지 않았다. 그 이유를 내가 굳이 덧붙이자면, 가지고 있던 책을 모두 팔아 버렸기 때문이다. 그것은 물론 돈이 필요했기 때문이지, 그녀가 맥루언의 초기 선구자였기 때문은 아니다."

맥루언(Herbert Marshall McLuhan)은 1911년에 태어나서 1980년에 세상을 떠난 캐나다의 미디어 이론가야. 그는 TV로 대표되는 미디어가 책이라는 물건을 사라지게 만들 거라는 주장을 했는데 이 주장은 기가 막히게 맞아떨어졌지. 빅토리아 시대를 살고 있는 사라와 맥루언이 무슨 상관이 있겠어? 사라에게 책이 없었던 건 돈이 없어서 책을 다 팔았기 때문이지, 사라가 맥루언의 이론에 동조해서(책이 더 이상 쓸모없다는 생각으로) 책을 내다버린 게아니라는 농담을 하고 있는 거야. 재미있지 않니?

"그는 채찍으로 얻어맞은 듯한 고통스러운 굴욕감을 느꼈다. 그러나 그에게는 방어 수단이 하나밖에 없었다. 현실을 차분히 받아들이는 것, 어린애처럼 성난 모습을 감추고 금욕적인 스토아 철학자처럼 냉철한 모습을 보이는 것."

스토아 철학, 스토아학파(Stoicism)는 금욕하고 극기해라, 쾌락과 고통에 동요되지 말고 자연의 섭리에 순응해라. 이런 주장을 했던 그리스 철학의 한 학파야. 스토아 철학자처럼 냉철한 모습으로 굴욕감을 조용히 견뎌냈던 주인공 찰스가 깨닫게 되는 인생의 진짜 모습은 과연 어떤 모습일까? 사라와는 어떤 결말을 맺게 될까?

책을 거의 다 읽어갈 무렵, 마지막 몇 페이지를 만지작거리며 이 책이 끝나지 않기를, 더 많은 이야기들이 남아 있기를, 제발 찰스와 사라가 다시 결합하기를 얼마나 애태웠는지 몰라.『프랑스 중위의 여자』는 다음과 같은 감동적인 문장으로 끝을 맺어.

"인생이란 결코 하나의 상징이 아니며, 수수께끼 놀이에서 한 번 틀렸다고 해서 끝장이 나는 것도 아니고, 인생은 하나의 얼굴로만 사는 것도 아니며, 주사위를 한 번 던져서 원하는 눈이 나오지 않았다 해도 체념할 필요는 없다는 것을 그는 이미 깨닫기 시작했다. 도시의 냉혹한 심장으로 끌려들어간 인생이 아무리 불충분하고 덧없고 절망적이라 할지라도, 우리는 그 인생을 견뎌 내야 한다. 그리고 인생의 강물은 흘러간다. 다시 바다로, 사람들을 떼어 놓는 바다로."

놓치지 말아야 할 것

책의 배경이 되는 라임 레지스(Lyme Legis)는 영국의 남서쪽 해안가에 자리 잡은 작은 항구 도시이자 휴양 도시야. 인터넷을 좀 뒤져봤어. 지구에 공룡이 살았었다는 사실조차 모르고 있었던 19세기, 공룡 화석을 최초로 발견했던 고생물학자 메리 애닝(Mary Anning)의 고향이 라임 레지스야. 그녀는 고고학의 어머니라고 불린다고 해. 그 시대에 화석을 연구한 여성 학자라니 참으로 놀라운 일이야. 그때는 글을 쓰거나 연구를 하는 것이 여성들의 미덕은 아니었거든. 메리 애닝에 대해 공부를 더 해봐야겠어. 작가인 존 파울즈도 1968년부터 이곳에서 살면서 라임 레지스 박물관장을 지내기도 했어.

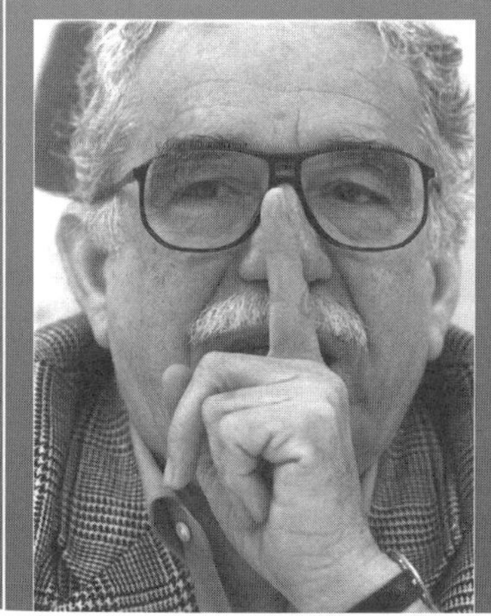

가브리엘 가르시아 마르케스
(Gabriel García Márquez, 1927~2014)

가브리엘 가르시아 마르케스

백년의 고독

미리보기 ─────────────────────────────○

　"근 사십 년 세월을 보내고 난 다음에야 소박하게 산다는 것이 얼마나 중요하다는 것을 깨달았는데, 그렇게 하기 위해 그는 서른두 차례의 전쟁을 벌여야 했고, 전쟁을 통해 맺어진 모든 조약들을 죽음을 걸고 위반해야 했으며, 승리의 영광이라는 수렁에 빠져 돼지처럼 허우적거려야 했다."

"아들아 아빠가 인생을 살아보니까 인생은 확실한 건 하나
도 없고, 늘 무언가가 어긋나고, 하나가 채워지면 다른 하나가 부족
해지는 그런 거더라고. 다른 하나가 부족한 상황이야 견디기라도
하지, 정말 아무것도 안 되고 지푸라기라도 잡고 싶은 그런 순간에
는 햇살도 따스하게 느껴지지가 않아. 그냥 벌레가 된다고 할까?

아빠가 서울 살면서 뮤지컬 만들었잖아? 그해 8월, 극장을 책
임지던 스태프 한 명이 갑자기 그만 둔거야. 사람이 없으니까 어떡
해? 아빠는 온종일 극장에 붙들려 있어야 했어. 배우들 식사를 챙
기고, 세탁물도 챙기고, 주차권에, 각종 민원에, 정신을 차릴 수가
없었지. 기댈 곳 하나 없이, 붙잡을 수 있는 지푸라기 하나 없이 하
루하루를 버텼어. 어두운 터널 같은 날들을 보내본 사람은 알 거야.
10분의 평온함이 인생의 목표가 될 수도 있다는 걸 말이야. 담배
한 갑과 음료수 하나를 사서 집으로 돌아오던 길, 건널목을 건너며
올려다본 하늘에 환한 달이 빛나고 있었지. 무엇을 이루고 싶은가?
무슨 미련이 남아 이렇게 다시 서울에 올라왔는가? 스스로에게 질
문을 던지곤 했었어.

겨울이 되고 지방 초청 공연이 연달아 이루어지면서 잘하면 제
작비를 건질 수 있겠다는 희망을 갖게 되었지. 그러나 2014년 봄,
세월호는 아빠의 공연마저 깊은 바다로 끌고 들어가 버렸어. 등을
돌린 현실은 이처럼 사정 봐주는 법이 없더라. 비가 억수같이 내리
던 어느 날, 아빠가 이 공연의 주인이 아니라는 결론을 내린 날, 다
젖은 신발을 버리고 운동화 한 켤레를 샀던 기억이 난다. 언제나 그
렇듯 문제는 내 자신의 '어리석음'이 아니었을까? 스스로를 끝도
없이 책망하며 지냈어.

"근 사십 년 세월을 보내고 난 다음에야 소박하게 산다는 것이
얼마나 중요하다는 것을 깨달았는데, 그렇게 하기 위해 그는 서른두
차례의 전쟁을 벌여야 했고, 전쟁을 통해 맺어진 모든 조약들을 죽
음을 걸고 위반해야 했으며, 승리의 영광이라는 수렁에 빠져 돼지처
럼 허우적거려야 했다."

2014년 4월 17일,『백년의 고독』을 한달음에 다시 읽었어. 어
떻게 날짜까지 다 기억하냐고? 고등학교 1학년이었던 너의 웃는
모습도 생각나고, 불쌍한 세월호 아이들도 생각나고, 그 부모들 심
정이 어떨까? 생각하니까 눈물이 나고 치가 떨려서 잠을 이룰 수가
없었지. 세월호가 물속으로 가라앉은 그 다음 날, 마르케스도 세상
을 떠났거든. 그날 일기에 "그래 오늘 같은 밤을 인생의 고비라고
부르는지도 모른다. 좌절감과 막막함에 둘러싸여 한 치 앞도 보이
지 않고, 그렇다고 누군가가 달려와 위로의 손 한번 건네주지 않는
밤. 고비를 넘어야 한다. 혼자 의연하게 이겨내야 한다. 나약함을
꾸짖고 내게 없었던 박력을 두 손에 꼭 잡아야 한다. 두려워하지 말
자." 이렇게 썼지.

"어느 곳에 있든지 과거는 거짓이고, 추억은 되돌아오지 않는 것
이고, 지난봄은 다시 찾을 수 없고, 아무리 격정적이고 집요한 사랑
도 어찌되었든 잠시의 진실에 불과하다."

마르케스의 책은 고단한 삶을 살아가는 우리에게 던지는 유쾌
한 농담이었고, 따뜻한 커피와도 같은 위로였고, 어른이 해줄 수 있
는 가장 빛나는 '통찰의 햇빛'이었어. 책 읽는 즐거움이란『백년의
고독』을 두고 하는 말이야. 이런 상상력을 뭐라고 부르면 좋을까?

마르케스가 아니었다면 결코 써 낼 수 없었던 마법의 책. 너도 책을 펴는 순간 '마꼰도(Macondo)'의 마법으로부터 도망쳐 나올 수 없을 거야. 책의 후반부, 장장 4페이지에 달하는 페르난다의 넋두리 (페르난다는 바늘로 들쑤셔놓은 것 같은 집안을 지탱하느라(…)돈 페르난도 델 까르삐오 사이에서 외동딸로 태어나 금지옥엽처럼 자란 자기에게 더 이상 필요 없는 존재라는 것이었다)는 그야말로 백미중의 백미야.

이제 뮤지컬 판권은 끝이 나 버렸고(재계약을 포기하고 말았으니까), 마르케스도 떠나버렸지만 그의 아름다운 책『백년의 고독』은 세상이 끝날 때까지 볼 수가 있으니 다행이라 해야겠지. 세월호는, 부모들과 아이들이 짧은 이별이라도 할 수 있게 우리가 힘을 모아야 해. 제일 마음 아픈 게 뭔지 알아? 그때 사랑하는 사람에게 마지막 한 마디를 못 했다는 후회가 가장 아픈 거거든. 잘 가라는, 사랑한다는, 그 순간 곁에 있어 주지 못해서 미안하다는 말 한 마디. 짧은 이별의 시작은 진실을 밝혀내고 관계된 모든 나쁜 사람들에 대한 처벌이어야 하겠지. 이 한 줄 쓰는데도 손이 떨리고 눈물이 난다. 멀쩡한 내 새끼를 생각해도 이런데, 아이들을 먼저 떠나보낸 부모들의 마음이야 오죽하겠어? 아이들의 불쌍한 영혼이 마꼰도에서 평온을 되찾았으면 좋겠다.

　

"시간은 흐르기 마련인데, 제가 뭘 바랐겠어요."
그가 중얼거렸다.
"그렇긴 하지만, 그토록 빨리 흐르진 않아."
우르술라가 말했다.
그 말을 하면서 그녀는 자신이 사형수 감방에 있던 아우렐리아노

부엔디아 대령으로부터 들었던 것과 같은 대답을 하고 있다는 사실을 알아차렸고, 세월이 방금 전에 수긍했던 것처럼 그렇게 흘러가는 게 아니라 원을 그리며 되풀이되고 있다는 사실을 깨닫고는 다시 한 번 더 몸서리를 쳤다."

놓치지 말아야 할 것

"바다를 향해 둥둥 떠가는 시체들의 역겨운 악취 때문에 밤에는 잠을 이룰 수 없었다. 이미 전쟁은 끝났고 전염병은 돌지 않았지만 통통 부은 시체들이 계속해서 떠다니고 있었던 것이다."

『콜레라 시대의 사랑Love in the Time of Cholera』은 전쟁과 콜레라의 시대를 관통하는 페르미나와 플로렌티노의 평생에 걸친 사랑 이야기를 그린 작품인데 1985년에 출간되었어. 인생이라는 거, 운명적인 사랑에 빠지고 헤어지고 세월이 흐르고 나이 들고 죽음을 맞이하는 과정이잖아? 하지만 우리 인생에는 사랑이라는 단어만으로 설명할 수 없는 삶이 주는 생명력 같은 게 있지. 오늘 우리가 헤어지더라도 나는 또 내 삶을 꾸역꾸역 살아낼 테고, 너는 너대로 일상을 견뎌 내는 끈질긴 무엇. 마르케스가 이 책을 통해 말하고 싶었던 건 그 생명력이 아닐까? 책의 마지막 문장. 결국 우리도 이 문장 하나를 위해 길고 긴 인생의 여정을 살아가는 거겠지. 감동적인 엔딩이야. 놓치지 말고 읽어 보기 바란다.

"우리 목숨이 다할 때까지."

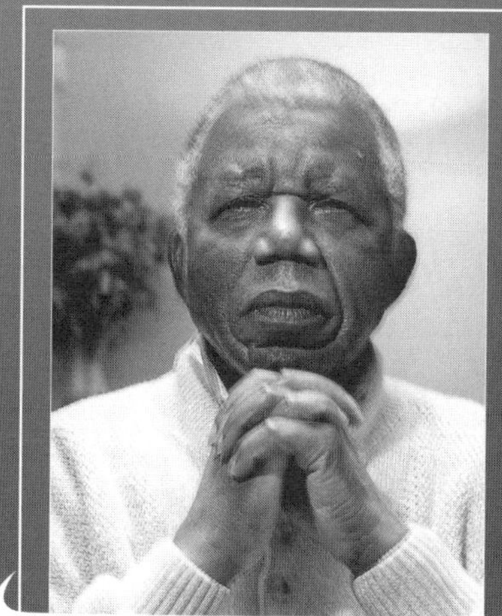

치누아 아체베
(Chinua Achebe, 1930~2013)

제 32권

모든 것이 산산이 부서지다

치누아 아체베

미리보기

　"백인은 대단히 영리하네. 종교를 가지고 아무 말 없이 조용히 들어왔네. 우리는 그의 바보짓을 즐기면서 여기에 머물도록 했네. 이제 그가 우리 형제들을 손에 넣었고, 우리 부족은 더 이상 하나로 뭉쳐 행동하지 않네. 그가 우리를 함께 묶어 두었던 것들에 칼을 꽂으니 우리는 산산이 부서지고 말았네."

아들아 사람은 살다가 여러 가지 잘못을 저지르기 마련이
야. 아빠가 관심을 가지는 건 잘못의 종류와 내용보다는 잘못을 저
지른 사람의 속내와 그 주변 사람들의 반응이야. 우리는 너무 이기
적인 괴물이 되어버렸어. 비는 추적추적 내리고 기분은 더럽고 나
도 그렇게 잘 살아온 인생이 아닌데 앞으로 어찌해야 하는지 막막
해지는 그런 밤이야.

> "그날 밤 아버지가 돌아오자, 은워예는 이케메푸나가 죽었다는
> 것을 알았고, 마치 팽팽한 활이 끊어지는 것처럼 그의 가슴속에서
> 뭔가 무너졌다. 그는 울지 않았다. 힘없이 어슬렁거릴 뿐이었다."

아직까지 아프리카 작가의 책을 읽어 본 적은 없지? 아프리카
문학 하면 나이지리아 태생의 치누아 아체베라는 작가를 제일 먼
저 떠올리도록 해라. 이 책의 저자인 치누아 아체베는 아프리카 문
학의 새로운 모범이 된 작가야. 『모든 것이 산산이 부서지다』는 제
국주의의 침략, 식민지로 전락한 아프리카, 그 속에서 부딪힐 수밖
에 없었던 폭력과 갈등, 침략자의 종교인 기독교와 무너져 가는 아
프리카의 전통, 아프리카인들의 고단한 삶에 대해 이야기하고 있는
책이야. 힘이 월등한 백인들이 자신의 부족을 침략해 들어올 때 도
끼 한 자루로 맞섰던 '가장 위대한 씨름꾼' 오콩고. 언제 어디서든
진짜 전사들은 꼭 존재하기 마련이지.

> "백인은 대단히 영리하네. 종교를 가지고 아무 말 없이 조용히
> 들어왔네. 우리는 그의 바보짓을 즐기면서 여기에 머물도록 했네. 이
> 제 그가 우리 형제들을 손에 넣었고, 우리 부족은 더 이상 하나로 뭉

처 행동하지 않네. 그가 우리를 함께 묶어 두었던 것들에 칼을 꽂으
니 우리는 산산이 부서지고 말았네.”

요즘 블랙리스트로 한국 사회가 시끄러워. 영화제도 마찬가지
지. 문화 예술에 대한 검열과 탄압은 사악한 정권이 벌이는 가장 더
럽고 저열한 행동이야. 이에 맞서는 방법은 제목처럼 산산이 부서
지든지, 일어나 싸우든지 오직 두 가지 뿐이란다. 생각해 보면 아빠
의 운명도 참 얄궂다. 또 다른 후회가 기다리고 있다 해도 어쩔 수가
없지 않겠어? 내 운명이 ‘떠돌이 인생’이라면 그렇게 떠돌면 될 일
이니까.

“두렵냐고? 나는 그자가 자네 마을 사람들한테 하는 일엔 관심
이 없네. 나는 그자와 그자의 말에 귀 기울이는 마을 사람들을 경멸
하네. 선택하라면 난 혼자서라도 싸우는 걸 선택하겠네.”

아빠는 네가 이 책을 읽고 두 가지를 꼭 기억해 주면 좋겠다. 먼
저, 아프리카에 위대한 전통과 용맹과 지혜가 있다는 것을 기억해
라. 책에 나오는 우첸두 노인의 솔개 이야기를 다시 읽어봐. 못사는
나라고 맨발로 다닌다고 해서 그들의 정신이 맨발은 아니라는 사실
을 알게 될 거야. 아프리카만의 이야기가 아니야. 아시아의 여러 나
라들도 명예롭고 고결한 영혼, 여유와 유머를 가진 민족이라는 걸
명심하도록 해라.
　두 번째는 나이지리아가 영국으로부터 독립을 한 건(영국이 나
이지리아에서 손을 떼고 물러난 건) 지금으로부터 겨우 50년 전의
일이라는 거야. 총칼을 앞세우든, 양처럼 순진해 보이는 탈을 썼든

외세로부터 수탈된 민족은 자신들의 빛나는 전통과 가치를 모두 잃어버린다는 사실을 잊지 마. 일본의 침략을 겪었던 우리나라를 봐. 침략이 침략으로 끝나면 그나마 다행이지만 진짜 문제는 그 다음이야. 극복하기 힘든 가혹한 유산을 물려받을 수밖에 없거든. 일제의 뿌리 깊은 잔재들이 그 증거지. 책에 나오는 오콩고의 탄식은 작가 자신의 탄식이고 제국주의로부터 고난을 당한 모든 민족의 탄식이기도 해.

"그는 자신의 눈앞에서 부서지고 산산이 조각나는 부족의 처지를 한탄했고, 우무오피아의 도전적인 남자들이 여자처럼 그렇게 영문을 알 수 없이 유약해져 버린 것을 애도했다."

놓치지 말아야 할 것

Igbo라는 단어 들어본 적 있어? 이보 혹은 이그보로 발음하면 돼. 이보는 치누아 아체베가 태어난 부족의 이름인데 그는 책에서 이보 부족의 언어를 번역하지 않고 그대로 사용하고 있어. '오지 오두 아추이지지오'는 꼬리로 파리를 쫓는 놈이라는 뜻이야. 꼬리로 파리를 쫓는 동물이 뭐가 있어? 정답은 소야. '은나 아이'는 우리 아버지, '은노'는 어서 오세요라는 말이야. 치누아 아체베가 아니었다면 이보 부족이 쓰는 말이 어떤 소리가 나는지, 무슨 의미를 가지는지 세상사람 누가 알았겠어? 작가란 위대한 사람들이야. 아무튼 Igbo Language라는 게 있다는 것 놓치지 말고 기억해라.

존 르 카레(John Le Carré, 1931~)

제 33권

존 르 카레

팅커, 테일러, 솔저, 스파이

미리보기 ─────────────────────────○

"우리는 다른 사람에 대해 아무것도 몰라. 아무것도. 아무리 가깝게 지내고, 밤낮을 가리지 않고 다른 사람의 가장 깊은 곳의 생각을 살펴도, 우리는 아무것도 모르는 거야."

"아들아 아들이 태어나기 전, 미국과 러시아가 냉전(서로가 서로를 못 잡아먹어서 안달인 상태 그리고 실제로 서로를 잡아먹었던)을 벌이고 독일 역시 한국처럼 동독과 서독으로 나뉘어져 치열한 첩보전을 펼치던 그런 시절이 있었어. 자기 나라의 이익과 이념적 승리를 위해 많은 스파이들이 목숨 건 활약을 하기도 했지. 스필버그(Steven Spielberg) 감독의 영화 <스파이 브릿지Bridge of Spies> 기억나지?

이렇듯 냉전이 한창이던 1961년, 영국 태생의 작가 존 르 카레가 『죽은 자에게 걸려온 전화 Call for the Dead』라는 작품을 발표해. 죽었다고 생각한 사람이 전화를 걸어온다, 제목부터가 호기심을 자극하지? 이 소설에서 조지 스마일리라는 최고의 첩보원이 등장해. 조지 스마일리가 죽은 자(자살한 외무부 직원)의 행적을 조사하면서 일어나는 일들을 그린 작품이야. 존 르 카레의 첫 소설은 뛰어난 작품성으로 스파이소설의 새로운 지평을 개척했지. 재미와 스릴, 고독과 좌절을 잘 묘사해 높은 평가를 받았어. 과연 죽은 자로부터 걸려온 전화는 어떤 비밀을 담고 있을까?

> "우리는 다른 사람에 대해 아무것도 몰라. 아무것도. 아무리 가깝게 지내고, 밤낮을 가리지 않고 다른 사람의 가장 깊은 곳의 생각을 살펴도, 우리는 아무것도 모르는 거야."

2년 뒤 존 르 카레는 그에게 세계적인 성공과 명성을 안겨주게 되는 『추운 나라에서 돌아온 스파이The Spy who came in from the Cold』를 발표해. 영국 정보부 요원 리머스는 어느 날 동독으로 건너가 조국을 배신하는 스파이가 되지. 하지만 이건 위장일 뿐 그는 영국을 위한 이중간첩 노릇을 하게 돼. 불꽃 튀는 심리전, 손에 땀이 흥건히 고일 만큼 서스펜스가 굉장한 작품이야. 왜 스파이소설이 타임이 선정한 100대 영문소설에 포함되었는지(스파이소설은 통속적이라는 편견이 존재하니까) 그 이유는 읽어 보면 금방 알게될 거야.

"사람은 무언가를 믿을 필요가 있기 때문에 믿을 뿐이고, 믿음의 대상 자체는 아무 가치도 없고 기능도 없다. 앨릭은 또 이런 말도 했다. <개는 가려운 곳을 긁지. 개마다 가려운 곳이 달라.>"

『추운 나라에서 돌아온 스파이』가 엄청난 성공을 거둔 지 약 10년 후, 카레는 조지 스마일리 요원이 다시 등장하는『팅커, 테일러, 솔저, 스파이』라는 재미있는 제목의 책을 출간해. 수십 년 전 영국 정보부에 잠입하여 지금은 정보부 최고위직에 오른 소련의 스파이를 찾아내는 것이 스마일리의 이번 임무야. 누구도 믿지 마라! 스마일리는 정보부 내에 잠입한 소련 스파이 '두더지'의 정체를 밝혀낼 수 있을 것인가? 재미도 여전하고 인생을 바라보는 스마일리의 우울한 시선도 여전해.

"그는 과연 인간들 사이에 사랑이 가능한지, 만약 가능하다면 자기 망상에 바탕을 두지 않은 사랑이 과연 있을 수 있는지 의문이 들었다."

제목인 tinker, tailor, soldier, spy는 어린아이들이 숫자를 셀 때 1, 2, 3, 4 대신 쓰는 단어들이야. 물론 스파이는 작가가 붙인 단어고 sailor, rich man 등이 뒤이어 나오지. 존 르 카레의 르 카레는 필명이야. 데이비드 존 무어 콘웰(David John Moore Cornwell)이 본명인데 왜 그런 프랑스 이름을 지었는지에 대해서는 작가도 분명한 이유를 말한 적이 없다고 해. 아무튼 프랑스어 carré는 영어로 square(사각형)의 의미야.

놓치지 말아야 할 것

존 르 카레는 영국 외무부를 위해 일한 적이 있어. 대사관 서기관도 하고 독일에도 있었고 영국 정보부인 MI6(Directorate of Military Intelligence Section 6)에서도 근무를 했어. 영국 정보부는 외무부 소속이야. 007 제임스 본드도 이곳에서 근무했지. 첫 소설 『죽은 자에게 걸려온 전화』를 발표했을 당시 존 르 카레는 요원으로 재직 중이었어. 하지만 이중 스파이 한 명이 KGB에게 영국 요원들의 이름을 넘길 때 자신의 이름도 들어 있어서 그만둘 수밖에 없었다고 해. 물론 『추운 나라에서 돌아온 스파이』가 세계적인 베스트셀러가 되면서 돈을 많이 벌었으니까 전업 작가의 길을 가는 데 어려움은 없었지. 존 르 카레의 스파이소설을 읽어보면 아군과 적군의 개념이 좀 모호하다고 느껴질 거야. 007 영화처럼 새로운 무기가 등장하지도 않고, 죽고 죽이는 화려한 액션 장면도 별로 없어. 작가 자신의 경험 때문이었을까? 스파이들의 세계가 지극히 현실적으로 그려지고 있어. 아군과 적군이 둘 다 같은 놈들로(비열하고 사악하고 술수에 뛰어난) 묘사되는 것도, 주인공이 느끼는 환멸과 쓸쓸함이 곳곳에 묻어나오는 것도 같은 이유겠지.

　"스마일리는 취리히로 가는 한밤중 비행기를 탔다. 아름다운 밤이었고, 스마일리는 옆의 작은 창을 통해 별이 반짝이는 하늘을 배경으로 보이는 회색 날개와 두 세계 사이에 얼핏 보이는 영원을 응시했다. 그 모습에 마음이 누그러지고 공포와 의심이 가라앉았으며 우주에는 불가사의한 목적이 있다는 운명론적 생각이 들었다. 가슴 저미게 사랑을 추구하거나 다시 고독해지는 것 따위는 너무나 사소한 문제 같아 보였다."

실비아 플라스(Sylvia Plath, 1932~1963)

제 34권

실비아 플라스

실비아 플라스의 일기

미리보기

"나긋나긋한 l과 안온하고 긴 a들과 o들. 아, 이럴 수가, 나는 행복하다."

"이기적이고 자기중심적이고 시기심 덩어리에 상상력도 없는 여자가 빌어먹을 가치가 있는 글 한 줄이나 써낼 수 있을까요?"

"아들아 실비아 플라스는 재능을 만개하지 못한 채 젊은 나이에 생을 마감한 여성 작가의 상징과도 같은 인물이야. 실비아 플라스하면 사람들이 가장 먼저 떠올리는 건 영국의 유명한 시인 테드 휴스(Ted Hughes)와의 결혼과 자살이야. 당대 최고 시인과의 결혼, 가스를 틀어 놓고 오븐에 머리를 박은 채 죽음을 맞이한 비극적인 최후가 작가의 작품보다 더 주목을 끌었어. 사람들은 그런 자극적인 것들을 더 좋아하잖아? 더구나 생을 마감하기 직전에 쓴 작품들이 너무도 훌륭했으니 그녀의 삶은 전설이 되기에 필요한 조건들을 다 가지고 있었던 셈이지. 한 사람의 일생이 스물다섯 단어가 채 못 되는 요약문 속에 도매금으로 넘어가는 것을 누구보다 거부했던 실비아 플라스였지만 그렇게 세상을 떠나고 난 뒤에 더 큰 명성과 추종자를 낳았다는 것은 삶이 주는 아이러니 같기도 해. 세상 모든 일에 너무도 가볍게 입을 대고, 함부로 논평하고, 그러면서 스스로를 잘났다고 착각하는 우리는 그녀가 남긴 일기를 통해서 끔찍하고도 압도적인 고독이 무엇이었는지를 어렴풋이 이해할 수 있을 뿐이지.

이 책은 10대 후반이던 1950년부터 실비아 플라스가 썼던 일기와 글을 모은 책인데(1986년 출간) 2000년에 unabridged 버전이(생략된 부분이 없는 완역)이 다시 출판되기도 했어. 700페이지가 넘는 이 책은 그 두께가 어마어마하지만 다른 어떤 전기나 기록물보다 가장 확실하게 실비아 플라스를 만나는 방법이 바로 이 책이야. 10대 시절의 재기 넘치고 순수하고 역동적인 그녀를 보면 이 사람이 10여 년 후에 자살을 하게 될 거라고는 상상도 못할 거야. 성(性)은 달라도 딱 네 나이잖아. 실비아 플라스는 첫 소네트를 쓰고 난 후 일기에 이렇게 썼어.

"나긋나긋한 l과 안온하고 긴 a들과 o들. 아, 이럴 수가, 나는 행복하다."

얼마나 기쁘고 기분이 좋았으면 저런 글을 남겼을까? 그런가 하면, 좋은 글을 향한 열망으로 몸부림치기도 했지.

"이기적이고 자기중심적이고 시기심 덩어리에 상상력도 없는 여자가 빌어먹을 가치가 있는 글 한 줄이나 써낼 수 있을까요?"

이 일기를 읽기 전까지는 실비아 플라스가 가졌던 은밀한 그녀만의 꿈이 무엇이었는지 몰랐어. 굴복하고, 신음하고, 낑낑대지 말자고 다짐하며 완벽하지 못한 자신을 아프게 바라보았던 작가 실비아 플라스. 그렇기 때문에 너무도 예민하게 삶의 무게에 신음했던 한 작가에 대해 더욱 공감이 가고 고개를 끄덕이게 되는 것 같아. 그녀는 늘 자신이 쓸모없다는 생각을 했고 이 어마어마하게 그로테스크한 농담을 너무 늦기 전에 모조리 끝장내고 싶어 했어. 원고 거절이나 사람들의 냉담함, 불행하게 흘러가는 결혼생활을 겪으면서 스스로를 책망하고 자살을 꿈꾸다가도 다음 날 아침이 밝으면 글쓰기와 독서 계획을 세우며 단 한 순간도 작가로서의 꿈을 놓지 않았지.

"헤어스타일이나 비싼 옷에 돈을 마구 써버리고 싶다. 하지만 권력은 일과 사상에 있음을 안다. 나머지는 기분 좋은 프릴 장식에 불과하다. 상상력을 사용해야지. 글을 쓰고 일을 해서 즐거움을 주어야지."

가슴 뭉클해지는 글이 아닐 수 없구나. 일기에는 "백 년 전에도 어느 여자아이가 지금 나처럼 살아 있었겠지."라는 구절이 나와. 그녀 자신도 그러했고 백 년 전에도 그러했을 테고 지금도 많은 작가가(혹은 직장인이) 낮에는 일하고 밤에는 자식 돌보고 새벽에 글을 쓰며(또 다른 꿈을 키워 가며) 살아가겠지? 그런 삶을 살아가는 많은 사람들이(특히 여성들이!) 있다는 걸 명심하기 바란다. 마지막으로 실비아 플라스의 글 하나만 더 인용할게.

"다시금 햇볕을 받으며 쉴 수 있을까? 천천히 황금빛 평화에 몸을 적시며 나른하게 쉴 날이 다시금 내게 주어질까?"

놓치지 말아야 할 것

남편이었던 테드 휴스는 당대를 대표하는 유명한 시인이었고 1984년부터 죽을 때까지 영국 왕실이 수여하는 '계관 시인Poet Laureate'이었어. 실비아 플라스는 테드 휴스라는 천재적 시인을 남편으로 두고서도 끊임없이 스스로에게 채찍질을 했어.

"우리는 기가 막히게 잘 어울린다. 하지만 나는 나 자신이어야만 한다. 내 자아를 스스로 만들어내며, 그의 손에 의해 만들어지지 않도록 해야 한다."

물론 이 조화는 결혼 생활이 이어지면서 일상적으로 드리워지는 우울의 그늘이 되고 말았지만 말이야. 실비아 플라스는 1932년에 태어나 1963년에 생을 마감했어.

존 가드너(John Gardner, 1926~2007)

제 35권

존 가드너

그렌델

미리보기 ──────○

"고립된 단순한 사실들, 그리고 그것들을 '그리고'와 '그러나'라는 단어로 연결시키는 또 다른 사실들은 그자들의 찬란한 위업을 위한 필수 조건이지. 하지만 그런 사실들이란 애초에 존재하지 않아. 물론 그자들도 어쩌다 알아채긴 해. 자신들의 원칙이라는 게 모조리 허튼소리라는 불편한 느낌은 가지고 있다는 말이야."

아들아

"빈터에 있던 암사슴이 무시무시한 내 모습에 뻣뻣하게 굳더니 이내 달리기에 능숙한 자기 다리를 기억해 내고는 부리나케 도망갔다. 나는 심술이 났다. '저 맹목적인 편견 같으니라고!' 사실을 말하자면 이제껏 사슴은 한 번도 죽여 본 적이 없다. 내 종족과 비교한다면 사슴은 사물을 섬세하게 구별할 줄 모른다. 토끼와 곰, 심지어 인간도 마찬가지다. 그게 그것들의 행복이다. 만물을 알아차리지 못한 채 그저 보기만 하는 것 말이다."

이런 뛰어난 통찰력을 보여주는 것은 신도 아니고 인간도 아닌 괴물 그렌델이야. 베오울프(Beowulf)라는 영웅의 이름은 들어봤지? 원래 베오울프는 괴물 그렌델을 죽이고 영웅이 되는데, 이 책은 괴물 그렌델이 주인공이야. 조커의 눈으로 바라 본 배트맨이라고 하면 적당한 비유가 될까? 그러니까 『그렌델』은 고대 영어로 쓰인 영웅서사시 『베오울프』를 그렌델의 시각으로 다시 쓴 작품이야. 흥미로운 접근법이라고 생각되지 않아? 안티히어로가 바라본 히어로. 그들의 눈에는 우리 인간과 우리의 영웅들이 어떻게 그려지고 있을까?

"모든 체제는 사악합니다. 모든 정부도 사악합니다. 그것은 가볍게 보아 넘길 수 있는 사악함이 아닙니다. 잔혹한 사악함입니다."

작가 존 가드너는 그렌델의 눈을 통해 인간 세계의 모든 철학과 시스템을 조롱하고 비판하기도 해. 차가운 밤공기만이 궁극적 현실이라고 생각하고, 숲에서 새들이 달콤하게 노래한다고 해서 인간이 서로를 해칠 때 더 부드럽게 해치는 것은 아니라고 읊조리는 괴물. 이토록 논리정연하고 매력 넘치는 괴물 캐릭터를 만나기도 쉽지 않을 거야. 그렌델은 shadow walker, night goer, earth-rim-walker(지구의 가장자리를 걷는 자)라는 의미라고 해. rim은 가장자리라는 뜻이고 우리가 안경테라고 할 때 그 테도 rim이야. 혹시 내가 쓸데없는 소리를 하고 있는 건가? 무테안경이라고 하면 rimless glasses가 되겠지?

> "나는 내게 일어났던 일 모두를, 내가 깨닫게 된 것들 모두를 어미에게 이야기하려고 했다. 세상이 얼마나 의미 없는 대상들로 가득 차 있는지를, 우주가 얼마나 잔인한지를."

괴물로 태어났으니까 인간들과 섞여 살지도 못하고 가장자리에서, 어둠속에서 살아가야만 하는 저주받은 종족. 하지만 이 저주받은 종족의 독백과 사유가 인간보다 더 인간적으로 느껴지는 이유는 뭘까? 우리 인간이 더 사악하기 때문은 아닐까? 특히 인간 세계를 묘사하는 대목들은(그렌델이 숲의 가장자리 나무 위에 앉아 모두 똑같은 짓을 하는 인간 무리들을 지켜보는 책의 3장을 읽어봐!) 통렬하기 짝이 없어. 곧바로 이어지는 4장에서 "왜 나에게는 대화할 사람조차 없는 거지?"라고 분노하는 그렌델을 보면 너 역시 그렌델에 대한 연민의 마음이 생겨날 거야. 아빠가 가장 좋아하는 대목은 책의 5장. 용과 그렌델의 대화 장면이야.

> "고립된 단순한 사실들, 그리고 그것들을 '그리고'와 '그러나'라는 단어로 연결시키는 또 다른 사실들은 그자들의 찬란한 위업을 위

한 필수조건이지. 하지만 그런 사실들이란 애초에 존재하지 않아. 물론 그자들도 어쩌다 알아채긴 해. 자신들의 원칙이라는 게 모조리 허튼소리라는 불편한 느낌은 가지고 있다는 말이야."

책의 분량이 길지는 않지만 깊이는 남다르고 문장은 매혹적이며 다시 말하지만 그렌델의 캐릭터는 너무나 공감이 가는 캐릭터여서 그의 권태, 슬픔, 고독이 손에 잡히는 것처럼 느껴져. 몇 번을 읽어도 질리지 않는 작품이야. 아마도 번역을 하신 분이 번역을 잘해서 그런 탓도 있겠지만 말이야. 오늘은 그렌델이 되어 용의 지혜를 배우도록 하자.

"너는 절대 모를 거야. 귀뚜라미처럼 좁은 정신에 매여 있다는 건 정말 좌절스러운 일이겠지. 이 난폭한 친구야, 내가 해주고 싶은 충고는 말이지. 가치 있는 걸 찾아서 그걸 지키라는 거야."

놓치지 말아야 할 것

고대 영어로 쓰인 영웅서사시 『베오울프』는 영어로 기록된 가장 오래된 작품이야. 3,182행에 이르는 이 작품의 작가는 미상이고, 제목도 현대 편집자들이 붙인 거라고 해. 그러니까 입에서 입으로 전해 내려오던 이야기를 후세 사람들이 기록한 거지. 1010년경 만들어진 필사본이 유일하게 전해 내려오고 있고 1815년에 처음 책으로 나왔어.

앞부분은 인간 영웅 베오울프가 괴물 그렌델과 그렌델의 어미를 차례로 물리치는 이야기를 담고 있고, 왕이 된 베오울프가 용과 사투를 벌이는 이야기가 이어져 나와. 인간이란 유한한 존재에 불과한데 그렇다면 영원한 가치란 무엇일까? 영웅적인 위엄이 아니겠는가? 이게 아빠가 생각하는 『베오울프』의 주제야. 아무튼 역사적 사실에 전설과 민담이 섞이고 상상력이 더해져서 장엄한 영웅 서사시가 만들어졌어. 베오울프와 그렌델의 결투 장면을 보자.

> "오래 전 인류에게 마음의 고통을 가져오고
> 범죄를 자행했으며, 하나님과도 원수였던
> 그는 더 이상 제 몸을 쓸 수 없었고,
> 히엘락의 용감한 친족이 손아귀로 그를
> 꽉 잡아 속수무책임을 알게 되었나니,
> 그 둘은 살아 있는 한, 서로를
> 증오했도다. 그 무시무시한 괴물은
> 온몸에 통증을 느꼈나니, 어깨에는
> 치명상이 드러났고, 근육은 찢겼으며,
> 관절은 부서졌도다. 격투에서 영광은
> 베어울프에게 돌아갔으며, 그렌델은
> 치명상을 입고 늪지 밑으로 도망쳐
> 음침한 은신처로 가야 했도다. 그는
> 생의 종말이 다가왔고, 날수가 다했음을
> 확실히 알았도다."

안젤리나 졸리(Angelina Jolie)가 그렌델의 어미로 나오는 영화가 한 편 있었어. 어디가 실사고 어디가 애니메이션인지 구분이 어려울 정도로 시각 효과가 끝내주는 2007년도 작품이었는데 이 영화도 한번 찾아봐. 영화의 제목도 <베오울프>야.

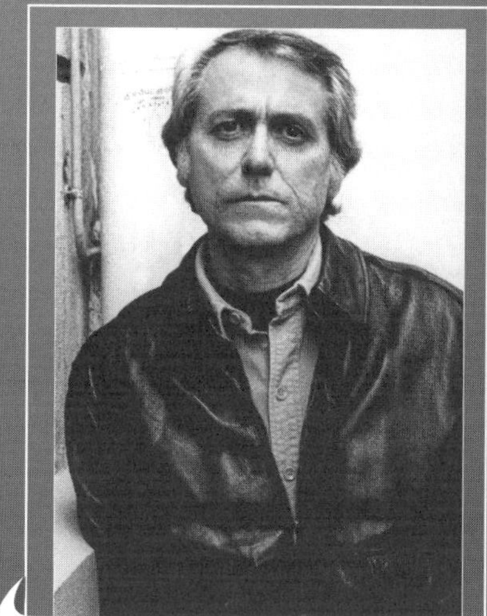

돈 드릴로(Don DeLillo, 1936~)

제 36권

돈 드릴로

화이트 노이즈

미리보기

"나는 그가 뭔가에 대해 이렇게 생기 있고 즐겁게 재잘거리는 모습을 본 적이 없었다. 그는 거의 들뜬 상태였다. 우리가 전부 죽을 수도 있음을 분명 알고 있었을 것이다. 그렇다면 이런 상태는 세상의 종말에 느끼는 고양된 기분 같은 것일까? 어떤 폭력적이고 압도적인 사건에서 자기 자신의 사소한 비참함을 잠시 잊어보려는 것일까? 그의 목소리에는 끔찍한 일에 대한 갈망이 묻어 있었다."

"아들아 이 책의 가장 큰 매력은 아름답고 지적인 문장이
야. 물론 아름다움의 기준을 어디에 두느냐에 따라 달라지겠지만
돈 드릴로의 문장은 너무 유머러스해서 싱긋 웃게도 만들었다가, 너
무 신랄해서 가슴이 뜨끔하기도 했다가, 인생의 비밀을 이미 알아버
린 것 같은 피로함이 묻어나서 애잔한 기분이 들기도 해. 돈 드릴로
는 이름에서 느껴지듯 이탈리아 이민 2세로 뉴욕에서 태어났어.

"죽은 자들로만 이루어진 에너지의 차원이 있는 것일까? 그들은
물론 땅속에 묻혀 잠들어 있고 부서져가고 있다. 어쩌면 우리는 그들
이 꾸는 꿈일지도 모른다."

제목 'white noise'는 말 그대로 흰색 소음을 뜻해. 라디오 주파수
가 안 맞으면 들리는 칙칙대는 소리 있잖아? TV 채널이 안 맞을 때
들리는 잡음 같은 거. 그걸 일컫는 말이야. 언제나 우리 곁에 도사리
고 있는 재난과 죽음, TV로 대변되는 미디어, 현대 소비 사회를 상
징하는 대형 마켓, 그리고 하루하루 이어지는 단조로운 삶에 대해
이토록 아이러니하고 재미있게 그려낸 작품도 드물 거야. 1985년
에 나온 작품이지만 하루가 멀다고 이어지는 재난들, TV의 여전한
권력, 대형 마켓이 없으면 생존이 안 되는 현대인들을 보면 그가 얼
마나 통찰력 있는 작가였는지 알 수 있어.

"나는 그가 뭔가에 대해 이렇게 생기 있고 즐겁게 재잘거리는 모
습을 본 적이 없었다. 그는 거의 들뜬 상태였다. 우리가 전부 죽을 수
도 있음을 분명 알고 있었을 것이다. 그렇다면 이런 상태는 세상의
종말에 느끼는 고양된 기분 같은 것일까? 어떤 폭력적이고 압도적인
사건에서 자기 자신의 사소한 비참함을 잠시 잊어보려는 것일까? 그

의 목소리에는 끔찍한 일에 대한 갈망이 묻어 있었다.”

이런 빼어난 문장들 외에도 주인공이 아이들과, 동료 교수들과 나누는 대화들이 기가 막혀. 예리함이 느껴지는 단어들, 리듬을 타고 노는 대사들, 언제나 그렇듯 원서를 구해 읽어 보고 싶다는 욕망을 부추기지. 그래서 펭귄에서 나온 헌책이 있어서 한 권 샀다. 너에게 선물할 테니 끝까지 읽어봐.

> “I'm still sad, Winnie, but you've given my sadness a richness and depth it has never known before.”
> She turned away, blushing.
> I said, “You're more than a fair-weather friend. you're a true enemy.”
> She turned exceedingly red.
> I said, “Brilliant people never think of the lives they smash, being brilliant.”

집에 휴지가 다 떨어져서 커피숍에서 들고 온 티슈 몇 장으로 버티다가 저녁에 마트에 갔어. 물도 사고 휴지도 샀지. 이 책이 생각나더라고. 하루를 보내며 우리는 무엇을 상실해 가고 있을까? 해가 지면 또 어떤 슬픔이 우리 어깨 위에 내려앉아 있을까? 우리에게 요구되는 애절함과 갈망의 정체는 뭘까? 결혼해서 자녀들을 두고, 이혼하고(책의 주인공 잭은 네 번째 결혼 생활 중이야), 그래도 인생이 평온할 거라고 가느다란 희망을 안고 살아가지. 하지만 단 한 번의 사소한 위협과 재앙으로도 허무하게 무너져 내릴 수밖에 없는 게 우리 인생이잖아? 미국 사회의 허구와 불안을 강렬하게 묘사한 작품이지만 우리나라의 허구와 망상을 그린 작품이라고 해도 괜찮을 거야. 주인공 이름만 잭에서 김 씨로 바꿔봐. 지진 한 번에도 우왕좌왕하는 삶이니까 유독가스가 퍼지거나 원전에 문제가 생기면 우리 인생의 목표니, 목표를 이루기 위한 계획이니, 이 화창하고 아름다운 계절 따위가 다 뭐겠어?

"버리면 버릴수록 더 많은 물건들이 나왔다. 집 안은 넌더리날 정도로 낡은 물건들로 꽉 찬 요지경 속이었다. 엄청나게 많은 물건들이 있었고, 거기에는 압도해오는 무게, 관계, 죽음이 깃들어 있었다."

다 좋은데 우리말 표기법을 왜 이런 식으로 했을까? 외국어 S나 C의 표기를 ㅆ으로 했어. 위기 쎈터, 쎅스, 컴퓨터 씨스템. 도대체 이유가 뭘까? 그렇다고 전부 ㅆ도 아니거든. 스테이션 웨건, 블랙스미스, 이런 건 또 그냥 썼어. 읽으면서 눈에 계속 거슬릴 거야. 익숙하지 않은 표기법은 처음 접하는 외국어처럼 보는 사람을 당혹하게 만드니까. 베스트쎌러라니!

놓치지 말아야 할 것

아빠가 책 전체를 통틀어 가장 좋아하는 대목은 어느 날 주인공의 장인이 난데없이 집으로 찾아와 총 한 자루를 건네주는 장면이야. "내 걱정은 하지 말게나. 다리 조금 저는 것쯤은 아무것도 아니야. 내 나이엔 누구나 저니까."로 시작하는 이별사가 장장 두 페이지에 걸쳐 나오는데 웃기기도 하고 한편으로는 서글퍼지기도 하더라. 작가가 현대를 살아가는 우리들에게 들려주는 지혜의 말 같다고나 할까? 핵심을 찌르는 격언 같아.

　"불면증도 그렇지. 불면증은 아무 문제없어. 내가 잠을 자서 얻는 게 뭐가 있단 말이야? 담배 피운다고 걱정할 필요도 없어. 그럭저럭 잘 넘어가고 있다고 자신하고 싶으니까. 모르몬교도들이나 담배 끊으라고 해. 그들도 담배만큼 해로운 것 때문에 결국 죽을 거야. 돈은 아무 문제가 안 돼. 수입 면에선 완전히 고정적이니까. 연금 제로, 저축 제로, 주식과 채권도 제로야. 그러니 걱정할 필요가 없지. 저절로 굴러갈 거야. 손 떠는 것도 걱정하지 마. 누구든지 가끔은 떠는 법이야. 그리고 왼손만 떨잖아. 손 떠는 걸 즐기는 방법은 말이야, 그게 다른 사람 손이라고 생각하는 거지. 체중이 원인도 모르게 갑자기 줄어도 걱정할 필요 없어. 눈도 시원찮은데 먹어봤자 무슨 소용이 있겠어. 눈 걱정도 하지 마. 눈이야 지금보다 더 나빠질 수가 없지. 정신이 온전할까 하는 걱정은 깡그리 잊어버려. 정신이 몸보다 먼저 가는 법이야. 그렇게 돌아가는 거지."

마거릿 애트우드
(Margaret Atwood, 1939~)

마 거 릿 애 트 우 드

시 녀 이 야 기

미리보기

"순찰을 도는 사라 〈아주머니〉와 엘리자베스 〈아주머니〉는 가죽 혁대에 달린 가죽 끈에 가축용 전기 충격기를 매달아 덜렁거리며 다녔다."

"다른 이들이 지금 무사하다면, 그들의 안전을 지켜주세요. 지나치게 고생하지 않게 해주세요. 그들이 죽어야만 한다면, 빨리 죽여주세요. 그들에게 천국을 주실 수도 있으시죠. 그래서 우린 당신이 필요하단 말이에요. 지옥은 우리 스스로 만들 수 있으니까."

＂아들아 길리어드 공화국(the Republic of Gilead), 사령관(Commander), 수호자(Guardian), 눈(Eye), 아내(Wife), 시녀(Handmade), 아주머니(Aunt). 이 단어들에서 연상되는 단어가 섬뜩함, 꺼림칙함, 어둠, 감금과 감시, 성(性)과 관련된 것들이라면 너의 연상 능력은 나름 훌륭한 거야. 도입부를 살펴볼까?

> "순찰을 도는 사라 <아주머니>와 엘리자베스 <아주머니>는 가죽 혁대에 달린 가죽 끈에 가축용 전기 충격기를 매달아 덜렁거리며 다녔다."

아, 아주머니라는 사람들은 순찰을 도니까 감시자구나. 약간 소름 돋는 게 그냥 충격기도 아니고 가축용이라니. 그렇다면 누구를 감시할까? 시녀겠지, 아마도? 그럼 누구를 위해 감시를 할까? 사령관쯤 되겠지. 수호자는 누구지? 사령관을 돕는 사람인가? 아니면 시녀를 보호하는 사람들인가? 눈은 이 모든 사람들을 감시하는 더 큰 감시자인가? 그런데 무엇을 위해 시녀들을 감시하는 거지? 그리고 시녀들은 공화국에서 도대체 무얼 하는 사람들일까? 캐나다 태생의 세계적인 작가 마거릿 애트우드는 또 하나의 깜짝 놀랄 만한 디스토피아를 보여주고 있어.

> "나는 헉, 신음소리를 낼 뻔했다. 금지된 단어를 입 밖에 내다니. <불임>. 이제 불임의 남자란 존재하지 않는다. 적어도 공식적으로는. 오직 애를 낳을 수 있는 여자와 낳을 수 없는 여자가 있을 뿐. 그게 법이다."

아, 불임(sterile). 불임의 남자가 공식적으로 존재하지 않는다는 말은 길리어드 공화국이 남자를 중심으로 돌아가는 억압적인 형태의 국가라는 의미일 테고, 그럼 시녀의 기능은 바로 아이를 낳는 것 아니겠어? 그것도 감시 체제 하에서 말이야. 정말 끔찍한 세상이 다 있군.

    "배반을 깨닫는 순간만큼 기분 나쁠 때는 없다. 배반당했다는 사실을 의심의 여지없이 알게 되는 그 순간. 다른 인간이 당신에게 그렇게 끔찍한 일이 일어나기를 못내 바랐다는 사실을 깨닫는 순간은 처참하다. 그건 마치 사슬이 끊어져 꼭대기에서 추락하는 엘리베이터를 타고 있는 기분이었다."

지독한 감시 체제 하에서는 그 종류가 무엇이든 '갈망'이란 위험하기 짝이 없는 법이지. 더구나 밤의 무게를 느끼고, 눈에 잘 보이지 않는 아주 작은 차이와 균열을 읽어 낼 줄 아는 사람의 갈망은 체제를 유지하는데 심각한 위험 요소가 되고 말아. 과연 이야기는 어떻게 흘러갈까? 주인공인 오브프레드는 죽음 외에는 탈출할 길 없는 공화국에서 자신의 '갈망'을 성취하게 될까?

    "그럼, 밤이 내렸다고 해야겠지, 돌덩이처럼 나를 짓누르는 밤의 무게가 느껴진다."

아빠가 이런 식으로 글을 쓰면 궁금증이 조금이라도 더해져서 이 책을 읽고 싶어지는 마음이 생겼으면 좋겠는데 너무 어설퍼서 흥미를 반감시키는 건 아닌지 모르겠다. 스릴러 소설로 읽어도 좋고, 미래의 암울한 우리 모습으로 읽어도 좋고, 전체주의에 신음하는 개인의 갈망으로 읽어도 좋고, 남성 중심의 사회에서 여성으로

서 살아간다는 것에 대한 텍스트로 읽어도 좋아. 네가 어떻게 접근하든 결론은 하나야.『시녀 이야기』는 정말 재미있다는 거지.

"다른 이들이 지금 무사하다면, 그들의 안전을 지켜주세요. 지나치게 고생하지 않게 해주세요. 그들이 죽어야만 한다면, 빨리 죽여주세요. 그들에게 천국을 주실 수도 있으시죠. 그래서 우린 당신이 필요하단 말이에요. 지옥은 우리 스스로 만들 수 있으니까."

놓치지 말아야 할 것

마거릿 애드우드의 다른 책 한 권을 더 소개할게.『그레이스 Alias Grace』라는 작품이야. 마거릿 애트우드는 책의 도입부를 구성하는 데 있어서 타의 추종을 불허해. 단숨에 이야기의 본류에 휩쓸리게 만드는 재주는 감탄이 절로 나오지. 책의 1권 2부에 나오는 '가시밭 길'이라는 시를 읽어봐. 이렇듯 단순하면서도 극적인 도입부가 있을까?

이 책은 실제 사건을 소재로 한 작품이야. 살인 사건이 일어나고 미국으로 도망가던 살인범들은 체포돼. 두 명의 살인범 중 남자는 교수형을 당하고 여자인 그레이스는 감옥에 갇히게 되지. 정신과 의사인 사이먼은 정신의학적인 방법으로 그레이스의 살인 동기와 진실을 밝히려고 해. 과연 그레이스는 질투심에 사로잡혀 주인을 죽이고 달아난 살인범일까? 아니면 순수한 영혼일까? 치정극인가, 누명인가? 판도라의 상자는 열릴 것인가? 사이먼과 그레이스의 첫 대면은 영화 <양들의 침묵The Silence of the Lambs>에서 안소니 홉킨스(Anthony Hopkins)와 조디 포스터(Jodie Foster)가 처음 만나이야기를 나누던 명장면 못지않아.

> "사과를 들어 냄새를 맡아 본다. 바깥세상의 냄새가 코를
> 찔러 울고 싶어진다.
> 안 먹을 겁니까? 그가 묻는다.
> 예. 아직은요. 내가 대답한다.
> 왜요? 그가 묻는다.
> 먹으면 없어질 테니까요. 내가 대답한다."

마거릿 애트우드는 결코 수식어를 가득 붙여 문장을 꾸미지 않아. 간결하게 핵심을 찌르지. 그레이스의 무심한 듯 내뱉는 서늘한 독백도 마찬가지야. "성서에 얼마나 많은 범행이 등장하는지 생각해 보면 충격적이다. 교도소장 부인은 그것들을 모두 오려서 스크랩북에 붙여야 한다." 제목의 alias는 '일명'이라는 뜻이야. 그레이스가 캐나다에서 미국으로 도망갈 때 사용했던 가명이 메리 휘트니(그레이스의 친구)였는데 당시 신문에서는 범인의 이름을 메리 휘트니라고 부르기도 했거든. 인간의 행동은 한 가지 이유로 정의내릴 수 없다, 천 가지 실마리를 풀어야 비로소 인간의 행동이 이해된다는 작가의 생각이 인상적인 작품 일명 그레이스를 만나봐.

> "누구에게 사랑은 다른 누구에게는 절망일 수도 있고 또 다른
> 누구에게는 모욕일 수도 있는 법이다."

존 어빙(John Irving, 1942~)

제 38권

존 어빙

일 년 동안의 과부

미리보기

"에디는 편지지를 접어 오른쪽 뒷주머니에 찔러 넣었다. 청바지가 약간 축축했는데, 바닷가를 떠날 때 수영복 위에 걸쳐 입었기 때문이다. 매리언이 준 10달러짜리 지폐도 약간 눅눅했고, 페니 피어스가 자기 집 전화번호를 손으로 적어 건넨 명함도 그러했다. 그는 그것들을 더플 가방에 집어넣었다. 그것들은 이미 58년 여름의 기념물이 되었고, 에디는 그것들이 자기 인생의 분수령이기도 하고 루스가 그녀의 흉터만큼이나 오래도록 껴안고 살아갈 유산이기도 하다는 사실을 깨닫기 시작했다."

"아들아 이 책의 등장인물들부터 정리해 보자. 저명한 어린이 책 작가인 테드 콜(인기 작가인 그는 세상의 모든 유부녀들을 다 유혹하고)과 아내 매리언, 4살 먹은 아기 루스 콜, 그리고 두 아들(이미 죽은), 작가의 조수 아르바이트를 시작하게 된 16살의 에디(에디는 매리언을 사랑하게 되고)와 책을 사랑하는 암스테르담 경찰 하리도 있고, 빠진 사람 없나? 아, 루스의 편집자 앨런과(어린 딸 루스는 커서 작가가 돼) 루스의 친구 해나, 네덜란드 청년 빔(W로 시작하는)도 있었구나.

"에디는 편지지를 접어 오른쪽 뒷주머니에 찔러 넣었다. 청바지가 약간 축축했는데, 바닷가를 떠날 때 수영복 위에 걸쳐 입었기 때문이다. 매리언이 준 10달러짜리 지폐도 약간 눅눅했고, 페니 피어스가 자기 집 전화번호를 손으로 적어 건넨 명함도 그러했다. 그는 그것들을 더플 가방에 집어넣었다. 그것들은 이미 58년 여름의 기념물이 되었고, 에디는 그것들이 자기 인생의 분수령이기도 하고 루스가 그녀의 흉터만큼이나 오래도록 껴안고 살아갈 유산이기도 하다는 사실을 깨닫기 시작했다."

저마다의 슬픔과 상처를 안고 살아가는 사람들. 그들이 보여주는 비극과 욕망, 고독과 우울, 사랑과 성(性)이 촘촘하게 엮여서 긴 세월동안 이어지지. 만나고 사랑하고 미워하고 체념하고 떠나고 다시 만나고 죽게 되는 그 긴 세월 말이야. 긴 세월이면 이야기가 지겹지 않겠냐고? 전혀 아니야. 엄청 재미있어. 1958년 미국의 여름이 꼭 이랬을 것 같은 분위기 묘사는 절묘하고, 그 끈적끈적한 욕망의 공기를 예리하게 잡아내는 작가의 솜씨는 보통이 아니야. 그리고 미스터리한 터치들이 호기심을 자극해서 순식간에 페이지를 넘기게 만들지. 작가 존 어빙의 별명이 page turner야.

> "이름 없는 늙은 과부를 향해 치밀어 오른 이 뜻밖의 분노는 루스에게 과부로서의 첫해를 견딜 수 있는 무궁한 힘을 주었다. 이에 못잖게 뜻밖의 일이었지만, 그해에 루스는 어머니에 대한 감정이 누그러지는 걸 느꼈다. 루스는 앨런을 잃었지만, 여전히 그레이엄을 곁에 두었다. 하나뿐인 자식을 사랑하는 마음이 더욱 절실해질수록, 이미 두 자식을 잃은 매리언이 또 다른 자식을 사랑하지 않기 위해 노력했던 심정이 가슴 깊이 이해되었다."

얽히고설킨 이야기를 풀어헤치는 솜씨도 뛰어나지만 이 책의 가장 큰 미덕은 등장인물들이야. 각각의 캐릭터가 가진 가슴속 이야기들이 전부 설득력 있거든. 루스의 아빠인 테드에서부터 암스테르담의 창녀에 이르기까지 책을 읽다 보면 그냥 그들이 다 이해가 되고, 그들이 더 이상 상처 같은 거 받지 말고 잘 살았으면 좋겠다는 생각이 들고, 헤어진 사람은 다시 만났으면 좋겠다는 기도를 하게 돼. 정말 이러기 쉽지 않은데, 신들린 솜씨라는 서평이 절대 과장이 아니라는 걸 알게 될 거야.

> "해나가 틀렸다는 걸 에디는 알았다. 시간이 멈추는 순간들은 있게 마련이니까. 그런 순간을 놓치지 않으려면 정신을 바짝 차려야 하지만."

책의 끝부분에 나오는 문장이야. 시간이 멈추면 호흡도 멈춰져. 그 순간 나도 모르게 눈을 감게 되고 아, 책이 끝났구나 하는 아쉬움과 주인공들에 대한 애틋함이 한꺼번에 밀려들지.

『일 년 동안의 과부』는 1998년에 출간되어 큰 성공을 거두었고 2004년에는 <The Door in the Floor>라는 제목으로 영화화되기도 했어. 영화제목인 <마룻바닥의 문>은 바로 책 속에서 루스의 아빠 테드가 썼던 어린이용 동화책의 제목이기도 해.

"무슨 일이 있어도, 절대로, 절대, 절대, 절대로 마룻바닥의 문을 열면 안 돼! 하지만 그는 겨우 꼬마였는걸요. 여러분이 그 꼬마소년 이라면, 마룻바닥의 문을 열고 싶지 않겠어요?"

이런 협박을 하다니, 동화책치고는 좀 섬뜩한 문장이긴 하다, 그 치? 매리언을 어떤 배우가 연기했을까? 정말 궁금해서 영화를 찾아 봤어. <나인 하프 위크Nine 1/2 Weeks>로 한 시대를 풍미했던 배우 킴 베이싱어(Kim Basinger)가 맡았더라고. 웃긴 건 한국에서도 개 봉을 했는데 제목이 <킴 베신져의 바람난 가족>이야. 이런 저렴한 제목을 붙인 홍보 회사는 곤장을 때려야 해. 심지어 킴 베신져는 이 배우가 한국에 처음 소개되던 당시의 표기법이야. 지금은 보통 킴 베이싱어라고 하거든. 영화 제목이 바람난 가족인 걸 알면 존 어빙 은 어떤 표정을 지을까? 『일 년 동안의 과부』는 맛깔 나는 소설의 세 계가 어떤 건지 경험하게 해 줄 거야.

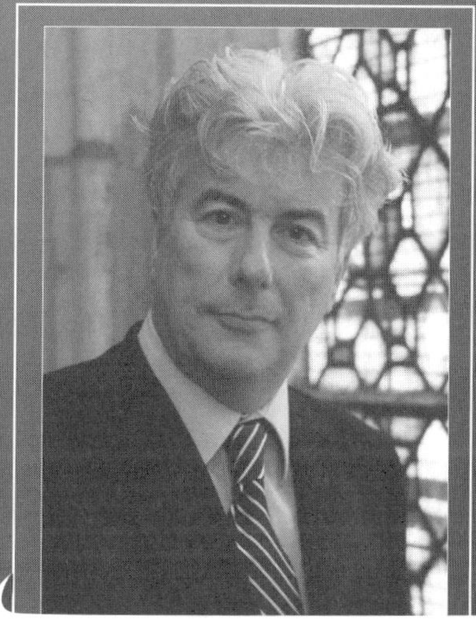

켄 폴릿(Kenneth Follett, 1949~)

켄 폴릿

대지의 기둥

미리보기

"발걸음을 옮기자마자 톰은 누군가에게 걸려 땅바닥에 넘어졌다. 그는 욕설을 내뱉으며 무릎을 세웠다. 하지만 미처 일어나기도 전에 군마 한 마리가 이쪽을 향해 덮쳐오는 것이 보였다. 뒤로 젖혀진 귀와 크게 벌어진 콧구멍, 무시무시한 눈의 흰자위까지 알아볼 수 있었다. 군마의 머리 위로 증오심과 승리감으로 잔뜩 뒤틀린 윌리엄 햄리의 살진 얼굴이 보였다. 엘렌을 다시 한 번 품에 안아보면 더 바랄 것이 없겠다는 생각이 톰의 미릿속을 번개처럼 스치고 지나갔다. 다음 순간 거대한 말발굽이 그의 앞이마 한가운데를 걷어찼다."

"아들아 맛깔나는 소설의 세계라면 이 책도 뒤지지 않아. 먼저 저자 서문을 보면 이 책이 성당을 짓는 이야기라는 것, 작가 자신이 대성당을 둘러보면서 대체 이런 성당들을 건축한 이유가 무엇이었는지 궁금해했다는 것, 그리고 이 엄청난 건축물을 신부들이 지었을 리는 없다는 것, 아름답고 성스러운 대성당을 실제로 만들었던, 저 찢어지게 가난했던 오두막집 거주자들과 중세 대성당에 얽힌 모험소설을 써야겠다고 결심했다는 이야기들이 나와.

『대지의 기둥』은 첫 장부터 긴장감이 잔뜩 배어나와서 이야기가 예사롭지 않을 것임을, 피비린내가 진동하리라는 것을 암시하고 있어. 건축 장인 톰, 신비로운 여인 엘렌, 수도원에 맡겨진 갓난아기 조너선, 수도원장 필립과 그의 동생 프랜시스. 권력을 차지하기 위한 교회와 왕가의 힘겨루기가 시작되고 음모와 반역, 복수가 뒤따르지. 하지만 이런 이야기가 성공하려면 얼마나 강렬하고 사악한 악당을 잘 만들어 내느냐에 달려 있지 않겠어?

> "발걸음을 옮기자마자 톰은 누군가에게 걸려 땅바닥에 넘어졌다. 그는 욕설을 내뱉으며 무릎을 세웠다. 하지만 미처 일어나기도 전에 군마 한 마리가 이쪽을 향해 덮쳐오는 것이 보였다. 뒤로 젖혀진 귀와 크게 벌어진 콧구멍, 무시무시한 눈의 흰자위까지 알아볼 수 있었다. 군마의 머리 위로 증오심과 승리감으로 잔뜩 뒤틀린 윌리엄 햄리의 살진 얼굴이 보였다. 엘렌을 다시 한 번 품에 안아보면 더 바랄 것이 없겠다는 생각이 톰의 머릿속을 번개처럼 스치고 지나갔다. 다음 순간 거대한 말발굽이 그의 앞이마 한가운데를 걷어찼다."

2권의 가장 큰 재미를 주는 인물은 악당 윌리엄이야. 비열하고 잔인한 그의 악행들을 보고 있으면 지긋지긋하다는 탄식이 절로 나오고, 당장에 책 속으로 들어가 칼이나 도끼로 죽이고 싶다는 생각이 마구 솟구쳐. 책의 모든 등장인물들이 킹스브리지(Kingsbridge) 수도원으로 모여들고 그들은 자신의 운명을 건 최후의 결전을 벌이게 돼. 킹스브리지 수도원의 대성당은 어떻게 될까? 삶의 터전에서 쫓겨나 도둑이나 강도가 될 수밖에 없었던 농노와 소작농들의 저항은 성공할 수 있을까? 비운의 여인 앨리어너는 고통의 시간을 이겨내고 평화라는 소원을 이룰 수 있을까? 탐욕과 질투, 증오와 폭력으로 얼룩진 인간 군상들의 모습을 뛰어난 현장감으로 그리고 있는 중세 블록버스터『대지의 기둥』은 처음부터 끝까지 긴장을 늦출 수 없는 탄탄한 이야기가 최고의 강점인 작품이야. 이러니 책이 미친 듯이 팔렸겠지.

"그녀가 꾸는 최악의 악몽은 전 재산을 잃고 그들 남매가 또다시 빈털터리가 되어 부정직한 사제와 음탕한 귀족, 피에 굶주린 범법자들의 희생물이 되는 꿈이었다. 꿈속에서 그들은 쇠사슬에 묶여 죽어가고 있던 아버지를 마지막으로 본 그 악취 풍기는 지하 감옥에서 일생을 마쳤다."

농노가 뭔지 궁금하지? 중세 봉건사회에는 영주에게 신분이 예속되어 있던 농노라는 계급이 있었어. 농부는 농부인데 노예 같은 농부였지. 뼈 빠지게 농사해서 수확이 생기면 정말 입에 풀칠할 정도의 양만 빼고 고스란히 영주에게 다 바쳐야 했고 마음대로 다른 지역으로 이사를 할 수도 없었어. 심지어는 영주가 어떤 악행을 저

지르더라도 저항조차 하지 못했지. 영주는 돈도 많고 군사력도(기사들과 병사들) 가지고 있었으니까 저항을 했다가는 목숨을 잃을 게 뻔했으니까. 얼마나 많은 사람들이 어처구니없는 이유로 모욕을 당하고 죽임을 당했는지를 알게 되면 충격에 빠질 거야. 왕과 영주들처럼 무한한 권력을 쥔 세력은 만인을 고통에 빠뜨리기 마련이야. 잊지 마.

> "말년에 이른 지금, 적들은 변한 것이라곤 전혀 없음을 증명해 보였다. 그의 승리는 일시적인 것이었고, 자신이 전진하고 있다고 여긴 건 환상에 불과했다. 그는 몇몇 싸움에서 승리를 거두었지만 그 대의는 결국 절망이었다. 그의 부모를 살해한 자들과 똑같은 자들이 이제 대성당에서 대주교를 살해했다. 그것은 칼 든 자의 폭력 앞에서 그것을 능가할 수 있는 권위란 이 세상에 존재하지 않는다는 사실을 의심의 여지없이 증명해주고 있는 듯했다."

놓치지 말아야 할 것

켄 폴릿의 또 다른 대표작은 『바늘구멍Eye of the Needle』이라는 작품이야. 이 책은 천만 부가 넘게 팔렸다고 해. 아빠가 어렸을 때 TV에서(명화극장이라는 프로그램이 있었어) 영화로 봤었거든? 어린 나이였지만 영화가 엄청 쫄깃했다는 것도(스릴러물이거든) 기억나고, 남자배우가 여자 주인공의 목욕하는 모습을 훔쳐보던 장면도 생각이 나. 제목의 바늘구멍은 독일 첩보원의 암호명이야. 배경은 아일랜드의 작은 섬, 섬이라는 폐쇄된 공간에서 펼쳐지는 스릴러의 걸작이지.

파스칼 메르시어
(Pascal Mercier, 1944~)

제 40권

파스칼 메르시어
리스본행 야간열차

미리보기

　"인생을 결정하는 경험의 드라마는 사실 믿을 수 없을 만큼 조용할 때가 많다. 이런 경험은 폭음이나 불꽃이나 화산 폭발과는 아주 거리가 멀어서 경험을 하는 당시에는 느끼지 못하는 경우가 더 많다. 엄청난 영향력을 발휘하고, 인생에 완전히 새로운 빛과 멜로디를 부여하는 경험은 소리 없이 이루어진다. 이 아름다운 무음(無音)에 특별한 우아함이 있다."

"아들아 주인공 그레고리우스는 키르헨펠트(Kirchenfeld) 다리 난간에(이 다리는 스위스 베른에 가면 볼 수 있어) 서 있는 어떤 여자를 만나게 돼. 그녀는 "두어 걸음 다가와 그레고리우스 쪽으로 몸을 굽히고, 외투 주머니에서 사인펜을 꺼냈다. 그리고 그의 이마에 숫자를 몇 개 적었다." 책의 도입부를 놓고 보면 왕가위(Wong Kar Wai) 감독의 영화를 보는 것 같은 기분이 들어. 왕가위는 <열혈남아As Tears Go By>, <아비정전Days of Being Wild>, <동사서독 Ashes of Time>을 만든 감독인데 배우들이 속삭이듯 내뱉는 시적인 대사. 몽환적인 촬영, 독특한 이야기 구조로 아빠가 젊었을 때 우리 세대를 대표하는 거장이었지. 아무튼 이 책『리스본행 야간열차』는 영문판을 가지고 있었기 때문에 한국어판을 사서 한 챕터씩 같이 읽었어. 그렇게 읽어도 될 만한 가치를 지닌 책이야. 내가 감히 번역을 평할 입장은 아니지만 한국어 번역도 최상급이야.

　　"인생을 결정하는 경험의 드라마는 사실 믿을 수 없을 만큼 조요할 때가 많다. 이런 경험은 폭음이나 불꽃이나 화산 폭발과는 아주 거리가 멀어서 경험을 하는 당시에는 느끼지 못하는 경우가 더 많다. 엄청난 영향력을 발휘하고, 인생에 완전히 새로운 빛과 멜로디를 부여하는 경험은 소리 없이 이루어진다. 이 아름다운 무음(無音)에 특별한 우아함이 있다."

주인공은 죽은 지 30년이 넘은 포르투갈의 의사이자 시인이었던 '아마데우 드 프라두'의 과거를 찾아 떠나. "이런 글을 쓸 수 있는 사람은 어떤 사람이었는지, 이분과 함께 있다는 건 어떤 느낌이었는지 알고 싶었습니다." 책의 절반을 넘긴 시점. 그레고리우스가 조르지를 만나는 대목에서 비로소 눈물이 났어. "인생은 우리가 사는 그것이 아니라 산다고 상상하는 것이다." 이 문장 때문이었을까? 부끄러운 줄도 모르고 지하철 동백역을 지나가면서 엉엉 울고 말았지.

"낯설면서도 낯설지 않은 플랫폼에 첫 발자국을 디딘 순간부터, 그 옛날 기차의 첫 덜컥임을 느꼈을 때 중단하고 떠났던 삶이 다시 시작되기 때문이다. 중단된 삶, 온갖 약속으로 가득한 그 인생을 다시 시작하는 것보다 더 흥분되는 일이 또 어디에 있으랴?"

끝을 향해 가는 삶에서 미처 이루지 못한 꿈. 나의 꿈은 어떤 모습, 어떤 물건, 어떤 상징으로 남아있을까? 이 책의 가장 큰 매력은 인생을 사유하게 만든다는 점이야. 시간, 과거, 현재, 나의 모습, 기만, 가증스러움, 온갖 유치함, 삶이 주는 기쁨과 고통, 햇살, 바람, 간판의 모양과 이름까지 자세히 관찰하고 생각하게 만드는 기묘한 힘을 가진 책이야. 문장을 갈고 다듬는 작가 파스칼 메르시어의 숨결과 손가락의 떨림이 느껴질 정도로 어느 한 문장도 허투루 쓰인 게 없어.

"천박한 허영심은 우둔함의 다른 형태죠. 우리의 모든 행위가 우주 전체로 봤을 때 얼마나 무의미한지 몰라야 천박한 허영심에 빠질 수 있어요. 그건 어리석음이 조야한 형태로 나타난 거예요."

아빠가 책을 빨리 읽는 편이잖아? 이 책은 질질 끌고 있어. 책을 놓아주기 싫은가봐. 밤이 깊어 가는데도 손에서 놓지 못했던 '이상한 매혹'으로 가득한 책. 몇 번을 읽어도 괜찮을 책. 찬란한 우월함이란 어떤 걸까? 아빠 역시 프라두를 찾아 리스본행 야간열차에 몸을 싣고 싶어져. 우리 기회가 되면 같이 리스본으로 떠나자. 만날 그렇게 떠나고 싶어서 지금 쓰고 있는 이 책을 언제 끝낼 거냐고? 5월 안에는 절대 끝내지 못할 거라며 넌 깔깔 소리 내어 웃었지?

"이 모든 흐트러진 명예와 거짓 우정과 지루하기만 한 생일 파티를 지키고 있을 이유가 무엇인가? 이 모든 것을 끝낸다면, 비밀스러운 강요와 결별하고 우리 자신의 편에 선다면 과연 무슨 일이 벌어질까?"

놓치지 말아야 할 것

제목처럼 스위스 베른(Bern)에서 리스본으로 바로 가는 야간열차는 없어. 일단 베른에서 기차를 타면 프랑스 리옹(Lyon)에서 경유를 한 뒤 바르셀로나로 가. 바르셀로나에서 마드리드 가는 열차를 타고, 다시 마드리드에서 리스본으로 가는 야간열차를 타면 돼. 각 소요시간은 베른-바르셀로나 약 11시간, 바르셀로나-마드리드 3시간, 마드리드-리스본 9시간 30분 그래서 총 소요 시간은 약 24시간. 하지만 갈아타고 기다리는 시간까지 합하면 하루 만에 베른에서 리스본까지 갈 수는 없을 거야. 다만 마드리드에서 밤 9시 43분에 출발하는 야간열차가 있으니까(이걸 그나마 리스본행 야간열차라고 부를 수 있겠네) 이 기차를 타면 리스본에 아침 7시가 조금 지난 시간에 도착할 수 있어. 물론 베른에서 리스본으로 가는 비행편도 있겠지만『리스본행 야간열차』를 들고 베른에서 기차로 도전해 보자. 책 한 권 다 읽기에는 충분한 시간일 거야.

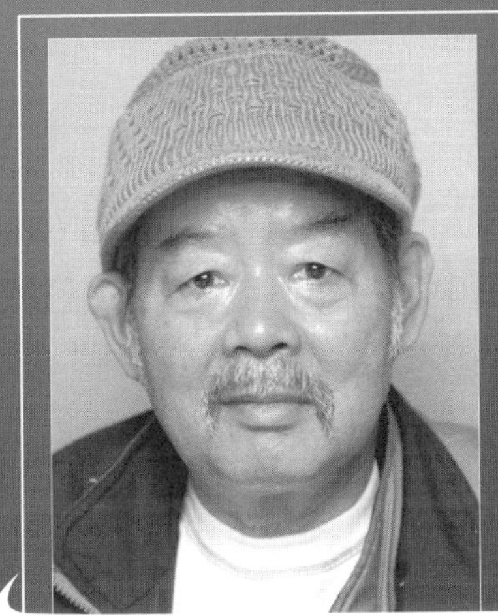

후나도 요이치
(Hunado Yoichi, 1944~)

제 41권

후나도 요이치

무지개 골짜기의 5월

미리보기

　"남자든 여자든, 싸움을 잊어버린 인간은 날개를 떼어낸 나비와 마찬가지야. 어떤 사치를 부려도 날 수는 없어. 나는 말이야, 네가 다른 여자와 잘 살고 있었으면 웃으면서 잊어버렸을 거야. 하지만 너는 싸우고 있었어. 내가 안온하게 산 20년간을 비웃듯이 세부 섬에서 계속 싸우고 있었어."

　"그리고 또 하나 말해두지. 도시오의 어미, 즉 내 딸 카르멘에 관해서 두 번 다시 그런 소리를 하면 가만두지 않겠어. 사람에게는 여러 가지 사정이 있다. 그 사정을 알지도 못하는 네가 제멋대로 지껄일 권리는 없다."

"아들아 이번엔 필리핀 세부(Cebu) 섬이다. 필리핀은 일본
군에게 점령당했고 그 이후에는 미국이 그 땅에 들어왔고 그 다음
에는 독재 정권이 나라를 말아먹었지. 한국이나 필리핀이나 불행한
나라들이야. 후나도 요이치는 일본에서 모험소설의 1인자로 평가
받고 있는 작가야. 책을 읽다 보면 이 책의 저자가 필리핀 사람이 아
닌가 할 정도로 필리핀이 처한 현실과 그 속에서 삶을 이어가고 있
는 사람들의 모습이 빈틈없이 꽉 짜인 이야기 구조 속에서 생생하
게 그려지고 있어.

1998년 5월 : 도시오는 퀸이라는 여자로부터 무지개 골짜기로
데려다 달라는 부탁을 받는다.

일본인과 필리핀인의 혼혈을 '자피노(Japino)'라고 불러. 주인
공인 도시오는 자피노야. 혼혈에다가 엄마가 매춘부였다는 이유로
어린 나이에 세상의 가혹함을 알게 되지. 이 책은 도시오의 성장소
설이기도 해. 우기(雨期)에는 언제나 동그란 무지개가 뜬다는 무지
개 골짜기. 그곳에는 최후의 게릴라 호세 만가하스가 혼자 살고 있
지. 짙은 녹색 전투복에 새빨간 목도리를 두르고 있는 호세는 필리
핀 정부를 상대로 투쟁하고 있고 국가 경찰군은 그의 목에 현상금
을 걸어 놓고 있어. 퀸이 무지개 골짜기에서 만난 호세에게 권총을
겨누며 부르짖는 장면은 무척 인상적이야.

"남자든 여자든, 싸움을 잊어버린 인간은 날개를 떼어낸 나비와
마찬가지야. 어떤 사치를 부려도 날 수는 없어. 나는 말이야, 네가 다
른 여자와 잘 살고 있었으면 웃으면서 잊어버렸을 거야. 하지만 너는

싸우고 있었어. 내가 안온하게 산 20년간을 비웃듯이 세부 섬에서 계속 싸우고 있었어."

1999년 5월 : 호세를 죽이기 위해 파견된 바야보. 무지개 골짜기에서 숨 막히는 총격전이 벌어진다.

"알고 있나, 꼬마? 지금의 필리핀에서 최대의 성장 비즈니스는 납치다. 납치도 옛날처럼 정치적인 요구가 얽혀 있는 게 아니야. 목적은 돈 뿐이다. 전 신인민군이든, 전 모로 민족해방전선이든, 전 필리핀 육군이든 아무 관계가 없어. 손쉽게 많은 돈을 벌기 위해서는 한패가 되어 뭐든지 일으키는 시대가 된 거야."

도시오가 겪는 혼돈과 부패와 폭력은 비단 필리핀만의 현대사는 아니야. 식민지에서 해방된 후, 제 갈 길을 바르게 찾지 못했던 불행했던 모든 나라의 공통적인 특징이기도 해. 하지만 악이 또 다른 악으로 계속 바뀌는 암울한 현실 속에서도 불의와 맞서 싸우는 사람들은 존재하기 마련이지. 그런 희망 없는 현실이기 때문에 호세의 신념과 할아버지의 선택이 더욱 고귀해 보이는 게 아닐까? 호세의 신념은 무엇이고 할아버지의 선택은 뭐냐고? 알잖아? 읽어 봐. 도시오의 할아버지인 가브리엘은 권력을 쥔 하찮은 돼지들에게 이렇게 일갈해.

"그리고 또 하나 말해두지. 도시오의 어미, 즉 내 딸 카르멘에 관해서 두 번 다시 그런 소리를 하면 가만두지 않겠어. 사람에게는 여러 가지 사정이 있다. 그 사정을 알지도 못하는 네가 제멋대로 지껄일 권리는 없다."

2000년 5월 : 인질로 잡힌 의사를 구하기 위해 도시오는 메르난 가 산으로 향한다.

『무지개 골짜기의 5월』에 나오는 문장들은 너무 거침없어서 마치 편집되기 전의 다큐멘터리 촬영 원본을 보는 기분이 들어. 독재 권력의 틈바구니에서 성장하고 살아가는 필리핀 사람들의 불안하고 불편하고 불온한 시선이 책에 흥건히 고여 있어. 호세 만가하스의 새빨간 목도리를 너도 오래도록 기억할 거라고 믿어.

"열대우림의 감소로 필리핀 독수리는 지금 멸종 직전이라고 하던데, 멸종되지 마, 절대로! 계속해서 새끼를 키우는 거야. 어느 쪽이 수놈이고 어느 쪽이 암놈인지 모르지만 호세는 한 마리는 아사무, 또 한 마리는 다간이라고 불렀다. 타갈로그어로 아사무는 희망, 다간은 긍지를 의미한다."

지금도 무지개 골짜기에는 아사무와 다간이라는 두 마리의 필리핀 독수리가 하늘을 날고 있을 거라는 생각이 들어. 아들아, "남자가 되어라, 라몬. 남자가. 남자는 말이야, 사실은 사실로서 받아들이고, 그리고 앞으로의 일을 직시하는 것이다. 허용하지 못할 행동을 묵묵히 넘겨버리는 건 남자가 아니다." 잊지 말거라. 너는 나의 희망이자 긍지임을.

놓치지 말아야 할 것

이 책은 2000년에 나오키 상을 수상했어. 나오키 상은 일본 소설가 나오키 산주고(Naoki Sanjugo)의 업적을 기려 만든 문학상인데

1935년에 만들어져서 1년에 2번 시상을 해. 살인 사건의 '이유'를 통해 경제대국 일본의 빛과 어둠을 파헤친 미야베 미유키의 역작 『이유』, 책을 읽고 오호츠크 해의 유빙(遊氷)을 보러 떠나야겠다는 생각을 했던 사쿠라바 가즈키의 『내 남자』, 젓가락만 봐도 식은땀을 흘리는(날카로운 물건만 보면 공포에 질리는) 야쿠자는 직업을 바꿔야 하지 않을까? 오쿠다 히데오의 유쾌한 소설 『공중그네』 등이 나오키 상 수상작들이야. 다 재미있는 작품들이니까 챙겨보도록 해라.

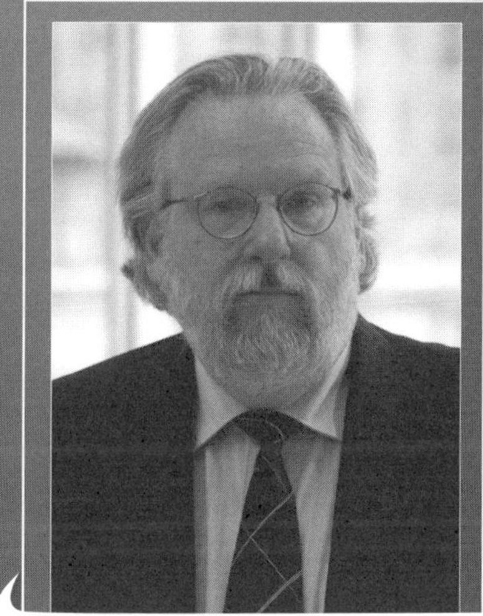

릭 게코스키(Rick Gekoski, 1944~)

제 42권

릭 게코스키
아주 특별한 책들의 이력서

미리보기 ────────────────────○

"Joyce once said that he had put in so many enigmas and puzzles
that it will keep the professors busy for centuries arguing over what I
meant, which would earn the novel immortality."

"아들아 책을 사랑했던 보르헤스(Jorge Luis Borges)가 아르헨티나의 국립도서관장이 되었을 때 얼마나 좋았으면 "낙원을 연상"했다고 했겠어? 책을 좋아하는 사람들에게 도서관이란 스스로도 어찌하지 못하는 불가항력 같은 게 있어. 아빠가 책에 관한 책을 좋아하는 이유는 이런 종류의 책을 읽을 때면 늘 설레고 두근거리고 행복해지기 때문이야. 어느 도시에 있는 헌책방이나 도서관에 처음 들어간 기분? 위대한 책들이 어떤 과정을 거쳐 세상에 나오게 되었는지 아주 특별한 책들의 사연들을 만나러 가자.

먼저 책 제목에 나온 톨킨(J. R. R. Tolkien).『반지의 제왕The Lord of the Rings』에 대한 저자의 평을 보면 "고상하고, 현학적이고, 기발한 것들이 뒤통수치듯 절묘하게 합쳐진 데에다가 당시 시대 상황과 딱 맞춰 버무려져 있었다."라고 나와. 그때는 톨킨을 추종하는 톨킨병 환자들이 워낙 많았다고 해. 미국의 학생들은 '간달프를 대통령으로Gandalf for President'라는 배지를 달고 다녔을 정도라고 해.

다음 책은 제임스 조이스(James Joyce)의 『율리시스Ulysses』야. 이 작품은 1904년 6월 16일 단 하루 동안 벌어지는 일을 묘사한 책이야. 하루 일을 묘사하는데 책이 왜 이리 두껍냐고? 내 말이. 최고의 걸작이긴 하지만 그렇다고 이 책을 다 읽었다는 사람을 아직 주위에서 본 적이 없어. 아빠도 책을 가지고는 있지만 몇 번 시도 끝에 완독을 포기한 상태야. 문장들은 난해하고 은유와 함축이 너무 많아서 책의 본문보다는 밑에 달린 각주를 읽다가 질려버렸지. 이런 책이니 출판 과정도 당연히 쉽지 않았겠지? 하지만 어떤 일이 역사가 되는 순간에는 늘 신비롭게도 누군가가 등장하는 법이잖아?『율리시스』의 구원자는 실비아 비치(Sylvia Beach)였어. 실비아 비치는 당시에 파리에서 조그만 서점을 운영하고 있었지. 그 서점의 이름이 바로 셰익스피어 앤 컴퍼니야. 아무튼 실비아 비치의 도움으로 이 책은 세상에 나오게 돼. 그때가 1922년이야. 이 책에 관해 작가인 제임스 조이스가 이런 말을 남겼어. 너도 도전해 볼래?

"Joyce once said that he had put in so many enigmas and puzzles that it will keep the professors busy for centuries arguing over what I meant, which would earn the novel immortality."

걸작이 세상의 빛을 만나기까지는 수많은 고난을 만난다고 말했었지? 존 케네디 툴(John Kennedy Toole)의 코미디『바보들의 결탁A Confederacy of Dunces』도 그래. 출판사상 이렇게 감동적인 이야기도 드물 거야. 짧게 요약해서 들려줄게. 작가인 존 케네디 툴은 이 책을 완성하고 몇 년 동안 출판을 하기 위해 노력했지만 출판계의 바보들은 모두 출판을 거절했어. 절망에 빠진 작가는 1969년, 31세라는 꽃다운 나이에 자살을 하고 말아. 아들이 죽자 어머니 되시는 셀마(Thelma Toole)라는 분이 아들의 책을 출판하기 위해 대학교도 찾아가고 출판사 문도 두드리고 여기저기 편지도 보내고 전화도 걸고 말 그대로 온갖 짓을 다했지. 결과는?『바보들의 결탁』은 작가가 죽은 지 11년이 지난 1980년에 마침내 세상으로 나오게 되고 센세이션을 일으키며 베스트셀러가 되었어. 죽은 작가의 작품이 베스트셀러가 되다! 책은 컬트 클래식이 되고 다음 해에는 퓰리처상을 수상하기까지 해. 너무나 흥미롭고 감동적이지 않아? 이런 게 바로 책이야.

릭 게코스키의『아주 특별한 책들의 이력서』에는 이 외에도 아빠가 사랑하는 오스카 와일드(Oscar Wilde)의 천재성도 나오고, 해리 포터(Harry Potter)가 세상에 나와 롤링(J. K. Rowling)이 어마어마한 부자가 된 이야기까지 즐거움과 감동이 가득 담겨 있어.

도서관에 들어가면 냄새 나잖아? 먼지 냄새, 사람들이 가져온 습기 때문에 눈에 보이지 않게 부식해 가는 종이 냄새, 책 표지가 조금씩 닳아 없어져가는 세월의 냄새. 세상이 변해도 이 냄새가 주는 안도감은 사라지지 않을 거야. 그래, 이건 기쁨이나 즐거움이라기보다는 안도감이지. 먼 길을 여행하고 난 후 마침내 내가 살고 있는 도시의 공항에 착륙할 때의 그 기분 말이야. 가끔이라도 도서관에 가서 아빠가 말한 냄새들을 맡아봐. 위대한 작가들이 참았던 숨을 후 하고 내쉬며 너에게 손짓할지도 모르니까. 그 놀랍고 황홀한 흔적들을 따라가다 보면 네 어깨에 올려져 있던 미래에 대한 불안감도 모두 사라질 테니까.

놓치지 말아야 할 것

"부끄러운 줄을 알든가, 아님 최소한 옷에 대한 취향이라도 길러."

『바보들의 결탁』에 나오는 주인공 이그네이셔스가 한 말이야. 이름이 좀 어렵지? 철자는 Ignatius야. 주인공 이그네이셔스는 도넛만 빼고 현대 일상의 모든 측면을 다 거부해. 남들이 입은 옷, 취향, 시대의 주류 철학 할 것 없이 비열하고 한심하게 돌아가는 세상에 대해 항상 비판하고 툴툴거리고 독설을 퍼붓지. 하지만 정작 본인은 서른 살이 되도록 엄마에게 얹혀사는 고학력 백수야. 백수면서도 편지 보낼 때는 꼭 "바쁜 와중에"라는 허세 넘치는 맺음말을 붙여 넣어. 그런데도 이 괴상한 주인공이 밉지가 않거든. 미국 문학이 한 번도 가져보지 못한 캐릭터라는 말이 딱 맞아떨어지는 주인공이야. 위대한 코믹 캐릭터, 그로테스크한 코믹 소설『바보들의 결탁』을 꼭 읽어봐. 위에서 말했듯 책의 탄생 과정은 비극적이지만 책의 내용은 웃음이 빵빵 터질 정도로 재미있어. 네가 가장 좋아할 만한 타입의 책이야. 시대를 앞서간 SF는 많아도 몇십 년 일찍 태어난 코미디를 만나기란 쉽지 않거든? 이토록 긍정적이고 뻔뻔하고 사랑스러운 캐릭터를 만들어 냈으면서 왜 작가 자신은 세상의 냉대를 견뎌내지 못했을까? 그랬더라면 최고의 작가가 되었을 텐데 말이야. 비운의 천재 존 케네디 툴의 '뚱뚱한 돈키호테' 이그네이셔스를 만나보도록 해라.

"내가 동급의 인간들이 아니면 아무와도 어울리지 않기 때문이고, 나와 동급인 인간들이 아무도 없으므로 난 아무와도 어울리지 않는 것이다."

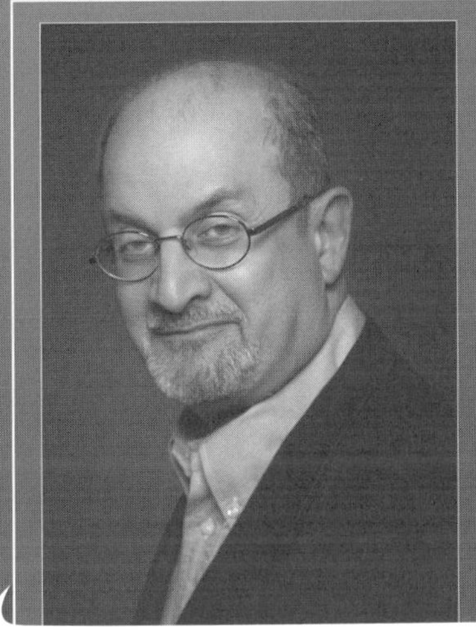

살만 루슈디(Salman Rushdie, 1947~)

제 43권

살만 루슈디

한밤의 아이들

미리보기

　"단 5분만 대화를 나눠도 언쟁을 벌이던 우리가, 어렸을 때는 그토록 다투고 싸우고 반복하고 불신하고 분열하던 우리가 이렇게 가자기 화합하고 단결해 하나가 되다니! 아으, 놀라운 아이러니여: '미망인'은 우리를 무너뜨리려고 이곳으로 끌고 왔지만 오히려 우리를 한마음 한뜻으로 묶어놓았구나! 아으, 독재자의 까닭 없는 두려움이 오히려 두려워할만한 이유를 만들었구나! 아이들아, 이 암담한 감금생활 속에서 무엇인가 태어나려고 한다. '미망인'년아, 마음껏 날뛰어봐라. 단결은 천하무적이다! **아이들아: 우리가 승리했다!**"

"아들아 진지하고 유머 넘치고 통찰력 있는 작가 살만 루슈디의 최고 걸작. 어떻게 이런 책을 쓸 수가 있을까? 마르케스가 인도를 배경으로『백년의 고독』을 쓰면 이 책이 되지 않았을까?『한밤의 아이들』은 힘이 넘치고 슬프고 웃기고 놀랍고 환상적인 작품이야. 1947년 8월 15일 밤 12시, 그러니까 0시 정각. 인도가 독립국이 되는 순간 1001명의 아이들이 태어나. 이 아이들은 어떻게 성장해 나갈까? 한번 상상해 보자.

거대한 면적과 인구를 가진 인도, 인구수만큼 언어도 많고 종교도 많아. 그런 나라가 식민지에서 벗어나 신생 독립국이 돼. 어떤 일이 벌어질까? 정치, 종교, 사회, 법률, 문화, 경제에 이르기까지 모든 분야에서 혼돈이 오겠지? 저마다 제가 옳다는 사람들뿐일 테니까 말이야. 혼돈이 오면 누군가는 다른 누군가를 이기기 위해 폭력을 쓰게 돼. 폭력을 효율적으로 사용하기 위해 패거리를 만들지. 거기서 지배 권력이 생겨나고 지배 권력은 자기가 가진 권력을 지속시키기 위해 또 폭력을 행사하지. 폭력과 상처의 악순환. 누구만 죽어날까? 힘없고 별 볼일 없는 일반 사람들만 죽어나는 법이야. 인도 현대사의 암흑기가 바로 이 소설의 배경이야.

"이 썩어빠진 세상에 **이유는 무슨 이유냐?** 도대체 무슨 이유로 너는 부자고 나는 가난하냐? 굶주리는 데 무슨 이유가 있어, 인마? 이놈의 나라에 사는 멍청한 새끼들이 몇 억이나 되는지 아무도 모르는데, 인마, 너는 여기에 무슨 목적이 있다고 생각한단 말이지!"

살만 루슈디가 그려내는 암울한 현실은 그냥 암울한 게 아니야. 어디에서부터 시작해야 이 현실을 이겨낼 수 있을지 몰라서 시작할

엄두조차 나지 않는 그런 암울함이지. 쳐다보고 있다가 아무런 말도 꺼내지 못하고 눈만 두어 번 깜빡거리다가 결국에는 어딘가로 사라지고 싶어지는 그런 암울함. 단순하게 생각하고 단순함의 박력을 믿어 보라고 스스로에게 말은 하지만, 벌린 입을 다물지도 못하고 소리 없이 눈물만 흘리는 그런 암울함. 하지만 희망이란 놈은 끈질기지. 쉽게 죽지 않아.

> "단 5분만 대화를 나눠도 언쟁을 벌이던 우리가, 어렸을 때는 그토록 다투고 싸우고 반복하고 불신하고 분열하던 우리가 이렇게 가자기 화합하고 단결해 하나가 되다니! 아으, 놀라운 아이러니여: '미망인'은 우리를 무너뜨리려고 이곳으로 끌고 왔지만 오히려 우리를 한마음 한뜻으로 묶어놓았구나! 아으, 독재자의 까닭 없는 두려움이 오히려 두려워할만한 이유를 만들었구나! 아이들아, 이 암담한 감금 생활 속에서 무엇인가 태어나려고 한다. '미망인'년아, 마음껏 날뛰어봐라. 단결은 천하무적이다! **아이들아: 우리가 승리했다!**"

사실적이면서도 초현실적인 분위기, 언어는 현란하고, 문장은 쉴 새 없이 이어지고, 비극적인데도 웃음이 나오고, 이야기는 주술에 걸린 것처럼 재미있어. 그래, 주술에 걸려 있다는 말이 딱 맞는 표현이야. 인도 역사 몰라도 상관없어. 주인공 살림 시나이를 따라 문을 두드리기만 하면 한 번도 들어본 적 없는 천일야화가 시작돼. 주술에 걸린 책『한밤의 아이들』은 몇 줄로 요약도 안 되거든? 이유 없이 무조건 읽어 보도록 해라.

> "운명이랄까, 필연성이랄까, 아무튼 선택과는 상반되는 무엇이 또다시 내 인생을 쥐고 흔드는구나, 이제부터 무슨 일이 시작되고

무슨 일이 끝날까, 혹시 또다시 은밀한 카운트다운이 시작된 것은 아닐까, 그리고 내 아이가 태어날 때는 무엇이 함께 태어날까."

놓치지 말아야 할 것

살만 루슈디의 다른 작품『악마의 시The Satanic Verses』와 관련된 일화는 입이 쩍 벌어질 만큼 어마어마해. 이 책이 나오자 이란의 호메이니(Khomeini)라는 지도자가 전 세계의 이슬람 전사들에게 명령을 내려. 마호메트(Muhammad)와 코란(Qur'an)에 대해 불경하고 적대적인 표현을 한 이 책의 저자와 출판 관련자들을 전부 처형하라고 말이야. 거짓말 같다고? 저녁 뉴스에 이슬람 사람들이 책을 불태우며 함성을 지르는 장면을 아빠는 아직도 기억해. 결국『악마의 시』는 여러 나라에서 판매 금지 조치를 당했고 영국의 출판사는 폭탄 테러를 당하기도 했어. 심지어 일본어 번역가는 살해를 당했지. 책 한 권이 세상에 미치는 영향은 실로 대단하지? 작가 살만 루슈디는 다행히 목숨을 잃지 않고 지금까지 영국에서 잘 지내는 거 같아. 가끔 영화에 카메오로도 나오더라. 어느 날 비행기가 런던 상공에서 폭발을 하는데 두 명의 남자가 기적적으로 살아남아. 한 명은 천사가 되고 한 명은 악마로 변하면서 펼쳐지는 환상적이고 도발적이고 지적인 소설이『악마의 시』야. 놓치지 말고 읽어 봐.

"우주는 경이로운 일들이 가득한 곳이다. 다만 습관과 일상의 마취 효과 때문에 우리의 시력이 약해졌을 뿐. 영원한 것은 없다. 어쩌면 인생이란 불행의 연속이고 기쁨은 그 속에서 잠깐씩 반짝이는 순간들, 말하자면 만류(灣流)속의 섬들 같은 것에 지나지 않는다."

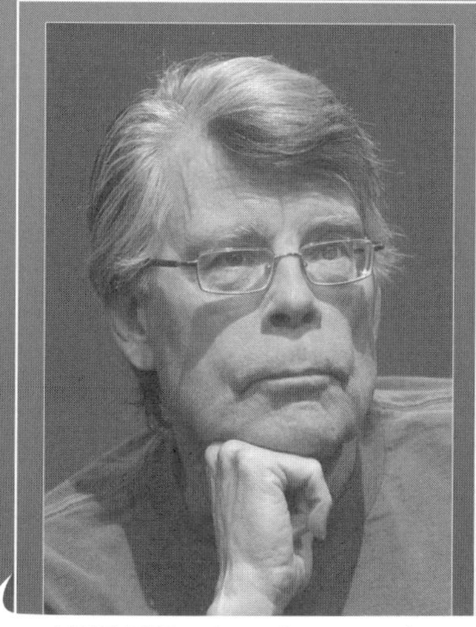

스티븐 킹(Stephen King, 1947~)

제 44권

스 티 븐 킹

스 탠 드

미리보기 ────────────────○

"다음 날 사만다는 폴리스턴 YWCA 수영장에 가서 그 안의 모든 사람들을 감염시킬 예정이었다. 그리고 그렇게 계속 돌고, 돌고, 돌고."

"래리가 다시금 안정을 찾을 무렵, 물렁물렁하다고는 할 수 없는 딱딱한 무엇인가가 발에 부딪혔다. 그는 숨을 들이켜듯 비명을 지르며 비틀비틀 두 걸음 뒤로 물러났다. 마음을 굳게 다지면서 그는 빅 라이터를 주머니에서 꺼내 불을 켰다. 떨리는 손아귀에서 불꽃이 미친 듯이 흔들렸다."

❝아들아 기억나니? 책 좀 읽으라고 스티븐 킹의『스탠드』영
문판을 줬더니 몇 장 읽다가 책을 던져 버렸지? 그리고는 바로 고꾸라
져서 자 버렸고. 정말이지 스티븐 킹에 대한 모욕이자 무례함의 극치
라고 밖에는 달리 표현할 길이 없다. 이런 잔소리를 하는 것도 우습다.
이야기의 제왕을 두고 다른 책을 왜 찾아? 한국어로 번역된 책은 총 6
권인데 책이 길다고 걱정할 필요도 없어. 끝내주게 재미있으니까.

> "다음 날 사만다는 폴리스틴 YWCA 수영장에 가서 그 안의 모든
> 사람들을 감염시킬 예정이었다. 그리고 그렇게 계속 돌고, 돌고, 돌고."

어느 날 사람들이 기침을 하면서 죽어가. 99.4퍼센트의 사망률
을 보이는 이 바이러스의 정체는 뭘까? 정체불명의 바이러스로 인
해 세상은 순식간에 지옥으로 변하고, 정부는 사실 은폐를 위해 군
대를 동원하고(세상의 군주들에게 당신의 신뢰를 주지 말지어다.
왜냐하면 그들은 그대를 이용하려 들 것이고 그들의 정부 조직도
똑같은 짓을 하려 들지니, 심지어 지구 종말의 순간까지도 그러하
리로다), 그 속에서 살아남은 인간들은 생존을 위한 투쟁을 벌이지.
래리가 캄캄한 터널 안으로 들어가는 장면은 지금 생각해도 머리카
락이 곤두설 정도야.

> "래리가 다시금 안정을 찾을 무렵, 물렁물렁하다고는 할 수 없는
> 딱딱한 무엇인가가 발에 부딪혔다. 그는 숨을 들이켜듯 비명을 지르
> 며 비틀비틀 두 걸음 뒤로 물러났다. 마음을 굳게 나시면서 그는 빅
> 라이터를 주머니에서 꺼내 불을 켰다. 떨리는 손아귀에서 불꽃이 미
> 친 듯이 흔들렸다."

스티븐 킹은 이야기를 풀어내는 솜씨가 일품이고 이야기 단락을 절묘하게 잘라서 다음 장에 등장인물들이 어떻게 될지 궁금하게 만드는 데는 도가 튼 작가야. 밤을 새면 어쩌지? 이런 걱정도 뒤로하고 결국 밤을 새게 만드는 그런 작가 중의 한 사람이지. 폭력과 공포, 피가 흥건한 액션 장면, 인물들의 심리 묘사는 따라올 자가 없어.

"어느 누구도 어둠 속에서 5분이 얼마나 긴 시간인지 알지 못한다. 어둠 속에서는 5분이 존재하지도 않는다고 말하는 편이 타당할지도 모른다."

악에 대항하는 인류 최후의 저항이 어떤 건지 궁금하다면, 책을 통해 어마어마한 파워와 스케일과 스릴을 느끼고 싶다면, 묵시록이라는 게 무엇인지 궁금하다면 이 책을 읽어봐. 공포, 스릴러, 액션, 사랑, 유머가 환상적으로 그려지고 있는『스탠드』는 스티븐 킹 최고의 세기말 모험 활극이야. 인생의 많은 날들 중에서 어떤 날은, 그 날을 경계로 이전의 모든 것이 바뀌는 그런 날이 있다고 해. 그게 행운이라면 말할 필요도 없겠지만 만약 책에서처럼 생각지도 못한 재앙이 닥친다면, 그래서 친구들과 가족이 죽음을 대면해야 하는 상황이라면 넌 어떤 행동을 하게 될까? 친구들과 가족은 고사하고 네 목숨마저 위태롭다면 이토록 처절하게 이기적이고 무서운 세상에서 너는 어떤 선택을 하게 될까?

"사람은 누군가와 함께 있지 않으면 외로워서 미쳐 버리죠. 함께 있을 땐, 다함께 미쳐 버리고요."

놓치지 말아야 할 것

스티븐 킹의 다른 책 『애완동물 공동묘지Pet Sematary』를 한번 읽어 봐. 의사인 루이스는 고양이가 죽자 고양이를 애완동물 공동묘지에 묻어. 그런데 그 고양이가 살아 돌아와. 살아 돌아오긴 하는데 이전처럼 멀쩡한 상태는 아니지. 목은 돌아가 있고 입에는 피가 묻어있어. 여기까지는 그렇다 쳐. 사랑하는 아들이 트럭에 치어 죽게 되지. 너라면 어떻게 하겠어? 좀비가 되어 오더라도 아들을 애완동물 공동묘지에 묻을 거야? 아니면 죽음을 묵묵히 받아들일 거야? 이 책의 최고 압권은 30페이지 분량의, 주인공 루이스가 아들의 무덤을 파내는 장면이야. 농담이 아니라 읽는 사람도 탈진하게 만들 만큼 압권이야. 마치 무덤을 내가 직접 파고 있는 것처럼 느껴져. 묻지 말고 읽어 보시길. Hey-ho, Let's go!

> "그는 가래를 더듬어 찾았다. 그는 그것을 어깨 위로 들어 올렸다가 관의 자물쇠 위로 한 번, 두 번, 세 번, 네 번 내리쳤다. 그의 입술은 분노로 일그러진 채 말려 올라갔다. 게이지, 꺼내 줄게, 내가 못할 줄 알고!"

그런데 공동묘지의 철자가 sematary였나? 공동묘지는 전부 e로 연결되지 않았나? 그리고 se였던가? ce아니었고? cemetery를 왜 sematary라고 표기를 했을까? 책을 내면서 이런 실수를 할 리가 없는데 말이야. 그 이유는 아들이 직접 조사해 보도록 해라.

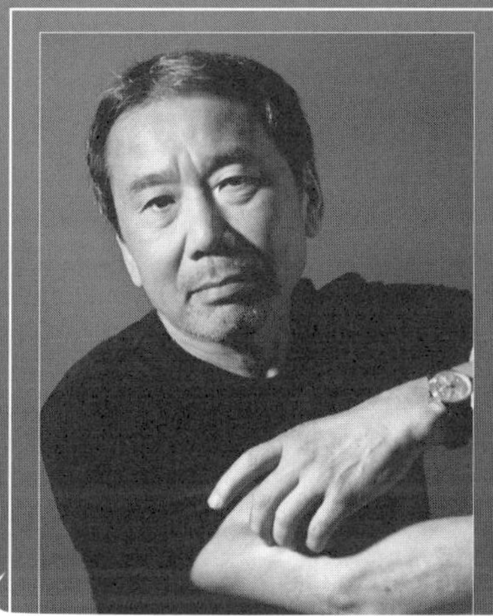

무라카미 하루키
(Murakami Haruki, 1949~)

제 45권

무라카미 하루키

세계의 끝과 하드보일드 원더랜드

미리보기

"가능성의 선택은 세계를 구성하는 개개인에게 어느 정도 위탁되어 있을 게다. 세계란 응축된 가능성으로 만들어진 커피 테이블인 것이다."

"그녀의 몸에는, 마치 밤사이에 소리 없이 대설이 내린 것처럼, 살이 듬뿍 붙어 있었다."

"아들아 아빠가 가지고 있는 책 중에는 책장에서 부식되어 가고 있는 책이 몇 권 있어. 좀이 먹어서 페이지를 넘기면 책이 바스러질 정도야. 언제 출판되었나 하고 보니까 1992년에 인쇄되어 나온 책이더라고. 그러니까 아빠가 대학 다닐 때 샀던 책이었지. 제목은 『일각수의 꿈』이야. 무라카미 하루키의 『세계의 끝과 하드보일드 원더랜드』가 원래 제목이야. 『일각수의 꿈』은 문학적으로 재해석한 제목이라고 해야겠지. 종이 색깔까지 황갈색으로 변색이 되어버려서 책을 펼치기도 전에 재채기부터 나온다.

> "지금의 나는 지금의 나 자신을 부둥켜안고 있다. 그것은 어느 누구도 움직일 수 없는 역사적 사실이다."

이 문장은 아직도 기억이 나. 20대 젊은 시절에는 이 문장이 무슨 세상을 바꿀 의미를 가지고 있는 것처럼 느껴졌었거든. 제목에서 눈치 챘겠지만 이 책은 하드보일드 원더랜드와 세계의 끝이 교차하면서 이야기가 흘러가. 영화를 보면 이쪽과 저쪽 싸움터가 교차 편집되어 나오는 것처럼 말이야. 정말 조심스럽게(금방이라도 책이 바스러질 것 같다니까!) 책을 펼쳤어.

> "가능성의 선택은 세계를 구성하는 개개인에게 어느 정도 위탁되어 있을 게다. 세계란 응축된 가능성으로 만들어진 커피 테이블인 것이다."

이게 연필로 그어져 있는 첫 밑줄이야. 20년 전 나는 어떤 문장들이 마음에 들었던 걸까? 오래된 밑줄을 발견하는 일은 무척이나 즐거운 경험이야. 이어지는 밑줄.

> "그녀의 몸에는, 마치 밤사이에 소리 없이 대설이 내린 것처럼,
> 살이 듬뿍 붙어 있었다."

아, 웃긴 하루키. 어쩌면 이런 표현이 다 있을까? 그런데 아무리 기억을 더듬어 봐도 원더랜드가 어디였는지 기억이 안 나는 거야. 미래의 어느 도시였던가? 초고층 빌딩? 세계의 끝은 또 어디에 있는 거지? 과거의 어느 곳인가? 아빠는 할 수 없이 책을 처음부터 다시 읽기로 마음을 먹었어. 너도 느끼겠지만 책을 읽어 내려갈수록 깊어지는 이 상실감의 정체는 뭘까? '꿈 읽기'라 불리는 주인공이 도서관의 그녀를 생각하면서 느꼈던 그 상실감 같은. 상실감이 아니라면 그냥 슬픔이라고 불러도 좋아.

> "난 단지 이 마을에 관한 것들을 알고 싶을 뿐이야. 이 마을이 어
> 떤 꼴을 하고 있고, 어떤 식으로 이루어져 있는지, 사람들이 어디에
> 서 어떻게 생활하고 있는지, 나는 그런 것을 알고 싶어. 무엇이 나를
> 규정하고, 무엇이 나를 흔들리게 하는지를 알고 싶어. 그 연후에 무
> 엇이 어떻게 될지는 나도 알 수가 없어."

하루키는 우리네 존재들이 내가 선택하여 취할 수 있는 것은 거의 아무 것도 없는 현실에서 나무 한 그루, 비 한 방울, 바람 한 점 제대로 이해하지 못한 채 늙고 죽을 거라고 말하고 있어. 그러니 책이라도 읽어야 하지 않겠어? 조직과 공장, 야미구로와 박사, 계산사와 기호사, 꿈 읽기와 그림자, 박사의 손녀딸과 위 확장증에 걸린 도서관의 그녀. 이들이 벌이는 끝 모를 상상력의 세계로 떠나봐. 접시 위

의 나사못이 왜 행복해 보이는지 그 이유를 너도 알았으면 좋겠어.
그 이유를 알게 되는 순간, 인생의 큰 감동을 느낄지도 모르니까.

"그러나 이 빛을 잃어버린 수수께끼의 어둠 속에서, 무수한 구멍
과 무수한 거머리에 둘러싸여, 나는 몹시도 신문이 읽고 싶었다. 해
가 비치는 곳에 걸터앉아, 신문을 구석구석 고양이가 우유 접시를
핥듯이 한 자도 빼지 않고 깡그리 읽는다. 그리하여 태양 아래에서
사람들이 살아가는 생의 다양한 단편들을 몸속으로 빨아들여, 세포
하나하나를 기름지게 하는 것이다."

놓치지 말아야 할 것

"어떤 경우에는 운명이라고 하는 것은 끊임없이 진로를 바꿔가
는 국지적인 모래 폭풍과 비슷하지. 너는 그 폭풍을 피하려고 도망치
는 방향을 바꾼다. 그러면 폭풍도 네 도주로에 맞추듯 방향을 바꾸
지. 그 폭풍은 그러니까 네 자신인 거야."

주인공인 15살 소년 카프카가 어느 날 가출을 하고 고무라 기념
도서관에 가서 일자리를 얻어. 그리고 2차 대전 중 집단혼수사건이
일어났을 때 정신을 잃고 기억상실증에 걸린 나카타라는 노인이 나
오는데 그는 아무 것도 할 줄 아는 게 없어. 유일한 재주는 고양이들
과 대화를 나눌 수 있다는 것뿐이지. 이렇게 카프카도 도쿄를 떠나
고 나카타 노인도 도쿄를 떠나.

"우리 인생에는 되돌아갈 수 없는 한계점이 있어. 그리고 훨씬 적
기는 하지만, 더 이상 앞으로 나아갈 수 없는 한계점도 있지. 그런 한

계점에 이르면 좋든 나쁘든 간에 우리는 그저 잠자코 그것을 받아들일 수밖에 없지. 우리는 그렇게 살고 있는 거야.”

하루키의『해변의 카프카Kafka on the Shore』는 꿈과 현실, 환상과 리얼리즘이 교차하는 2002년도 작품이야. 결국 카프카와 나카타는 어떤 구원을 얻게 될까? 나는 도대체 어떤 존재이며 세계의 일부로 살아간다는 건 어떤 의미일까? 운명이라는 굴레로부터 우리는 달아날 수 없는 걸까?

“개별적인 판단은 혹시 잘못되었더라도 나중에 정정할 수 있어. 잘못을 스스로 인정할 용기만 있다면, 대개의 경우는 돌이킬 수 있지. 그러나 상상력이 결여된 속 좁은 것이나 관용할 줄 모르는 것은 기생충과 마찬가지거든. 거기에는 구원이 없어.”

제목의 카프카는 프란츠 카프카(Franz Kafka)의 그 카프카야. 불안과 절망에 빠진 인간에게 구원은 있는가? 아무리 애를 써도 이 세계를 이해할 수도 없고 결국 죽음만 남게 된다. 그는 실존주의 문학을 대표하는 작가였고 시대를 너무 앞서갔던 작가였어. 체코 프라하에서 태어나 41세 짧은 생애를 살다간 천재 작가, 부조리하면 카프카야. 기억해.

기리노 나쓰오(Kirino Natsuo, 1951~)

제 46권

기리노 나쓰오

아웃

미리보기

"그 순간 뚝 소리가 나며 야요이의 인내의 실이 끊어졌다. 야요이는 스스로도 생각지 못한 민첩한 손놀림으로 가죽 벨트를 허리에서 빼 겐지의 목에 감고 있었다. 더, 더 괴로워해. 이런 남자, 없어져 버렸으면 좋겠다. 야요이는 양말을 신지 않은 왼발로 바닥을 딛고, 오른발로 겐지의 어깨를 앞으로 차 쓰러트렸다. 겐지의 목 깊숙이에서 으득 하는 개구리 우는 것 같은 소리가 났다. 고소했다."

"아들아 몇 년 전, 일본 추리소설에 관한 책을 한 권 쓰고 싶었어. 그래서 매일같이 시립도서관 열람실에서 책을 쌓아 놓고 노트에 필사를 했었지. 그 당시 아빠가 가장 열광적인 찬사를 보냈던 작가가 기리노 나쓰오였어.『아웃』은 너무 충격적이어서 이 책을 읽고 난 뒤 기리노 나쓰오의 모든 책들을 구해서 게걸스럽게 읽었지.『아웃』에 나오는 네 여자는 도시락 공장에서 야근을 하는 '운에 버림받은' 직장 동료들이야. 전쟁 후 놀라운 성장을 거듭하면서 단숨에 선진국 대열에 올랐던 일본. 눈부신 발전 뒤에는 늘 그림자가 있는 법이잖아? 그 그림자 속에서 살아가는 인간들의 외로움은 어떤 모습일까? 가혹한 노동과 아픈 현실을 잊기 위해 발버둥치는 여성의 삶은?

> "마사코는 손가락이 상할 정도로 짧게 잘린 자기 손톱을 바라봤다. 도시락 공장 일 때문에 2년간 한 번도 길게 기른 적이 없다. 창백한 손은 지나친 살균 소독으로 완전히 거칠어졌다. 신용금고에서 20년간 일해 온 것. 아이를 낳고, 집안일을 하고, 가족과 살아온 것. 그 나날은 뭐였던 걸까. 몸에 배어든 이것들의 흔적은 분명히 다름 아닌 마사코 자신이었다."

마사코는 20년간 일했던 신용금고에서 정리 해고되고 말았지. 현대 일본의 어두운 초상을 그린 이 책은 무거운 주제에도 불구하고 박진감 넘치는 전개와 리얼한 묘사, 냉혹하게 들리는 무심한 대사들로 작가의 이름을 널리 알린 작품이야. 기리노 나쓰오는 인물들의 내면을 어찌나 리얼하게 그려내는지 많은 독자들로부터 어둡다, 그로테스크하다, 작가도 미친 사람인 것 같다는 평을 듣곤 해.

하지만 그런 몇 개의 단어로 그녀의 작품을 온전히 평가한다는 건 불가능해. 너무 매혹적이고 너무 압도적이거든.『아웃』의 이야기는 공장 동료인 야요이가 집에 들어온 남편을 살해하는 것으로 시작해.

"그 순간 뚝 소리가 나며 야요이의 인내의 실이 끊어졌다. 야요이는 스스로도 생각지 못한 민첩한 손놀림으로 가죽 벨트를 허리에서 빼 겐지의 목에 감고 있었다. 더, 더 괴로워해. 이런 남자, 없어져 버렸으면 좋겠다. 야요이는 양말을 신지 않은 왼발로 바닥을 딛고, 오른발로 겐지의 어깨를 앞으로 차 쓰러트렸다. 겐지의 목 깊숙이에서 으득하는 개구리 우는 것 같은 소리가 났다. 고소했다."

문장을 다시 읽어봐. 장난 아니지? 기리노 나쓰오의 책에 나오는 여성들은 그 누구로부터도 따뜻한 도움을 받지 못해. 아무도 도와주지 않는 현실. 오직 자신의 의지로 이겨내든 추락하든 둘 중 하나를 강요받는 거지. 끝을 알 수 없는 어둠 속을 걷게 되는 마사코, 야요이, 요시에, 구니코도 마찬가지야. 각자 무거운 인생의 짐을 지고 고독하게 현실과 맞서는 캐릭터들이야. 왜 이토록 우울하고 무겁고 폭력적인 일본소설을 많은 언론 매체들이 읽어 보라고 칭찬하는지 직접 확인해 보도록 해라.

"처음에 머리를 자르자. 얼굴이 있으면 불쾌하니까. 생리적으로 용서가 안 돼."

기리노 나쓰오는 사람의 마음을 후벼 파는 특이한 재주가 있어서 어떤 책이든 한번 읽으면 그 잔상이 너무 강렬해 쉽게 잊히지가 않아. 여성 작가의 박력이 어디까지 갈 수 있는지 꼭 경험해 보기 바란다.

"마사코는 엘리베이터 버튼을 힘껏 눌렀다. 이제부터 항공권을 살 생각이었다. 사타케와도, 요시에나 야요이와도 다른 자신만의 자유가 어딘가에 반드시 있을 것이다. 등 뒤에서 문이 닫혔다면 새로 문을 찾아 열 수밖에 없다."

기리노 나쓰오는 대학 졸업 후에 닥친 일본의 경제 불황 때문에 아르바이트로 생활을 하다가 24살에 결혼해서 전업주부로 몇 년을 보내게 돼. 그러나 인생은 이게 전부가 아니라는 생각을 하면서 작가를 꿈꾸게 되지. 그때도 본격적인 작가의 길을 가겠다는 심각한 고민은 없었다고 해. 내가 무슨 작가? 그런 생각으로 글쓰기를 시작한 셈이지. 평소 범죄의 심리적 측면에 관심이 많았던 기리노 나쓰오는 마침내 미스터리 소설을 쓰기 시작해서 40대에 일본 최고의 인기 작가 대열에 합류해. 신문사와 했던 인터뷰 기사가 있어서 일부 인용한다. 여성 독자에게 한 마디라는 질문에 대한 답변이었어.

"딸아이한테 말한 적이 있는데, 솔직히 이제부터 점점 더 살기 힘들고 어두운 세상이 될 거라고 생각해요. 희망이 없는 사회라고나 할까요. 제가 젊었을 때 느꼈던 폐쇄감과 어느 정도 닮은 부분도 있는 것 같아요. 하지만 결국 인간이 성장해 가는 과정이란 건 기대와 실망의 무한반복이 아닐까요? 젊은 사람들 중에는 모든 일에 있어서 상처입지 않으려고 조심조심 살아가는 사람들도 많은 것 같은데, 그런 자세로는 아무 것도 해낼 수 없다고 생각해요. 실패했다면 기분을 새롭게 하고 다음 단계로 넘어가야죠. 연애도 그런 게 아닐까요. 이혼도 실연도 하나의 중간 단계에 지나지 않는다고 생각하고 좀 더 과감해질 필요가 있다고 봅니다."

놓치지 말아야 할 것

작가의 다른 소설을 하나 소개할게. 제목은『부드러운 볼Soft Cheeks』이야. 어느 날 주인공 카스미의 딸 유카가 실종이 돼. 하지만 구체적인 범죄 행위도 없고 아이를 찾기 위한 치열한 수사도, 특별한 반전도 없어. 실종 사건을 다룬 추리소설이 아니라 아픔을 가슴 속에 누르고 살아가야 하는 우리 인생, 되돌릴 수 없는 삶의 회한을 그린 작품이라고 할까? 숲속의 적막함과 시코츠 호수의 우울한 물색이(딸을 잃은 카스미에게는 호수의 물빛도 우울한 재색으로 보여) 먼저 떠오르는 이 작품은 카스미를 비롯한 등장인물들의 내면이 거울 들여다보듯 생생하게 묘사되고 있는데 그 심리 묘사가 일품이야.

"카스미는 종종 이상한 상상을 한다. 유카가 다른 누군가로 모습을 바꿔, 언젠가 자기 앞에 나타나지 않을까 하는 상상 말이다. 길바닥을 헤매는 강아지나 담 위를 다니는 도둑고양이, 주택가에 피는 냉이로 변한다 해도 카스미는 유카란 걸 알 수 있을 것이다. 창을 열었을 때 들어오는 아침의 차가운 공기에 섞여 있다고 해도, 카스미는 그 곳에 유카가 있다는 걸 느낄 수 있을 것이다."

힐러리 맨틀(Hilary Mantel, 1952~)

제 47권

힐러리 맨틀

울프 홀

미리보기

"걱정하지 말아요." 그가 생각했다. "내일은 또 다른 전투가 벌어지고, 또 다른 세상이 열릴 테니까."

"하지만 불린과 국왕의 혼인을 성사시키기 위해, 붉은 머리카락을 가진 통통한 자손을 얻기 위해 그리스도교 세계를 발칵 뒤집어놓았다. 사실이라면 어떻게 될까, 헨리가 싫증을 내면, 이 모든 소동이 결국 실패로 돌아갈 운명이라면?"

[“]아들아

"걱정하지 말아요." 그가 생각했다. "내일은 또 다른 전투가 벌어
지고, 또 다른 세상이 열릴 테니까."

권력은 그것을 쫓는 인간들을 어느새 늑대로 만들어버리는 속
성이 있어. 상대방을 물고 제압하지 않으면 내 목이 날아가기 때문
이지. 왕의 사소한 변덕 하나가 멀쩡한 사람도 반역 죄인으로 만들
고 그의 목을 참수하는 세상이 있었어. 그런 세상에서 살아남기 위
해서는 누구보다 머리를 재빠르게 굴려야 하고, 냉혹해야 하고, 끝
없는 싸움에서 긴장을 놓지 않는 끈기도 있어야 하고, 음모와 계략
을 견뎌 낼 수 있어야 하는 법이야. 적의를 품은 늑대는 피를 보아
야만 직성이 풀리니까 말이야.

"하지만 불린과 국왕의 혼인을 성사시키기 위해, 붉은 머리카락
을 가진 통통한 자손을 얻기 위해 그리스도교 세계를 발칵 뒤집어놓
았다. 사실이라면 어떻게 될까, 헨리가 싫증을 내면, 이 모든 소동이
결국 실패로 돌아갈 운명이라면?"

하루아침에 천당과 지옥을 넘나들어야 하는, 이 얼마나 가슴 졸
이며 살아가야 하는 운명이란 말인가? 왕의 변덕을 누가 막을 수 있
단 말인가? 그 유명한 헨리 8세와 앤 불린의 이야기가 배경인(헨리
왕은 아내 캐서린을 쫓아내고 앤 불린을 새 왕비로 맞아들이지) 이
책은 헨리 8세와 앤 불린의 욕망, 크롬웰과 토머스 모어의 갈등, 추기
경과 귀족들의 암투 그리고 암투의 필연적인 결과물인 죽음까지 16
세기 영국의 궁정과 시대상을 군더더기 하나 없이 묘사하고 있어. 특

히 언제 어디서 사람 목숨이 날아갈지 모르다보니 긴장감이 엄청나. 이런 팽팽한 톤을 계속 유지한다는 건 보통 내공이 아닌 거지.

> "설명한다고 달라질 건 없었다. 옛날이야기를 늘어놓는 것은 나약한 짓이다. 숨길 게 아무 것도 없다 해도, 과거는 숨기는 편이 현명했다. 사람이 지닌 힘은 어슴푸레 희미한 것 속에 들어 있으며, 알 듯 모를 듯한 손의 움직임, 짐작할 수 없는 얼굴 표정에 들어 있다. 사람들은 무언가 사실이 있어야 할 자리가 텅 비어 있을 때 겁을 먹는다. 빈 공간을 열어놓으면 사람들은 알아서 거기에 두려움과 환상, 욕망을 투영한다."

대장장이의 아들로 태어나 국가 권력의 맨 꼭대기까지 오른 토머스 크롬웰은 실존 인물이야. 1485년 태생으로 추정되는데 그의 생일을 정확하게 아는 사람은 아무도 없었다고 해. 라틴어와 이탈리아어, 프랑스어에 능통했던 크롬웰은 냉철하고 권력을 향한 불굴의 의지를 보여준 인물이지만 책에서는 따뜻하고 감성적이고 관대하게 그려지고 있어. 작가 힐러리 맨틀에 의해 부활한 500년 전의 등장인물들이 펼치는 음모와 복수의 드라마. 서스펜스도 대단하고 인간의 잔혹함과 질투에 관해서는 속이 울렁거릴 정도야. 정말 권력 앞에서는 우정도 이상도 인간성도 없어.

> "별이 우리를 만드는 게 아니에요. 우리를 만드는 건 상황과 필요, 즉 외부 압력에 의해 정해지는 선택이에요. 우리가 가진 미덕이 우리를 만들지만 미덕만으로는 충분하지 않아요. 때로는 악덕을 이용해야 하는 때가 있지요."

제목인 울프 홀은 헨리 8세의 세 번째 왕비인 제인 시모어의 저택 이름인데 권력과 욕망을 위해 물고 뜯고 싸우는 잔혹한 인간 세상을 늑대 소굴로 비유하고 있어. 인간은 서로에게 늑대와도 같은 존재지만 늑대는 자기들끼리 죽이고 괴롭히지는 않잖아? 자신의 종족에게 가장 잔인하고 비겁하고 악랄한 건 결국 인간뿐이지.

"왕비 즉위식이니, 추기경들의 교황 선거니, 화려한 행렬 따위는 잊으라. 세상은 그런 식으로 바뀌지 않는다. 세상은 탁자 위를 오가는 주판, 문장의 파급력을 바꿔놓는 펜대 놀림, 오렌지 꽃이나 장미수 향기를 길게 남기며 지나가는 여인의 한숨, 침대 커튼을 닫는 여인의 손, 살과 살이 부딪히는 숨죽인 신음 소리에 의해 바뀐다."

놓치지 말아야 할 것

위에서 크롬웰이 인간적이고 선량하게 그려진다고 했지? 바로 이 부분이 논란이 되는 부분이야. 실제 크롬웰은 잔인한 기회주의자로 평가받고 있거든. 그리고 크롬웰의 대척점에 서 있는 토머스 모어는 책에서는 거만한 위선자로 묘사되지만 실제로는 가톨릭교회의 성인으로 추앙받는 인물이야.

토머스 모어는 그 유명한 『유토피아Utopia』를 쓴 정치인이자 사상가였고 뛰어난 학자였어. 헨리 8세 시절 대법관에 임명되었고 왕에게 정치, 종교적인 조언을 하기도 했지. 『유토피아』는 그가 생각한 이상 국가의 모습을 그린 작품인데(책에서 유토피아는 54개의 도시로 이루어진 섬나라로 묘사되고 있어. 당시 영국의 주(州)가 54개였으니까 토머스 모어는 영국을 비유적으로 풍자하고 있는 거지) 토머스 모어의 정치사상이 집약되어 있는 책이야. 다만 자신이 쓴 책에서는 자유로운 종교관을 보이던 그가 왜 종교개혁에 반대하여 신교도들을 박해했는지는(그는 개신교도들을 화형에 처했고 영어로 번역된 성경이 유통되는 걸 엄격히 금지했어) 의문이긴 해. 그도 결국 정치가였던 셈이지.

"그는 어느 종교가 옳다고 단정하지는 않았습니다. 신은 여러 가지 다른 방식으로 숭배받기를 원하므로, 사람에 따라서 믿는 바가 다르도록 만들 수도 있다고 유토포스는 생각했음이 분명합니다. 그러나 그는 자기 자신의 특정한 종교를 믿도록 다른 사람에게 협박하는 것은 어리석고 오만한 행위라고 확신했습니다. 그는 비록 진실한 종교는 단 하나밖에 없고 다른 종교는 모두 난센스라고 하더라도, 문제를 냉철하고 합리적으로 검토하는 한 진리는 궁극적으로 그 자체의 힘으로 승리를 거둘 것이라고 확신했습니다. 그러므로 그는 종교의 선택은 개개인이 그 자신의 사상에 따라 결정해야 할 자유로운 문제로 남겨 놓았습니다."

글에 나오는 유토포스(Utopos)는 유토피아를 만든 인물이야. 아무튼 왕에게 충성을 다했던 토머스 모어도 앤 불린의 대관식에 참석하지 않으면서 왕의 권위에 도전했고 나중에는 반역죄로 사형을 당하지. 그런가 하면 앤 불린 역시 다음 해에 아들을 낳지 못한다는 이유로 처형되고 주인공인 크롬웰도 자신이 토머스 모어를 가두었던 런던탑에 갇힌 후 처형되고 말아. 결국 그런 게 권력이니까.

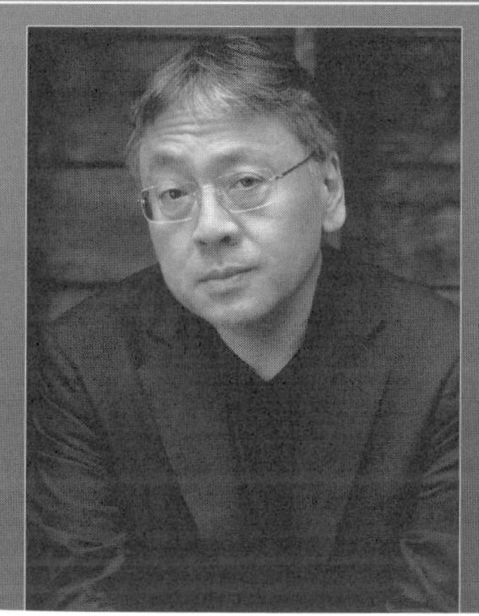

가즈오 이시구로
(Kazuo Ishiguro, 1954~)

가즈오 이시구로

남아 있는 나날

미리보기 ─────────────────○

"나와 켄턴 양의 관계에서 엉뚱한 것들을 솎아 낼 수 있는 날이, 달이, 해가, 끝없이 남아 있는 줄만 알았다. 이런저런 오해의 결과를 바로잡을 기회는 앞으로도 무한히 많다고 생각했다. 그때는 그처럼 사소해 보이는 일들이 모든 꿈을 영원히 흩어 놓으리라고 생각할 근거가 전혀 없는 것 같았다."

"아들아 『남아있는 나날』은 안소니 홉킨스와 엠마 톰슨 (Emma Thompson)이 주연한 영화 <남아있는 나날들>의 원작소설 이기도 해. 가즈오 이시구로는 일본 태생이지만 어렸을 때 영국으로 이주해 영국에서 공부하고 자란 작가야. 이야기는 특이한 사건을 다루고 있지도 않아. 아주 사소한 이야기들을 풀어 가는데도 책을 읽고 나면 이 책이 그렇게 좋아질 수가 없어.

평생 대저택의 집사로 살아 온 스티븐스는 '켄턴 양'을 찾아 태어나서 처음으로 여행을 떠나. 지난 시절을 되돌아보면 허망하지 않은 게 무엇이 있겠어? 가즈오 이시구로는 담담한 문체로 인생의 허망함과 사랑과 신뢰와 명분에 대해 말하고 있어. 책을 읽고 나면 안소니 홉킨스와 엠마 톰슨 말고는 떠오르는 배우가 없을 정도로 절묘한 캐스팅이었다는 걸 알게 될 거야. 하기야 네가 뭐 안소니 홉킨스를 알겠어, 엠마 톰슨을 알겠어? 무식은 끝이 없단다. 아빠도 젊은 날에는 이루고 싶은 명예로운 것들을 꿈꾸며 살았었어. 그리고 그 기회가 여러 번 있을 거라 생각했거든? 책 속의 스티븐스도 그런 독백을 해.

"나와 켄턴 양의 관계에서 엉뚱한 것들을 솎아 낼 수 있는 날이, 달이, 해가, 끝없이 남아 있는 줄만 알았다. 이런저런 오해의 결과를 바로잡을 기회는 앞으로도 무한히 많다고 생각했다. 그때는 그처럼 사소해 보이는 일들이 모든 꿈을 영원히 흩어 놓으리라고 생각할 근거가 전혀 없는 것 같았다."

네가 대학생이 되면 스티븐스의 책 속 여정을 따라 솔즈베리 (Salisbury)와 도싯(Dorset), 서머싯(Somerset), 콘월(Cornwall)로

이어지는 여행을 계획해 보는 것도 좋을 거야. 스티븐스의 말처럼 "그러나 전반적으로 볼 때 이 여행을 떠나지 못할 큰 이유는 더 이상 없는" 것 아니겠니? 한적한 길가를 지날 때면 차를 잠시 세워두고 네 인생에서 진짜로 하고 싶은 일이 뭔지, 살아오면서 아직 하지 못했던 일은 뭔지, 침묵 속에 담아 두어야 할 말들은 또 뭐였는지 10분 동안만 인생을 되돌아보는 시간을 가지도록 해라.

> "그 옛날 우리 두 사람이 대화할 때의 리듬이나 습관들을 생생하게 살려 낸 것은 그 같은 대화 내용들이었다기보다, 말끝마다 떠오르는 그녀의 작은 미소, 슬쩍슬쩍 찌르는 그녀의 반어적 어법, 그녀의 어깨나 두 손이 만들어내는 특유의 제스처 따위였다."

지난주 토요일, 할머니를 만나 저녁을 같이 먹었어. 저녁을 먹고 난 후 커피숍을 가기도 그렇고 달리 할 일도 없어서 바로 옆에 있던 영광도서에 갔지. 서면에 있는 대형 서점인데 부산에 마지막으로 남은 지역 서점이야. 할머니는 '우와'라는 감탄사를 정확하게 7번을 하셨어. 이런 큰 서점에 와 보는 게 처음이라고 하셔서 아빠는 충격을 먹었단다. 만날 책, 책 하면서 할머니를 한 번도 책방에 모시고 간 적이 없었으니까. 스스로가 얼마나 위선적인지, 얼마나 무심했는지 깨달았어. 나이 들고 늙어가는 엄마를 아무 생각 없이 바라보고만 있었던 거지. 아무튼 할머니는 책이 참 많다고 하시면서 우와, 층을 바꿀 때마다 우와(우린 4층까지 둘러봤다), 그리고 심청전을 봤을 때도 우와를 하셨어. 오래 전에 돌아가신 외할머니(할머니의 엄마)께서 심청전을 달달 외우셨다고 하면서 책을 한번 읽어 보고 싶었다고 말씀하시는 거였어. 책을 사 드렸더니 할머니는 너무 좋아하셨어. 난 순간 눈물이 날 거 같아서 얼른 책을 들고 계산대로 향하고 말았지. "서점들이 장사가 안 되니까 자꾸 없어진다고 하더라. 이런 서점이 없어지면 안 되지." 서점을 나오면서 할머니가 하신 말씀이야. 나를 포함하여 잘난 체하는 어설픈 족속들은 책이 어쩌고 하지만 실제로는 읽은 책도 별로 없고, 지역 서점이 살아남아야 한다는 말을 하지도 않아. 끝없는 무관심이 피 속에 흐르고 있으니까. 내게 필요한 건 삶에 대한 새로운 태도라는 생각을 했어.

> "그러나 다시 한 번 분명하게 말하지만, 그 어떤 것도 진실보다 깊을 수는 없는 법이다."

헤어지고 두 시간 후 할머니로부터 전화가 왔어. 책을 읽어 보니 너무 재미있어서 전화를 하셨단다. 할머니로부터 받은 전화 중에 이토록 기분 좋은 전화가 있었을까? 나이 80이 넘었다고, 책에 인쇄된 글씨가 작다고 미리 걱정할 필요는 없다. 기억해라. 사랑하는 사람이 있다면 그와 함께 꼭 서점에 갈 일이다.

놓치지 말아야 할 것

외부와 단절된 기숙 학교에서 학창 시절을 함께 보냈던 캐시와 루스와 토미는 성인이 되어 다시 만나게 돼. 그리고 그들이 함께 했던 지난날을 회상하지.

> "우리 자신을 그런 이들의 관점에서 처음으로 일별하는 순간의 느낌은 정말이지 등줄기에 찬물이 끼얹어지는 것 같았다. 매일 걸어

지나가며 비쳐 보던 거울에 갑자기 뭔가 다른 것, 혼돈스럽고 기괴한
뭔가가 비쳐 보이는 것 같은 느낌이라고나 할까."

가즈오 이시구로의 또 다른 대표작『나를 보내지 마Never Let
Me Go』는 기묘한 느낌을 주는 책이야. 철학적인 SF소설? 사색과
성찰의 성장소설? 이걸 뭐라고 불러야 할지 모르겠어. 왜 기묘하다
고 말했냐면 책을 읽어 내려가면서 미묘한 뒤틀림에서 오는 긴장
이 느껴지기 때문이야. 단어의 뒤틀림, 등장인물들이 보여 주는 마
음의 뒤틀림, 감춰진 의미의 뒤틀림, 상황이 주는 뒤틀림, 삶의 뒤
틀림. 뒤틀림을 어긋남이라고 해도 괜찮을 거 같아. 아빠가 느꼈던
어긋남의 정체는 무엇이었을까? 이 세상에 존재한다는 건 왜 이다
지도 고달프고 슬픈 일이어야 할까? 마음과 마음이 만나는 시간은
왜 언제나 짧은 법일까? 가즈오 이시구로의 2005년 작품『나를 보
내지 마』를 만나 봐.

　　"다만 내 경우에는 어둠이 깔리고 가로등이 빛나기 시작하자 모
든 강렬한 감정들이 가라앉고 마음이 편안해졌다. 오랫동안 나를 짓
누르고 있던 뭔가가 사라져 버린 것 같은, 아직 해결된 것은 아니지
만 좀 더 나은 곳을 향한 문 하나가 열린 것 같은 기분이었다."

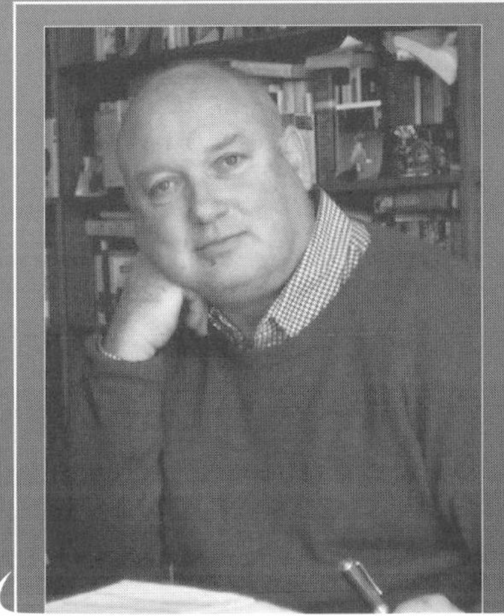

루이스 드 베르니에
(Louis de Bernieres, 1954~)

제 49권

루이스 드 베르니에

코렐리의 만돌린

미리보기

"그의 피가 제 옷소매와 옆구리 속으로 흘러들었죠. 깨진 머리는 마치 작은 아이처럼 제 팔 안에 놓여있었고, 입은 그 자신만이 들을 수 있는 말들을 웅얼댔어요. 눈물이 그의 뺨을 적시기 시작했고, 저는 손가락으로 그의 눈물을 모아 마셨답니다. 저는 몸을 숙여 그의 귀에 대고 속삭였어요. '프란시스코, 언제나 너를 사랑해왔어.' 그의 눈이 굴러 제 눈과 만났습니다. 그는 제 눈을 뚫어지게 쳐다보며 힘겹게 목을 가다듬으며 말했죠. '나도 알아.' '처음 말하는 거야.' 제가 말하자, 그가 굼뜨고도 간결한 미소를 지으며 말하더라고요. '인생은 개 같아, 카를로. 너와 함께 해서 좋았다.' 그의 눈 속에서 희미한 빛이 일더니 죽음으로의 그 길고 느린 여정을 시작했어요. 모르핀도 없었죠."

"아들아 '그리스의 작은 섬 케팔로니아(Cephalonia). 귀에서 완두콩을 꺼내는 첫 장면부터 더러워 죽겠다. 그런데 웃기고 정감이 간다. 문장들이 따뜻하고 유머가 넘쳐서 입가에 미소가 저절로 떠오른다.'『코렐리의 만돌린』을 읽으면서 했던 메모야. 2장에 나오는 총통의 속사포 같은 독백을 읽어봐. 감탄스러울 거야.

"아, 치아노가 오고 있지? 분명 골프장을 헤집고 다녔을 거야. 내 눈에는 바보 같은 운동이야. 차라리 토끼나 새 사냥이 더 낫겠어. 홀 인원은 먹을 수 없잖아. 안 그런가?"

죽어가는 프란시스코와 카를로가 나누는 마지막 대화는 전쟁의 무모함과 참혹함을 너무나 잘 표현하고 있어. 커피숍에서 이 대목을 읽다가 아빠도 울고 말았으니까. "언제 죽었나요? 날씨는 좋았나요?"라고 묻는 프란시스코 어머니의 대사도 너무 감동적이었단다.

"그의 피가 제 옷소매와 옆구리 속으로 흘러들었죠. 깨진 머리는 마치 작은 아이처럼 제 팔 안에 놓여있었고, 입은 그 자신만이 들을 수 있는 말들을 웅얼댔어요. 눈물이 그의 뺨을 적시기 시작했고, 저는 손가락으로 그의 눈물을 모아 마셨답니다. 저는 몸을 숙여 그의 귀에 대고 속삭였어요. '프란시스코, 언제나 너를 사랑해왔어.' 그의 눈이 굴러 제 눈과 만났습니다. 그는 제 눈을 뚫어지게 쳐다보며 힘겹게 목을 가다듬으며 말했죠. '나도 알아.' '처음 말하는 거야.' 제가 말하자, 그가 굼뜨고도 간결한 미소를 지으며 말하더라고요. '인생은 개 같아, 카를로. 너와 함께 해서 좋았다.' 그의 눈 속에서 희미한 빛이 일더니 죽음으로의 그 길고 느린 여정을 시작했어요. 모르핀도 없었죠."

작가 루이스 드 베르니에가 써내려가는 문장들은 유머와 재치가 넘치는데도 가슴 한 구석에는 애잔함이 자리 잡거든. 그래서 책을 읽어 내려가는 것이 고통스러웠다면 이해가 되니? 사랑스러움과 비통함을 동시에 느낀다고 해야 하나? 이런 경험을 주는 책을 읽는 건 흔한 일이 아니야.

"딸 위에 서서 가슴 속에서 일어나는 부성애를 음미하는 의사의 얼굴에 미소가 번진다. 하지만 곧, 언젠가 그 애도 나이 들어 구부정해지고 주름질 것이라는, 달콤한 아름다움이 마른 나뭇잎처럼 생기를 잃고 사라져 아무도 거기 있었다고 알지도 못하게 될 것이라는 생각에 비참해진다. 덧없이 사라져 가는 것들의 소중함이란."

적군인 코렐리 대위와 펠라기아의 사랑은 어떻게 될까? 33장, '손의 문제'와 40장 '입술의 문제'를 읽으면서도 비극의 냄새를 지울 수가 없어서 심장이 쿵쾅거려. 펠라기아의 기구한 삶은 케팔로니아 섬의 일대기와 맞닿아 있으니까 펠라기아의 운명은 곧 케팔로니아의 운명이라고 할 수 있겠지. 책 전체를 통틀어 가장 인상 깊었던 장면은 전쟁에 대한 불안과 두려움 속에서도 일상을 꾸려나가는 마을 사람들에 대한 묘사였어. 로볼라는 와인이고 프시프시나는 솔담비의 이름이야.

"마을에서는 오랜만에 일찍 일어난 아르세니오스 신부가 눈을 비비며 로볼라 한 병을 들이켰다. 한편 펠라기아와 아버지는 올리브 나무에 염소를 묶고 아무것도 찢을 게 없는 벽장 안에 프시프시나를 가뒀다. 코골리오스는 종교가 대중의 아편이라는 공산주의 신념 때문에 잠시 망설이다가 이내 아내의 옷을 되는대로 걸쳤다. 또 스타마티스가 종이를 원뿔꼴로 감아 모자를 만들어 머리에 맞는지 써보는 동안 그의

아내는 치즈 덩어리를 자르고 로졸리와 만톨라 사탕과자를 싸면서 불
평거리를 생각해내고 있었다. 한편 거인 벨리사리오스는 컬버린 대포
를 팔촌에게 빌린 튼튼한 황소 위에 실으며 경주에서 이기는 꿈을 꾸고
있었다. 대포에 은박과 금박 조각을 넣으며, 반짝거리는 탄약이 하늘로
솟아올라 금속 나비의 비가 내리는 것처럼 떨어질 때 사람들이 낼 탄
성 소리를 기대하면서. 수도원에서는 작은 수녀들이 말끔히 정돈된 객
실에서 자던 많은 손님들과 순례자들을 깨운 뒤, 세면대와 물주전자를
채우고 베개들을 매만지는 등 분주한 아침을 보내고 있었다.”

놓치지 말아야 할 것

케팔로니아는 그리스 서부, 이오니아(Ionia) 제도라고 불리는 여
러 섬들 중에서도 가장 크고 아름다운 섬이라고 해. 지도를 놓고 보면
그리스의 왼쪽 끝에 자리하고 있어. 인터넷에는 관광객들이 케팔로
니아의 바다 사진을 많이 올려놓았더라고. 투명한 유리를 깔아 놓은
것처럼 맑고 푸른 바다. 코렐리가 어둠 속에서 배를 타고 달아나야만
했던 그 바다. 관광객들이 이 섬의 비극을 알고 있을까? 현대사를 관
통했던 그리스 여인들의 고통에 찬 삶에 대해 관심이나 있을까? 위안
부 할머니들의 굴욕과 분노와 피눈물은? 문득 그런 생각이 들었어.

책에 나오는 대지진은 1953년 8월에 일어난 규모 7.2의 강진
이었어. 진도 6만 넘어가도 건물이 버티기가 쉽지 않은데 7을 넘었
으니 케팔로니아 섬에 있던 주택들 중 90%가 파괴되었다고 해. 물
론 사람도 많이 죽었지. 공식적으로 집계된 사망자 수는 476명이
었어. 그리스는 원래 활화산대에 속해 있어서 옛날부터 지진이 자
주 일어나는 곳이야.

페터 회(Peter Høeg, 1957~)

페터 회

스밀라의 눈에 대한 감각

미리보기

"이 눈은 소규모 형태이기는 하지만, 바로 이사야가 떨어져 내린 가파르고 미끄러운 지붕에서 시작했으며, 이제 나 자신이 올려다봐야하는 눈사태나 다름없었다. 눈에서부터 배울 수 있는 한 가지는 거대한 힘과 재앙은 언제나 일상생활의 소규모 형태에서부터 발견된다는 것이다."

"내가 네 일기장으로 보여? 징징대는 것은 바이러스로, 치명적이고 전염성이 높아 쉽게 감염되는 질병이다. 나는 징징대는 소리를 들어주는 것을 거부한다. 감정적 치졸함의 향연에 같이 엮이는 것을 거부한다."

[“]아들아

　　"이 눈은 소규모 형태이기는 하지만, 바로 이사야가 떨어져 내린 가파르고 미끄러운 지붕에서 시작했으며, 이제 나 자신이 올려다 봐야하는 눈사태나 다름없었다. 눈에서부터 배울 수 있는 한 가지는 거대한 힘과 재앙은 언제나 일상생활의 소규모 형태에서부터 발견된다는 것이다."

　　오늘은 눈(snow)과 얼음이 주인공으로 등장하는 책 한 권을 소개할게. 덴마크와 그린란드를 배경으로 한 책을 만나기란 쉽지 않잖아? 덴마크 코펜하겐(Copenhagen)에서 한 아이(이사야)가 지붕에서 떨어져 죽음을 맞고 스밀라라는 여자가 범인을 추적한다는 이야기야.

　　"오랜 시간을 기다려야만 한다면, 기다리면서도 자제할 줄 알아야한다. 그렇지 않으면 기다림은 파괴적으로 변한다. 사물들이 미끄러지게 놓아두면, 의식이 동요하기 시작하고 공포와 불안을 깨운다. 우울이 닥쳐오고 자멸하게 된다."

　　하지만 『스밀라의 눈에 대한 감각』은 범인이 누구인지, 왜 그런 살인을 저지르는지 궁금해지는 소설이라기보다는 덴마크와 그린란드에 한번은 가 봐야 할 것 같고, 스밀라가 그 나라에 지금 살고 있어서 대화라도 한 번 나눠 봐야 할 것 같은 그런 느낌이 드는 책이야. 물론 범인 찾기도 손에 땀이 날 만큼 박진감이 넘치지만 스밀라가 내뱉는 말들과 그녀의 사고방식을 들여다보는 것만으로 충분히 매력적인 소설이라 할 수 있지.

"내가 네 일기장으로 보여? 징징대는 것은 바이러스로, 치명적이
고 전염성이 높아 쉽게 감염되는 질병이다. 나는 징징대는 소리를 들
어주는 것을 거부한다. 감정적 치졸함의 향연에 같이 엮이는 것을 거
부한다."

주인공을 스밀라라고 했다가, 눈과 얼음이라고 했다가 종잡을
수가 없지? 더구나 이런 문장 몇 개를 인용한다고 해서 스밀라의
매력을 다 전달할 수도 없는 노릇이니까 스밀라의 매력이 무엇인
지, 왜 눈과 얼음에 관한 책이라고 했는지 직접 읽어 보고 알아내기
바란다. 범인이 누구인지도 당연히 밝혀내야지.

"지금 이 순간, 내가 어린아이였던 시절 이래로 그랬던 것보다 훨
씬, 선택의 자유라는 것은 단지 환상이라는 사실이 더 명확해졌다.
인생은 우리가 한 번도 해결하지 못했던, 쓰디쓰고 본의 아니게 우스
꽝스러우며 반복적인 갈등으로 우리를 이끌어간다는 사실도."

세상의 넘칠 만큼 많은 말들과 문장들중에서 우리가 마지막으
로 건져내는 두어 가지 것들은 무엇일까? 세상 모든 일들은 왜 불
투명하기만 한 걸까? 왜 우리 인생은 우리가 생각지도 못했던 다른
의도가 개입되어 있거나, 우리가 원하지도 않았던 의도들에 의해
꽁꽁 얼어붙어 가는 걸까? 삶에 대한 감각을 조금씩 더해 가기 보
다는, 삶의 의미와 감동을 지우면서 살아가야 하는 걸까? 이 책에
서 아빠가 가장 좋아하는 구절은 조금 엉뚱한 대목이야. 스밀라가
어린 시절을 회상하며 짙은 안개 속에서 집으로 가는 길을 찾아냈
던 대목인데 이 구절이 그렇게 오랫동안 기억에 남더라고.

"한참 동안 안개가 다가오고 있다는 사실을 알고 있기는 했지만, 막상 닥쳐온 순간에는 집단적으로 눈이 멀어버린 것처럼 갑작스러 웠다. 심지어 개들도 한데 뭉쳐 넘어졌다. 그러나 내게 있어서는 실제 안개는 존재하지 않았다. 어머니는 내 말을 들었고, 다른 사람들은 어머니의 말을 들었다. 나는 썰매 맨 앞에 앉아 카나크에 있는 집과 나 사이를 이어주는 은빛 실 한 오라기를 따라 달려가던 감정을 아 직도 기억한다."

우리는 결심만 하면 언제든 새로운 인생을 설계할 수 있고 새 롭게 시작하는 것이 가능하다는 환상을 가지고 살아가고 있어. 그 래서 대개의 경우 하루를 무의미하게 소비해버리지. 하지만 그 하 루가 쓰디쓰고 반복적인 갈등에 불과하다는 것을 깨닫고는 인생 은 무엇이고 나는 누구인지 스스로에게 묻게 돼. 너 역시 시간이 흐 를수록 아쉬움도 남을 테고 새로운 걱정도 하나 둘 생기겠지만(네 게 삶이 주는 고민과 걱정거리가 생긴다는 게 놀랍기만 해. 어른이 되어 간다는 건 쉬운 일이 아니니까) 주눅 들거나 쪼그라들지 말고 스스로가 얼마나 굉장한 사람인지 한순간도 잊지 마. 그리고 은빛 실 한 오라기를 따라 네 마음의 풍경이 있는 곳으로 달려가기를 바 란다. 그곳이 북극일지라도 눈보라를 헤쳐 나가다 보면 어느 순간 너의 진짜 모습을 발견하게 될 거야.

놓치지 말아야 할 것

스밀라의 어머니는 이누이트(Inuit)야. 북극에 사는 사람들을 흔히 에스키모라고 부르잖아? 하지만 이 에스키모라는 호칭은 백인들이 붙인 이름이야. 에스키모에는 비하의 의미(날고기를 먹는 사람)가 담겨 있으니까 그들은 스스로를 이누이트라고 불러. 그럼 우리도 에스키모 말고 이누이트라고 불러야 되겠지? 이누이트는 인간이라는 뜻이야. 사진을 찾아보면 알겠지만 이누이트는 몽골계 민족이어서 머리도 아빠처럼 크고 얼굴도 평평하게 생겼어. 책의 배경이 되는 그린란드(Greenland)는 1953년에 완전히 덴마크의 영토로 귀속이 돼.

1920년 미국의 한 영화감독이 카메라를 들고 이누이트들이 사는 곳으로 가서 그들의 삶을 카메라에 담아. 1922년에 개봉된 <북극의 나누크Nanook in The North>는 다큐멘터리의 전설이 되었지. 비록 미국 감독의 눈으로 본 이누이트들의 삶이라는 점, 그리고 감독이 상당 부분 연출을 했다는 점에서 논란이 되고는 있지만 그런 논란에도 불구하고 북극 이누이트들의 삶을 완성도 있게 담아낸 최초의 다큐멘터리라는 점에서 기념비적인 작품임에는 틀림이 없어. 한번 찾아서 감상해 보기 바란다. 제목의 나누크는 영화에 나오는 이누이트의 이름이야.

박노해(朴勞解, 1957~)

박노해

그러니 그대 사라지지 말아라

미리보기

"연필로 쓰는 글씨야 지우고 다시 쓸 수 있지만

내 인생의 발자국은 다시는 고쳐 쓸 수 없어라

그래도 쓰고 지우고 다시 고쳐 쓰는 건

오늘 아침만은 곧은 걸음으로 걷고 싶기 때문"

"아들아

집 근처에 새로 커피숍이 생겼어. 가끔 커피 한 잔 마시면서 여기저기 전화도 돌려보고 책도 읽는 곳이야. 어느 날 할인쿠폰을 몇 장 나눠 주는데 그 쿠폰에 시가 인용되어 있더라고. 놀랍게도 박노해라는 시인의 시가 할인 쿠폰에 인쇄되어 있는 거였어. 무슨 커피숍 할인 쿠폰에 박노해의 시를!

"승리를 바라거든 주먹을 쥐어라"

커피를 마시다가 생각에 잠겨 버렸지. 새로운 세상은 아니어도, 세상이 조금이라도 바뀐다면 그래서 흘러간 시간들을 되돌아보며 추억할 수 있다면 그것만으로도 충분하다는 생각이 들었어.

"인생이 너무 빨리 지나간다
나는 너무 서둘러 여기까지 왔다
여행자가 아닌 심부름꾼처럼

계절 속을 여유로이 걷지도 못하고
의미 있는 순간을 음미하지도 못하고
만남의 진가를 알아채지도 못한 채"

박노해 시인은 한때 한국에서 가장 악명(?) 높은 혁명가였어. 아빠가 악명이라고 부른 건 물론 반어법이지. 그 엄혹한 시절에 혁명 단체를 결성해서 이 나라에 사회주의 국가를 건설하겠다고 덤볐던 전설 같은 사람이야. 긴 시간 감옥 생활을 하고 나온 그는 깊고 깊은 사색 끝에 건져낸 시를 우리에게 던져 주었고 아빠는 그의 시를 옆에 끼고 살게 되었지. 소리 내어 시를 읽으면서 어쩔 때는

기운도 얻고, 어쩔 때는 울기도 하고, 어쩔 때는 마음속에 아련함이
깃들어 멍하니 아무것도 못하기도 하지.

"연필로 쓰는 글씨야 지우고 다시 쓸 수 있지만
내 인생의 발자국은 다시는 고쳐 쓸 수 없어라
그래도 쓰고 지우고 다시 고쳐 쓰는 건
오늘 아침만은 곧은 걸음으로 걷고 싶기 때문"

다시 고쳐 쓸 수 없는 지난 발자국 때문에 괴로워하는 건 아빠
혼자가 아니겠지만 내리쬐는 햇볕을 받으며 미소 지을 수 있는 그
런 날들이 오면 좋겠다. 박노해 시인의 시는 너에게도 특별한 경험
이 될 거야. 오늘은 알바생이 10번 도장 찍으면 커피 한 잔이 무료
인 쿠폰에 주인 몰래 도장을 10개 다 찍어 줬어. 선물이라고 하면
서. 그 환한 웃음이 어찌나 기분 좋던지.

"나무가 그랬다

정직하게 맞아야 지나간다고
뿌리까지 흔들리며 지나간다고

시간은 그냥 흘러가지 않는다고
이렇게 무언가를 데려가고
다시 무언가를 데려온다고

좋은 때도 나쁜 때도
그냥 그렇게 지나가는 게 아니라고
뼛속까지 새기며 지나가는 거라고"

놓치지 말아야 할 것

시인이 긴 시간 감옥 생활을 했다고 했잖아? 박노해 시인은 1991년에 무기징역형을 받고 감옥에 갇히게 돼. 독방의 냉기와 고독, 열병 같은 그리움과 삶에 대한 희망을 담아 쓴 책이 1997년에 나온 옥중 시집 『사람만이 희망이다』라는 책이야. 이 책도 놓치지 말고 읽어봐. 삶의 희망이 보이는 책이야.

"가장 무서운 것은 나쁜 습성입니다. 둔감하고 안이하게 그저 흘러가는 생활입니다."

1998년 김대중 대통령의 특별사면으로 석방된 뒤 박노해 시인은 아시아, 아프리카, 중동의 전쟁터나 분쟁 지역을 돌아다니며 카메라 하나 들고 사진도 찍고 글도 써. 이제 사진기와 펜이 그에게 혁명의 무기가 된 거지. "꽃같이 싱싱하던 그대가 아니라 다시는 필 수 없는 흘러간 꽃이라도 그대의 좌절, 그대의 상처, 지금 모습 그대로 사랑합니다."

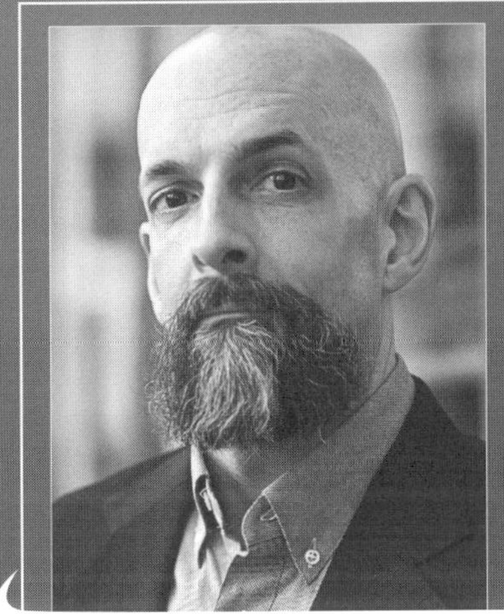

닐 스티븐슨
(Neal Stephenson, 1959~)

닐 스티븐슨
스노 크래시

미리보기

"그가 보는 사람들은 물론 실제가 아니다. 눈에 보이는 모든 건 광섬유를 통해 내려온 정보에 따라 컴퓨터가 그려낸 움직이는 그림에 불과하다. 사람처럼 보이는 건 '아바타'라는 소프트웨어다. 아바타는 메타버스에 들어온 사람들이 서로 의사소통을 하고자 사용하는 소리를 내는 가짜 몸뚱이다."

"아들아 이 책을 펼치면 등장인물들의 캐릭터나 배경이나 장면 설정 등 모든 점에 있어서 영화 같다는 느낌을 제일 먼저 받게 될 거야. 그저 놀라게 될 걸? 인터넷이 본격적으로 보급되기도 전에 나온(1992년 출간) 책이야. 사람들이 인터넷이 무엇인지도 잘 모르던 시절, 누군가는 사이버 공간에서 아바타를 데리고 한 판 액션을 벌이고 있었던 거야. 어떻게 이토록 놀라운 세상을 만들어냈을까? 무엇보다 어떻게 한 치의 오차도 없이 오늘날의 모습을 예견할 수 있었을까? 『스노 크래시』에 나오는 소재들은 실생활뿐만 아니라 영화, 게임, 컴퓨터과학 등 문화와 산업 전반에 엄청난 영향을 끼쳤고 지금도 인용되고 있어. "이미 벌어지고 있는 내일의 야단법석"이라는 당시의 서평이 정말 딱 들어맞는 표현이지.

> "그가 보는 사람들은 물론 실제가 아니다. 눈에 보이는 모든 건 광섬유를 통해 내려온 정보에 따라 컴퓨터가 그려낸 움직이는 그림에 불과하다. 사람처럼 보이는 건 '아바타'라는 소프트웨어다. 아바타는 메타버스에 들어온 사람들이 서로 의사소통을 하고자 사용하는 소리를 내는 가짜 몸뚱이다."

작가 닐 스티븐슨의 글 솜씨는 유머와 통찰력이 빚어낸 마약과도 같아. 재치면 재치, 액션이면 액션, 쉴 새 없이 빵 빵 터지는 통쾌함은 책읽기의 쾌감이 뭔지를 잘 보여주고 있어. 그런가 하면 종교와 역사, 인류와 문명, 인간 정신과 신화, 은유와 상징, 언어, 철학, 과학, 컴퓨터, 게임, 폭력에 이르기까지 다루는 주제의 영역도 방대해. 이 책을 컴퓨터 세대를 위한 성전(聖典)이라고 부르면 마치 PC방에서 큰소리로 떠들며(들어가라! 공격해라! 죽여라! 그리고 나머지는 전부 욕설. 편견이라고 말한다면 할 말 없다. 내가 PC방에서 들은 건 이게 전부다) 컴퓨터 게임을 즐기는 '애들을 위한' 작품처럼 들릴지 모르지만 SF 장르소설을 뛰어넘는 우리 시대의 고전이라고 불러도 손색이 없어.

> "폭발 후 4분의 1초가 지나는 동안 벌어진 모든 상황은 이렇다. 눈도 못 뜨게 하는 섬광 따위는 없다. 오히려 완벽하게 둥근 모양을 한 충격파가 바깥쪽으로 퍼지는 모습이 똑똑히 보인다. 마치 얼음으로 된 공처럼 딱딱하고 생생한 느낌을 준다. 둥근 충격파가 도로와 만나는 부분에 원형으로 생긴 파면(파면) 때문에 조그만 돌멩이들이 떨고, 오랜 시간이 흘러 땅바닥에 붙어 납작해진 맥도널드 햄버거 포장지가 뒤집히고, 도로에 조그만 틈새에 낀 곱고 밀가루 같은 먼지가 휘말려 날기 시작한다. 그렇게 바닥과 맞닿은 충격파는 아주 조그만 눈보라처럼 도로 위를 쓸고 지나 그녀에게 달려든다."

주인공 히로(Hiro Protagonist)는 피자 배달부이자 프리랜서 해커이자 검객인데 재미있는 건 히로의 엄마가 한국인이야. 히로보다 더 매력적인 캐릭터가 한 명 등장하는데 바로 쿠리에 와이티(Courrier Y.T.)야. 쿠리에는 프랑스어로 외교 문서를 전달하는 특사를 일컫는 말인데 요즘 말로 치면 퀵 서비스 배달 요원이 와이티의 직업이지. 그녀의 인상적인 독백을 들어보자.

> "다른 사람들이 주위를 에워싸고 있지만 그들은 나를 이해하지 못하고 나 역시 그들을 이해하지 못한다. 하지만 어쨌든 사람들은 아무 의미 없는 말을 서로 지껄여댄다. 목숨을 부지하려면 매일 바보처럼 의미 없는 노동을 해야 한다. 이곳에서 벗어나는 길은 일을 그만두고 여기서 달아난 다음 지긋지긋한 세상, 나를 삼켜버리고 아무런

소식도 남기지 않을 진짜 세상으로 뛰어드는 것뿐이다."

세상의 바이러스에 죄다 노출되어 살아가는 우리 자신의 모습을 보았기 때문일까? 아니면 인터넷과 모바일, 익명성과 무관심 속에서 영혼 없이 지껄이며 하루를 보내기 때문일까? 이런 문장을 읽고 있으면 마음이 텅 빈 것처럼 허전해져. 진짜 세상이 어디에 있는지는 알 수 없지만 지금의 현실이 '가짜'라는 것만은 우리 모두가 알고 있어서 그런 마음이 드는 건 아닐까?

> "오늘 후식은 뭐지? 날 위해 준비한 달콤한 게 좀 있나?"
> 사내가 묻는다.
> "후식 같은 건 취급 안 해요. 그건 빌어먹을 죄악이라고요,
> 몰라요?" 와이티가 말한다.
> "그건 문화적 성향이 어떤지에 따라 달라."
> "아, 그래요? 문화적 성향이 어떠신데요?"
> "난 알류트족이야."
> "오, 처음 들어보는 말이네요."
> "그건 우리가 역사상 다른 어는 민족보다 핍박받았기 때문이야."

철학적이고 시크하고 재기발랄한 문장이 영어 원서를 읽어보고 싶게 만들어. 속도감은 기본이고 세련된 캐릭터들, 간지 나는 대사들, 최첨단 액션까지 『스노 크래시』는 한마디로 새로운 에너지로 똘똘 뭉친 소설이야. 제목인 스노 크래시는 모니터가 고장 나서 화면이 '눈보라'를 일으키는 것처럼 소용돌이치는 현상을 말하는데 책에서는 사람의 DNA를 파괴하는 바이러스를 의미해. 아, 그리고 와이티는 Yours Truly의 약자야. 이만 줄여야겠다.

『스노 크래시』는 '사이버펑크' 소설로 불리기도 해. 1980년대 이후에 나온 과학소설의 한 장르인 사이버펑크는 cybernetics(인공두뇌학)와 punk의 합성어야. 이전에 나왔던 과학소설들이 주로 먼 우주의 이야기를 다루었다면 사이버펑크는 가까운 미래의 지구가 배경이야. 합성어에서 알 수 있듯이 인공지능을 가진 존재가 반항적이고 반사회적인 행동을 하게 되지. 이유는 가까운 미래의 지구가 테크놀로지만 발전하고 인간성은 황폐해져서 부조리와 갈등이 심각한 디스토피아이기 때문이야. 『스노 크래시』도 그렇 잖아? 정부도 없고, 피자를 1분만 늦게 배달해도 사람을 죽일 수 있고, 폭력은 넘치고, 이상한 종교에 엉망진창이잖아.

사이버펑크의 시작을 알렸던 최초의 영화는 <블레이드 러너 Blade Runner>야. 산성비 내리는 2019년의 지구, 인간보다 더 인간적인 리플리컨트(replicant)를 등장시켜 암울한 미래를 완벽하게 그려낸 작품이지. 특히 1982년 작품이라고는 도저히 믿을 수 없을 만큼 시각 효과가 시대를 앞섰던 영화였고 다른 영화와 문학 작품, 음악, 패션에 이르기까지 큰 영향을 미쳤어. 일본 영화 <공각기동대Ghost in the Shell>도 사이버펑크의 대표작 중 하나지. 뇌의 일부를 제외하면 신체 조직이 전부 기계 장치인 쿠사나기가 주인공으로 나와. 인간은 대개 탐욕스럽거나 멍청하거나 극단적으로 폭력적인 무리로 나오지. 이들 사이버펑크 작품들은 과학 기술이나 정부, 기존의 사회 시스템을 거부하고 그들의 지배에 반항하는 경향을 보이는데 테크놀로지와 인간에 대한 진지하고 공격적인 성찰을 다루었다고 생각하면 돼.

제프리 유제니디스
(Jeffrey Eugenides, 1960~)

제프리 유제니디스

미들 섹스

미리보기

"살아갈수록 미래를 향해 가는 것이 아니라 어린 시절, 출생 이전의 과거로 점점 거슬러 올라가 마침내는 죽은 자들과 소통하게 된다는 사실을 깨닫기에는 아직은 너무 어렸다. 나이를 먹으면 계단에서 숨을 몰아쉬면서 아버지의 몸이 된다. 거기서 눈 깜짝할 새 조부모의 몸으로 건너뛰면, 자기도 모르는 사이에 이미 시간여행이 시작된 것이다. 이승에서 우리는 거꾸로 자란다."

“ 아들아

"있을 수 없는 일에 실제로 맞닥뜨렸을 때는 그럴 수도 있는 일이라며 받아들일 수밖에 별 도리가 없다. 우리가 보통 쓰는 말로는 우리가 공유하는 경험, 행동 방식, 농담 등 평균적인 범위만을 다룰 수 있을 뿐, 그 이상의 영역을 다룰 수 없다."

『미들섹스』의 작가는 제프리 유제니디스. 이름이 좀 어렵지? 제프리 유제니디스의 아버지는 그리스계 이민 2세라고 해. 이 책은 그리스 가족의 사랑과 운명을 그린 작품인데 그리스와 터키, 미국이 배경이야. 그리스 가족사가 뭐가 재미있냐고? 그냥 읽어봐. "간혹 시를 읊조리듯 지껄여서 미안하다. 이 역시 내력이다."로 시작하는 이 책은 정말 특별하고 독창적이고 재미있으니까.

"모든 사람들이 절망에 맞서 싸우지만, 결국에는 절망이 이긴다. 그럴 수밖에 없다. 우리로 하여금 작별을 고하게 하는 것은 바로 절망이다."

유머가 넘치는 문장들로 킥킥거리다가, 칼리오페가 겪는 고통에 마음 아파하다가, 결국 아련한 감동이 밀려드는 작품이야. 격렬하게 요동치지는 않지만 그래도 묵직한 비애감을 느끼게 하는 그런 구석이 있어. 눈물을 펑펑 쏟으며 소리 내어 울고 싶은데 눈물은 나오지 않는 그런 거 있잖아?

"살아갈수록 미래를 향해 가는 것이 아니라 어린 시절, 출생 이전의 과거로 점점 거슬러 올라가 마침내는 죽은 자들과 소통하게 된다는 사실을 깨닫기에는 아직은 너무 어렸다. 나이를 먹으면 계단에서 숨을 몰아쉬면서 아버지의 몸이 된다. 거기서 눈 깜짝할 새 조부모의 몸으로 건너뛰면, 자기도 모르는 사이에 이미 시간여행이 시작된 것이다. 이승에서 우리는 거꾸로 자란다."

조부모인 레프티와 데스데모나에서 시작되어 칼리오페에 이르는 그리스 3대가 겪는 비애와 사랑은 삶과 죽음을 가르는 순간들에서도 빛을 잃지 않는 아름다움이 존재한다는 것을 가르쳐 주고 있어. 마지막 장면인 칼과 할머니 야야의 대화는 읽는 사람의 마음을 휘감는 묘한 분위기가 느껴져.

"이 세상이 이토록 많은 생명을 안고 있다니 놀라운 일이 아닐 수 없었다. 이 순간에도 사람들은 사랑에 빠지고, 결혼을 하고, 약물 중독자 재활 기관에 가고, 스케이트 타는 법을 배우고, 이중초점 렌즈를 끼고, 시험공부를 하고, 옷을 입어보고, 머리를 자르고, 세상에 태어난다. 아무도 모르는 사이에 항상 일어나고 있는 일이지만 정말로 중요한 일이다. 인생에서 진정으로 중요한 것, 삶에 무게를 부여하는 것은 죽음이다. 그렇게 보면 나의 육체적 변형은 사소한 사건에 불과하다. 포주나 관심을 가질까."

하나만 더 이야기할게. '카람바'라는 단어 기억나? 우리가 옛날에 인터넷으로 포커 게임을 할 때 돈을 잃은 수염 난 아저씨들이 늘 이렇게 외치곤 했잖아. 이 책에 나오더라. 이 단어가 나와서 옛날 생각하면서 한참을 웃었어. 철자는 caramba야. 뜻은 책을 읽거나 사전을 찾아봐라.

놓치지 말아야 할 것

작가의 첫 장편소설은 1993년에 나온 『처녀들, 자살하다The Virgin Suicides』라는 작품이야. 이 책의 주인공은 리즈번가(家)의 다섯 자매인데, 이 중 막내 서실리아가 13살의 나이로 자살을 해. 그리고 다른 자매들은 고립되지.

"늘 자기들끼리 뭉쳐 다닌 탓에, 다른 여자 애들은 그 애들에게 말을 걸거나 함께 걷기조차 힘들었고 많은 아이들이 그 애들이 자기들끼리만 있고 싶어 한다고 여기게 되었다. 그리고 리즈번 자매들이 고립되면 고립될수록 그들은 더욱더 위축되어 갔다."

약 1년 후, 어느 날 집에 감금된 리즈번 자매들이 이웃집 10대 소년들에게 자신들을 데리러 와 달라는 편지를 보내. 그리고 그날 밤 리즈번 자매들은 집안 곳곳에서 자살을 하고 말아. 그런데 왜 남은 네 명의 자매들은 모두 자살을 선택하게 되었을까?

"결국 리즈번 자매들을 갈가리 찢어 놓은 수많은 고통은 그들이 오랜 고민 끝에, 오점으로 가득한 이 세상을 어른들이 물려준 그대로 받아들이지 않기로 했다는 단순한 사실을 암시하고 있었다."

제프리 유제니디스의 작품들을 놓치지 말고 읽어보기 바란다. 아빠가 가장 감동적으로 읽은 부분은 집 안에 감금되어 있던 리즈번 자매들이 데이트를 하러 나오는 대목이야. 남자 아이들은 이렇게 말하고 있어.

"리즈번 자매들의 수다에 놀라서 사내 녀석들은 처음엔 입도 뻥 긋 못했다. 그들이 그렇게나 말이 많고, 그렇게 다양한 의견을 가지고 있고, 세상의 풍경에 그렇게 많은 손가락질을 해 댈 줄 그 누가 알았겠는가? 우리가 그들을 간헐적으로 엿보는 사이사이에도, 그들은 계속 살아가고 있었고 우리가 상상할 수 없는 방향으로 성장했으며 철저한 검열을 거친 가족 서가에 있는 책이란 책은 모조리 다 섭렵했던 것이다."

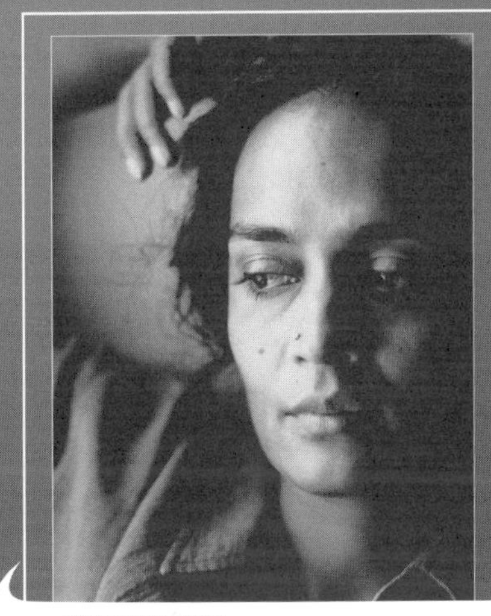

아룬다티 로이
(Arundhati Roy, 1961~)

아룬다티 로이

작은 것들의 신

미리보기

"그저 눈물이 있었다고만 하자. 정적과 공허가 겹쳐진 스푼처럼 꼭 들어맞았다고만 하자. 사랑스러운 목 아래쪽의 움푹 파인 곳에서 흐느낌이 일었다고만. 꿀 빛깔의 단단한 어깨에 반원형 이빨 자국이 나 있었다고만. 그들이 한참 뒤에까지 서로를 꼭 끌어안고 있었다고만. 그들이 함께했던 밤은 기쁨이 아니라 끔찍한 슬픔이었다고만 하자. 그들은 한 번 더 다시 사랑의 법칙을 깨뜨렸다고만 하자. 누구를 어떻게 얼마나 많이 사랑해야 할지를 정한 법칙을."

"아들아

"바람결에 실려 온 오래된 장미꽃 향기 같은 역사의 냄새. 그 냄새는 평범한 것들에 언제까지고 잠복해 있을 것이다. 옷걸이에, 토마토에, 길 표면의 아스팔트에, 어떤 색깔들에, 어느 식당의 간판에, 말 없는 침묵에, 그리고 공허한 눈에."

사소한 사물에서부터 인간의 마음 깊숙한 곳까지 냄새와 기억과 순간을 포착해 내는 작가 아룬다티 로이의 놀라운 언어들은 한 번 읽으면 절대 잊을 수가 없어. 인도 작가의 책들은 예민함의 끝까지 가는가 하면, 툭툭 아무렇지도 않게 내뱉기도 하면서 책을 읽는 사람들에게 몇 년 동안은 지울 수 없는 이미지를 선명하게 남기지.

"아무는 사람들이란 습관적인 동물이며 그들이 얼마나 많은 것에 길들여질 수 있는지가 놀랍다고 했다. 그녀의 말인즉슨, 만일 우리가 주위를 한 번 둘러본다면 놋쇠 꽃병으로 때리는 정도는 약과인 일들이 많이 벌어지고 있다는 것이었다."

에스타와 라헬, 이 쌍둥이의 엄마인 아무, 불가촉천민 벨루타. 이들은 카스트라는 거역할 수 없는 계급 제도 하에서 폭력과 전쟁을 겪으며 마음속에 상실감을 안고 살아가는 사람들이야. 하지만 그들은 벗어날 수 없는 슬픔 속에서도 거미처럼 작은 희망 하나를 내려놓지 않아. 작은 희망 하나를 향한 작가의 끈질김이 책을 읽는 모든 사람의 마음을(아무리 무신경한 사람이라 해도) 허물어뜨리고 말 거야. 우리를 지탱하는 힘은 과연 무엇일까? 역사와 사랑, 파멸과 희망, 인간 본성과 상실에 대해 그리고 있는 『작은 것들의 신』

은 읽는 내내 무슨 일이 생길 것만 같아서 가슴 졸이며 읽어야 했던
그런 책이야.

"그저 눈물이 있었다고만 하자. 정적과 공허가 겹쳐진 스푼처럼
꼭 들어맞았다고만 하자. 사랑스러운 목 아래쪽의 움푹 파인 곳에서
흐느낌이 일었다고만. 꿀 빛깔의 단단한 어깨에 반원형 이빨 자국이
나 있었다고만. 그들이 한참 뒤에까지 서로를 꼭 끌어안고 있었다고
만. 그들이 함께했던 밤은 기쁨이 아니라 끔찍한 슬픔이었다고만 하
자. 그들은 한 번 더 다시 사랑의 법칙을 깨뜨렸다고만 하자. 누구를
어떻게 얼마나 많이 사랑해야 할지를 정한 법칙을."

아룬다티 로이의 문장은 한 번 읽고 나면 절대 잊혀지지 않아. 위
에서 했던 말이라고? 백번을 말해도 지나치지가 않아. 우리가 나이
가 들면서 아파하고 괴로워하는 이유는 내 삶을 한 번도 제대로 살아
내지 못했다는 후회 때문이 아닐까? 많은 시간을 방황했으니까 얼른
제자리를 찾고 싶고, 잃어버린 자긍심도 찾고 싶고, 무엇보다 소소하
게라도 행복해지고 싶은 욕망. 사람의 마음을 이토록 섬세하게 표현
해 내는 작가가 또 있을까? 살아오면서 한 번쯤은 겪었을 여러 순간
들의 냄새와 색깔과 기억을 재구성해서 새로운 의미를 부여하고 있
는 이 책은 다른 말이 필요 없어. 그냥 최고야. 어디에 홀린 듯이, 매
혹적인, 거부할 수 없는, 치명적인, 이런 수식어를 붙여야만 하는 책
이 있다면 바로『작은 것들의 신』이야.

"더 나중에, 그 밤에 뒤이은 십삼일간의 밤 동안, 그들은 본능적
으로 작은 것들에만 매달렸다. 큰 것들은 안에 잠복하지도 않았다.
그들은 자기네들이 아무데로도 갈 수 없다는 것을 알고 있었다. 그

들에게는 미래도, 아무 것도 없었다. 그래서 그들은 작은 것들에만
매달렸다."

아룬다티 로이는 이 작품으로 맨부커 상(Man Booker Prize)을 수
상한 최초의 인도 여성 작가가 되었어. 맨부커 상은 영국의 권위 있
는 문학상으로 영어로 작품을 쓰는 영국 연방 국가 작가들을 대상으
로 하는 상이야. 흔히 부커 상이라고도 해. 최근에 한국 작가가 이 상
을 받았잖아? 영국 작가가 아니더라도 훌륭한 작품을 쓴 작가에게
주는 맨부커 국제상이 2005년부터 제정됐기 때문이야.

놓치지 말아야 할 것

부커 상을 받았고 인도가 배경이고 인도 작가가 쓴 작품을 하나
더 추천할게.『상실의 상속The Inheritance of Loss』이라는 책이야. 책
을 다시 읽다가 표지 안쪽에 메모지가 한 장 붙어 있는 걸 발견했지.
'그녀의 말투. 아무렇지도 않게 슬픔과 절망을 묘사한다. 문장은 긴
게 없고 그래서 더 무섭고 더 슬프고 더 암담해진다.' 언제 이 메모를
했는지 날짜를 보니까 몇 년 전이더라고. 그때 아빠는 해운대 장산
아래 개천가에서 글쓰기를 고민했었어. 작가도 아닌 주제에 글쓰기
를 고민하다니 웃기지?

"인생이란 움직이고 뿔뿔이 흩어져 사라지는 것, 차갑고 쓸쓸한
것. 무작정 기다리는 그 끔찍한 고통은 사람의 목을 졸라 질식시키
는 지배력을 발산했다."

외할아버지와 살고 있는 10대 소녀 사이와 가정교사 지안, 뉴욕 핫도그 가게에서 일하는 불법이민 노동자 비주. 상실감이 상속되는 (생각만 해도 끔찍하다) 비참한 현실과 절망 속에서도 작가는 "지금 가야 할 길은 하나뿐이고, 그것은 앞으로 나아가는 것이라고" 말하고 있어. 인간은 거짓을 부숴버릴 수도 없고 세상의 불평등을 해소할 방법도 존재하지 않지만 그래도 "손을 내밀어 진실을 따기만 하면 된다"고 말이야.

이 책을 쓴 키란 데사이(Kiran Desai)의 데뷔작은 27살에 쓴 『구아바Hullabaloo in the Guava Orchard』라는 작품이야. 해석하면 구아바 농장의 시끌벅적한 소동 정도가 되겠지? "제가 원하는 건 달걀이 아니에요. 저는 자유를 원해요." 이 문장이 아직도 기억이 난다. 키란 데사이의 작품들을 만나봐.

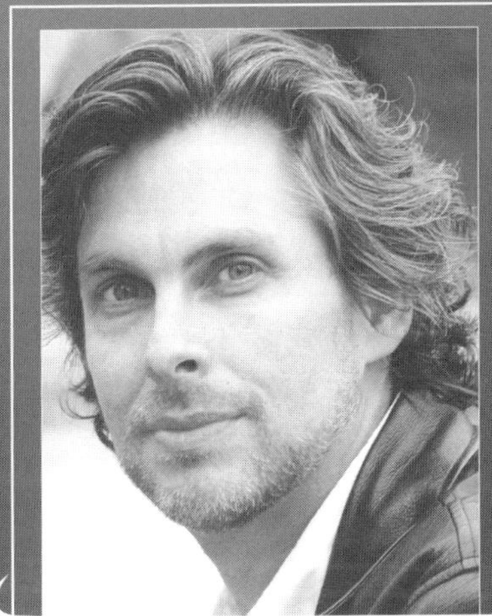

마이클 셰이본
(Michael Chabon, 1963~)

제 55권

마이클 셰이본

캐벌리어와 클레이의 놀라운 모험

미리보기

"그곳에는 아직도 구불구불한 놋쇠 가스등, 달걀과 다트 모양의 장식물이 남아있었지만 그림을 그리기 위해 이끼 색 물결무늬 벽지를 뜯어낸 벽에 남아있는 것은 갈색 접착제의 처참한 흔적뿐이었다. 하지만 조와 새미는 그런 환경을 전혀 인식하지 못했다. 그곳은 그들이 상상력의 천막을 펼치기 위해 찾아온 들판에 불과했다."

"아들아" 독일군이 점령한 프라하. 어머니는 브로치를 팔아서 아들을 미국으로 탈출하게 해. 뉴욕에 고모가 살고 있었지. 아들의 이름은 조 캐벌리어. 조는 가족들이 겪게 될 박해와 모욕, 고난을 뒤로 하고 미국으로 넘어가.

"무엇으로부터 탈출하려 하는지는 염두에 두지 말지니. 문제는 어디로 탈출하느냐 하는 것."

조는 미국에서 사촌인 샘 클레이를 만나게 돼. 두 천재 소년은 만화책의 세계에 몸을 던지지. 슈퍼맨이 세상을 지배하던 1939년 어느 날, 캐벌리어와 클레이가 창조한 캐릭터가 세상에 나와. 히틀러를 후려갈기는 정의의 용사, 이름하여 이스케이피스트 (Escapist). 이토록 흥미진진하고 재미있는 책이라니? 지금이야 영화나 드라마, 인터넷이 세상을 지배하고 있지만 1930년대에는 만화가 세상을 지배하던 시절이었어. 만화책이 '돈이 되는' 아이템이었던 셈이지. 마이클 셰이본의『캐벌리어와 클레이의 놀라운 모험』은 재미있어서 자꾸 다음 장을 넘기게 되는 그런 책이야.

"그곳에는 아직도 구불구불한 놋쇠 가스등, 달걀과 다트 모양의 장식물이 남아있었지만 그림을 그리기 위해 이끼 색 물결무늬 벽지를 뜯어낸 벽에 남아있는 것은 갈색 접착제의 처참한 흔적뿐이었다. 하지만 조와 새미는 그런 환경을 전혀 인식하지 못했다. 그곳은 그들이 상상력의 천막을 펼치기 위해 찾아온 들판에 불과했다."

아빠가 생각하는 이 책의 주제는 너무 간단해. 꿈꾸고 상상해라. 그리고 도전하라. 그러면 이루어질 것이다. 이야기는 이게 실화인가? 싶을 정도로 리얼하게 전개돼. 유럽에서는 독일이 전쟁을 일으키고 대서양 건너 뉴욕에서는 만화책으로 성공하려는 사람들의 만화 전쟁이 벌어지고 있었지. 리얼하다는 말을 했는데 특히 이 책에 나오는 등장인물들이 마치 실존했던 사람들처럼 기가 막히게 살아 꿈틀거려. 역사의 한 페이지 속에서 피어나는 진한 가족애와 우정은 가슴을 먹먹하게 만들 만큼 벅찬 감동을 안겨 주기도 해. 다음은 독일군이 점령한 땅에서 엄마가 아들에게 보낸 편지의 일부분이야.

> "네가 자유와 스윙 음악의 도시, 그 밝고 붐비는 거리에 서 있는 모습을 상상하는 것에 내게 얼마나 큰 기쁨을 주는지 너는 상상도 할 수 없을 거야 (…) 그리고 바로 그때, 넌 알아야만 해. 사랑하는 내 아들이 내 삶의 모든 순간, 내 모든 생각 속, 그리고 내 꿈속에(임상적인 관점에서 매우 흥미롭기도 하다) 함께 있었음을."

나는 독일군의 총에 맞아 언제 죽을지 알 수 없지만 아들인 네가 자유의 거리에 서 있는 모습을 상상하기만 해도 충분히 행복하구나. 이런 게 세상 엄마들의 한결같은 마음이겠지? 역사적 배경에 상상력의 옷을 입히고 유머와 감동으로 만화책의 황금 시절로 안내하는 책『캐벌리어와 클레이의 놀라운 모험』을 꼭 읽어 보기 바란다. 그리고 아들아, 이 세상은 우울하고 진부하기 짝이 없지만 언제나 자유롭게(이 말이 주는 의미가 얼마나 큰지는 나이가 조금 더 들면 알게 될 기야) 큰 꿈을 향해 달려가라. 아무리 허황된 꿈이라도 상관없다. 하루도 빼먹지 말고 너의 꿈을 키워 가도록 해라. 그곳에 또 다른 모습의 고통과 한숨이 기다린다 하더라도 네가 원하는 곳으로 가서 자유롭게 세상을 즐기면서 살아가도록 해라.

“이 무너지고 불완전한 세상, 진정한 마술은 그 안 모든 사라져 가는 것들의 능력에 있다.”

놓치지 말아야 할 것

조와 새미가 창조한 영웅캐릭터 Escapist에 영감을 주었던 실제 인물이 있어. 이름은 해리 후디니(Harry Houdini). 본명이 에릭 와이즈(Erik Weisz)였던 해리 후디니는 1874년에 헝가리에서 태어난 마술사야. 본격적으로 직업 마술사가 되면서 프랑스 마술사의 이름을 본떠 후디니라는 이름을 지었다고 해.

1891년부터 마술을 시작했던 그는 1899년에 탈출 묘기를 선보이게 되지. 수갑에서부터 체인, 밧줄, 구속복(straightjacket), 여행 가방, 대형 금고, 감옥에 이르기까지 후디니의 탈출 묘기는 영국, 독일, 러시아 등 유럽을 휩쓸고 미국에서도 대성공을 거두게 돼. 탈출 묘기하면 그를 떠올렸을 정도로 센세이션을 일으킨 ‘수갑 마술의 왕The Handcuff King’ 후디니는 1926년 미국에서 생을 마감했어. 그가 남긴 마지막 말은 “I'm tired of fighting.”이었다고 해. 후디니의 마술쇼에 사용되었던 홍보문구가 ‘실패는 곧 익사’였거든? 관객들에게 재미와 흥분을 주기 위해 익사를 무릅쓰고 자신과 싸워야 하는 인생이었으니까 얼마나 피곤했겠어?

할레드 호세이니
(Khaled Hosseini, 1965~)

제 56권

할레드 호세이니

연을 쫓는 아이

미리보기

"하산과 나는 서로를 바라보고 웃기 시작했다. 20세기 초에 영국인들이 깨달았던 것을, 소련인들이 1980년대 말에 결국 깨닫게 될 것을, 그 인도 애 역시 곧 알게 될 것이다. 아프가니스탄인들이 독립적이라는 것을. 아프가니스탄 사람들은 관습을 중요하게 여기지만 규칙을 혐오한다. 그리고 연날리기 싸움에서도 마찬가지였다. 규칙은 간단했다. 규칙이 없는 것이 규칙이었다. 연을 날려서 상대방 연줄을 끊으면 된다. 행운을 빌 뿐이다."

"아들아 아빠의 미리 하는 유언 세 가지 기억하지? 책, 여행 그리고 친구. 아들도 멋진 친구들 많이 사귀고 항상 그들에게 먼저 손을 내밀기를 바란다. 먼저 손을 내밀면 네 손을 같이 잡아 주는 친구가 반드시 생기기 마련이야. 아무리 불안정한 삶이어도 친구가 있다면 행운도 소리 없이 너를 찾아올 거야. 『연을 쫓는 아이』의 배경은 아프가니스탄이야. 지구상에서 가장 비극적인 나라 중 한 곳이지. 쿠데타, 소련의 침공, 전쟁으로 이어지는 아프가니스탄의 슬픈 현대사. 총소리와 폭탄 테러가 멈추지 않는 나라지만 책에 등장하는 아미르와 하산, 바바와 라힘 칸의 삶을 들여다보고 있으면 그들이 얼마나 긍지를 소중하게 생각하는 고상한 민족이었는지를 알게 돼.

"하산과 나는 서로를 바라보고 웃기 시작했다. 20세기 초에 영국인들이 깨달았던 것을, 소련인들이 1980년대 말에 결국 깨닫게 될 것을, 그 인도 애 역시 곧 알게 될 것이다. 아프가니스탄인들이 독립적이라는 것을. 아프가니스탄 사람들은 관습을 중요하게 여기지만 규칙을 혐오한다. 그리고 연날리기 싸움에서도 마찬가지였다. 규칙은 간단했다. 규칙이 없는 것이 규칙이었다. 연을 날려서 상대방 연줄을 끊으면 된다. 행운을 빌 뿐이다."

그들의 삶에 어둠이 내려앉은 것은 언제부터였을까? 분명한 건 그들이 날 때부터 테러리스트가 아니었다는 사실이야. 너무나 간단한 말이지만 이 진실에 눈을 떠야 해. 삶에 어둠이 내려앉기 전, 그들은 유쾌하고 지혜로운 민족이었고 빛나는 전통을 가진 사람들이었다는 것을 잊지 말기 바란다. 지금 눈에 보이는 것이 전부가 아니야.

“누구의 이야기이건 해피엔딩인 경우가 있던가? 어쨌든 삶은 인도 영화가 아니다. ‘삶은 계속된다.’라고 아프가니스탄 사람들은 말하곤 한다. 시작과 끝, 위기나 카타르시스에 상관하지 않고 삶은 계속된다. 느린 흙투성이 대상행렬처럼 앞을 향해 계속된다.”

작가 할레드 호세이니는 아프가니스탄 태생이지만 소련이 아프가니스탄을 침공하자 외교관이었던 아버지를 따라 미국으로 망명을 하게 돼. 그는 의사가 되었고 이 책은 그의 첫 장편소설이야. 아프가니스탄 작가가 쓴 최초의 영어 소설이기도 해.

“그 모든 것은 중요하지 않다. 역사를 극복하는 것은 쉬운 일이 아니다. 종교도 마찬가지이다. 어쨌든 나는 파쉬툰인이고 하산은 하자라인이었다. 나는 수니파이고 그는 시아파였다. 그리고 그 어떤 것에 의해서도 그 사실은 바뀔 수 없었다. 그 어떤 것에 의해서도.”

이 책의 비극을 함축적으로 보여주고 있는 구절이야. 수니파(Sunni) 파쉬툰인이 아프가니스탄의 지배 세력이라면 억압받고 있는 소수 세력이 시아파(Shi’a) 하자라인이야. 태어날 때부터 그들의 운명은 정해져 있는 셈이지. 하지만 비극이라는 한 단어로 요약해 버리기에는 『연을 쫓는 아이』가 보여주는 우정과 품위와 초연함은 너무 아름다워. 연을 쫓아 달려가는 하산의 모습을 상상하면 왜 비극이 숨 막힐 정도로 아름다울 수 있는지 깨닫게 될 거야. 초등학교 시절 아빠가 ‘네가 하는 말이면 천 번이라도 들어줄게’라고 했었는데 기억나? 고백하자면 이 책에 나오는 문장이야. 하산이 아미르에게 말하지. “도련님을 위해서라면 천 번이라도 그렇게 할게요.”
정태춘 아저씨의 ‘92년 장마, 종로에서’라는 노래가 있어. “흐르는 것이 어디 사람뿐이냐 우리들의 한 시대도 거기 묻혀 흘러간다.”
가끔 이 노래를 흥얼거리곤 해. 아빠도 이제 나이를 먹고 세월에 묻
혀 흘러가는 존재가 되어 버렸어. 너도 몇 달 후면 벌써 대학생이 될
테지만, 아빠가 어린 시절 네게 했던 천 번의 약속은 여전히 유효해.

놓치지 말아야 할 것

미국에서 자라고 교육을 받은 아프가니스탄인이 자신이 떠나온 조
국의 암울한 현실을 그린 작품이 『연을 쫓는 아이』라면, 작가의 두 번
째 책 『천 개의 찬란한 태양A Thousand Splendid Suns』는 아프가니스탄
에 남겨진 두 여자 마리암과 라일라의 비극적인 삶을 다루고 있어. 일
상에서 여성은 사회로부터 소외받는 존재야. 많이 개선되었다고는 해
도 세상에는 잘 변하지 않는 고질병이 있기 마련이거든. 전쟁이 일어
나도 소외받는 건 마찬가지야. 죽은 병사의 숫자는 나와도, 폭격으로
죽은 여성의 숫자가 나오는 뉴스는 한 번도 본 적이 없어. 적군에게 늘
먼저 당하는 사람도 여성이었지. 심지어는 아군에게도. 『천 개의 찬란
한 태양』에서 할레드 호세이니가 주목한 건 바로 그 여성들의 비참하
고 절망적인 삶이야. 읽어봐야 할 가치가 충분히 있는 책이야.

> “그래서 마리암은 삽을 높이 치켜들었다. 그녀는 삽이 등의 잘록한
> 부분에 닿을 정도로 최대한 높이 들었다. 마리암은 날카로운 삽날이
> 직직을 이루게 세웠다. 그녀는 그렇게 하면서 ‘자신’이 처음으로 자신
> 의 삶의 행로를 결정하고 있다고 생각했다. 그리고 그 생각과 함께, 마
> 리암은 삽을 내리쳤다. 이번에는 그녀가 갖고 있는 모든 걸 거기에 쏟
> 아 부었다.”

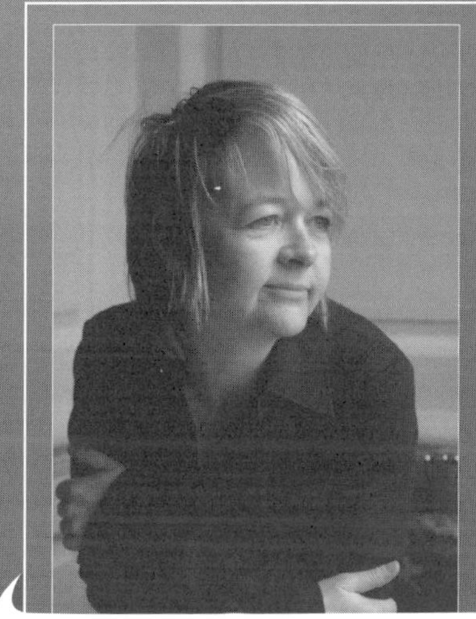

세라 워터스(Sarah Waters, 1966~)

제 57권

세라 워터스
벨벳 애무하기

미리보기

"우리가 사회의 최약자계급의 삶을 개선하려면 자선이나 하찮은 개혁 따위로는 안 되기 때문입니다. 세금으로도, 또 다른 자본주의자들에게 투표를 해 지금 있는 자들 대신 정치를 하게 해도, 심지어 상원을 폐지해도 이룰 수 없기 때문입니다. 그 일을 이루려면 땅과 공장을 일하는 사람들에게 주어야만 합니다."

"**아들아** 세라 워터스의 이 책을 읽는 동안 사실 좀 혼란스러웠어. 레즈비언들의 벨벳 애무하기에(벨벳이 무엇을 의미하는지는 상상하면 금방 답을 떠올릴 수 있어) 대해 별로 관심이 일지 않았고(그냥 진심을 이야기하는 거야. 아빠는 동성애에 대한 편견은 없어), 작가가 묘사한 빅토리아 시대의 런던이 그렇게 '생생하다'고 느껴지지도 않았기 때문이야. 무엇보다 주인공인 낸시 애슬리라는 캐릭터도 마음에 들지 않았어. 내가 보기에 낸시는 너무 자주 몸이 달아오르는 것처럼 보였으니까. 솔직히 책의 500페이지까지 이 책이 과대평가되었다고 생각했어. 물론 극장에서 공연하는 장면들은 전부 재미있었지만 말이야. 혹시나 BBC의 드라마 제작 때문에 더 좋은 평가를 받는 건 아닌지 의심을 했지.

하지만 마지막 30페이지를 남겨 두고 낸시가 랠프를 도와 빅토리아 공원에서 <왜 사회주의인가?>를 연설할 때 무언가에 감전된 듯 충격과 감동이 느껴졌어. 낸시가 연설을 하리라고는 생각하지 않았고 기껏해야 산만해진 대중들의 주의를 끌기 위해 공연을 하나? 그 정도의 얄팍한 추측만 했었거든.

> "우리가 사회의 최약자계급의 삶을 개선하려면 자선이나 하찮은 개혁 따위로는 안 되기 때문입니다. 세금으로도, 또 다른 자본주의자들에게 투표를 해 지금 있는 자들 대신 정치를 하게 해도, 심지어 상원을 폐지해도 이룰 수 없기 때문입니다. 그 일을 이루려면 땅과 공장을 일하는 사람들에게 주어야만 합니다."

마지막의 감동으로 앞에서 느꼈던 혼란스러움이 한 번에 해결돼. 역시 한 방이 있었던 거지. 위에서 말했지만 책을 읽으면서 가장 재미있는 대목은 키티 버틀러와 낸 킹이 극장에서 공연을 하는 장면들이야. 그 옛날 유랑 극단처럼 마술, 노래, 춤, 익살이 차례대로 나오는 이런 종류의 공연을 다시 만들어도 재미있겠다는 생각까지 들었어. '보트를 탄 남자'라는 이름의 카페에서 낸시가 과거의 그 유명한 '낸 킹'이라는 것을 알아보고 사람들이 노래를 요청하는 대목이 나오는데 읽고 있으니까 나도 낸시처럼 눈물이 나더라.

"터무니없는 가사를 꿀처럼 달콤하게 들리게 하던 키티의 목소리를 또렷하게 기억했다. 여기 시끄러운 지하실에서 그 노래는 아주 다르게 들렸다. 하지만 진실성이 담겨 있었으며 예전과 다른 달콤함이 배어있었다. 나는 여자들이 떠들썩하게 부르는 노래를 들으며 나도 모르게 같이 흥얼거리기 시작했다...... 금세 나는 의자에 무릎을 꿇고 함께 노래하기 시작했다. 노래가 끝나자 사람들이 환호를 지르며 손뼉을 쳤고, 나는 솟아나는 눈물을 멈추기 위해 머리를 팔에 대고 입술을 깨물어야 했다."

낸시가 태어나고 자란 윗스터블(Whitstable)은 영국 동남쪽 바닷가에 있는 조그마한 마을이야. 런던에서 약 1시간 40분 정도 걸리는 윗스터블은 책에서처럼 굴이 유명해서 매년 굴 축제 (Whitstable Oyster Festival)도 열린다고 해. 7월이라고 하니까 같이 가서 해변에서 수영도 하고 극장에서 공연도 보고 굴 빨리 먹기 대회에 참가도 해보는 건 어떨까? 그곳에 또 다른 낸 킹이 있을지도 모르는 일이잖아. 책을 통해 세상을 발견하는 거지. 책의 첫 문장이야.

"윗스터블 굴을 먹어 본 적이 있는지? 만약 먹어 보았다면 그 맛을 잊지 못하리라."

놓치지 말아야 할 것

세라 워터스는 데뷔작『벨벳 애무하기』를 발표하고 나서 빅토리아 시대를 배경으로 하는 또 한 편의 소설을 발표해. 소설의 제목인『핑거스미스Fingersmith』는 소매치기(pickpocket)의 속어야.

생일을 몰라 크리스마스를 생일로 하는 고아 '수'는 장물을 사고파는 입스 씨와 석스비 부인 밑에서 장물을 손보고 은화를 닦고 옷을 다림질하며 자라나. 그리고 17살이 되는 어느 날 사기꾼인 '젠틀먼'이 시골 상속녀 '모드'와 위장 결혼을 하기 위해 '수'의 도움을 요청하러 찾아오지. '수'는 그 집에 하녀로 들어가게 되고 사악하고 교활한 사기극의 막이 오르게 돼.

"눈먼 사기꾼은 촉감으로 자신이 만지는 것이 금인지 아닌지 알 수 있다는 말처럼, 나는 집 벽을 통해 모드를 느낄 수 있었다. 마치 나도 모르는 사이에 우리 둘 사이에 실이 연결된 느낌이었다. 그리고 모드가 어디에 있든지 간에 실이 나를 모드 쪽으로 끌어당겼다."

책을 읽으면서 절대 긴장을 늦추면 안 돼. 깜짝 놀랄 반전이 기다리고 있으니까. 아니, 반전에, 반전에, 반전이 기다리고 있어. 악취가 진동하는 런던의 뒷골목, 너무 리얼해서 읽다가 질식하는 줄 알았던 정신병원, 그 속에서 피어나는 사랑과 음모. 과연 수와 모드는 어떤 결말을 향해 달려갈까?

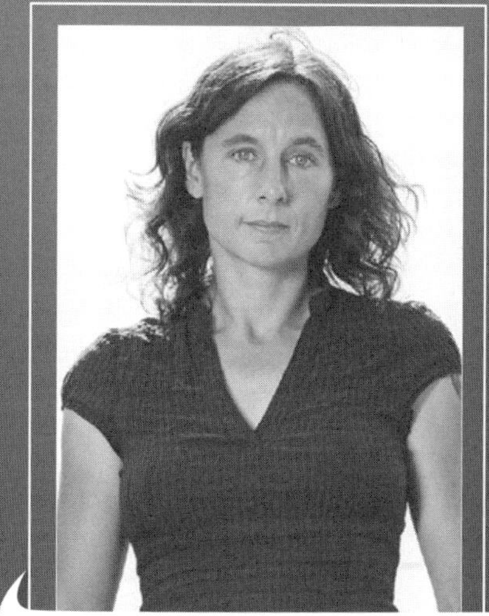

율리 체(Juli Zeh, 1974~)

제 58권

율리 체
형사 실프와 평행우주의 인생들

미리보기

"그는 멍청한 인간들이 젠체하거나 우쭐거리거나 남의 불행을 보고 즐거워하는 것을 혐오한다. 혹시라도 그가 언젠가 살인을 저지른다면, 아마도 희생자의 치근대는 언사 때문일 것이다. 그는 10분 이상 같이 있어도 자신이 참고 견딜 수 있을 인간은 세상을 통틀어 단 한 명도 없다고 확신했다."

[❝]아들아

"정말 묘해. 모든 사람들이 동일한 구성 요소로 조합되어 있다
니 말이야. 커피를 따르는 그녀의 손가락이 지갑 속에서 잔돈을 찾는
그의 손가락과 동일한 힘줄에 의해 움직인다니."

율리 체는 독일의 여성 작가야. 이 문장 하나만으로도 그녀가 사
물이나 사람을 바라보는 시각이 얼마나 특별한지 알 수 있을 거야.
이 책은 아빠의 베스트 목록 중의 하나지. 책을 펼쳐 보면 밑줄이 너
무 많이 쳐져 있어서 밑줄 없는 문장을 찾는 게 더 쉬울 지경이야.

"그는 멍청한 인간들이 젠체하거나 우쭐거리거나 남의 불행을
보고 즐거워하는 것을 혐오한다. 혹시라도 그가 언젠가 살인을 저지
른다면, 아마도 희생자의 치근대는 언사 때문일 것이다. 그는 10분
이상 같이 있어도 자신이 참고 견딜 수 있을 인간은 세상을 통틀어
단 한 명도 없다고 확신했다."

어느 날 물리학 교수인 제바스티안의 아들이 납치되고, 아들을
살리고 싶으면 누군가를 죽이라는 협박 전화가 걸려 오지. 뒤이은 살
인과 긴장감 넘치는 심리 묘사들. 물리학자와 형사의 치열한 두뇌 대
결이라는 문구는 책을 팔아먹기 위한 애교야. 이 책은 그런 범주를
뛰어넘는 묘한 끌림과 긴장이 있는 책이야. 묘한 끌림과 긴장이라,
이런 바보 같은 표현을 쓰지 않아야 하는데 다른 뭔가를 끄집어내기
에는 아빠의 지식이 너무 부족한가 봐. 아무튼 우정, 열등감, 사랑, 결
혼, 가족, 선택, 우연을 다룬 『형사 실프와 평행우주의 인생들』은 삶
을 돌아보게 만드는 그런 책이야. 형사 실프가 밝혀내는 평행우주의

진실은 과연 무엇일까?

"시간의 아름다운 면은, 도와주지 않아도 알아서 흘러가고 그 자신 안에서 벌어지는 일에 방해받지 않는다는 점이다. 다음 몇 초 역시 사라져 버릴 것이고, 방금만 해도 불가능해 보였던 것조차도 이미 과거가 되어 지나가 버릴 것이다. 기다리는 것은 어렵지 않다. 삶은 기다림으로 이루어져 있다."

뭔가 허전하고, 뭘 해도 만족스럽지 못하고, 뭔가 중요한 것들을 놓치고 살아가고 있다는 느낌. 모든 사람들의 공통적인 생각이겠지? 그렇다면 지금 이 우주 말고, 불멸의 숨결이 불어오는 또 하나의 우주가 어딘가에 존재하지 않을까? 인생의 어느 모퉁이에서 내게로 왔던 우연 한 조각이 시간이 흘러도 살아남아서 또 하나의 전혀 다른 시간과 공간을 구성하고 있진 않을까? 시간과 공간, 인과성 그리고 평행우주.

"그는 너덜너덜해진 신문을 옆으로 치운다. 조류독감이라. 마치 그것 말고는 아무런 문제도 없기라도 한 것 같다. 그의 맞은편에서는 콧수염을 기른 50대 중반 남자가 사인펜으로 여행 노정을 수첩에 옮긴다. 한 젊은 여자아이의 헤드폰으로부터 21세기 음악의 메마른 쿵쿵 소리와 띵띵 소리가 흘러나온다. 좌석 두 줄 너머에서 차장이 화가 난 여자의 비난에 맞선다. 제가 말을 좀 끝내게 해 주세요. 승무원이 애를 쓴다. 가능한 일은 모두 실현된다."

네가 아무 것도 모르는 나이에 싱가포르로 가지 않았다면 너의 인생은 어떻게 달라졌을까? 너의 평행우주는 어디에 있고 넌 그곳에

서 어떤 모습으로 살아가고 있을까? 그곳에서 넌 여전히 나의 사랑
하는 아들이니? 오늘은 하던 일 모두 멈추고 눈을 감은 채 너의 또 다
른 우주를 상상해 보기 바란다.

> "한 인간의 삶을 결정적으로 바꿔 놓는 것은 언제나 세 어절짜
> 리 문장이다. 나는 너를 사랑해. 나는 너를 미워해. 아버지가 숨을
> 거두셨어. 나는 아이를 가졌어. 리암이 어디론가 사라졌다. 다벨링은
> 제거되어야만 한다. 세 마디짜리 문장이 끝나고 나면 인간은 완전히
> 혼자가 된다."

놓치지 말아야 할 것

스페인의 어느 섬. 잠수 강사를 하는 스벤에게 여배우 율라와 그
녀의 연인인 테오가 잠수를 배우기 위해 찾아와. 시간이 지나면서 세
사람 사이에 뭔가 이상한 기류가 흐르기 시작하지. 애증과 폭력, 욕
망과 파국. 율리 체의 『잠수 한계 시간Decompression』은 특유의 건조
하고 시니컬한 문장으로 그려낸 차갑고 치명적인 심리 스릴러야. 깊
은 바다 속을 혼자 다이빙하고 있는 기분이랄까?

> "그렇게 해서 전쟁이 벌어지는 것 아닌가. 소문을 즐기는 마음 때
> 문에. 타인에 대해 항상 가장 나쁜 것만 생각하고 싶은 마음 때문에.
> 다시 잠수복을 입었을 때 나는 기뻤다. 네오프렌은 세상을 내 몸으
> 로부터 떨어뜨려 놓는 두꺼운 가죽이 되어 주었다. 앞으로 삼십 분
> 동안은 내 공기를 다른 인간들과 공유하지 않아도 되어 기뻤다."

decompression sickness, 우리가 흔히 말하는 잠수병은 다이빙할 때 제일 조심해야 하는 것들 중의 하나야. 깊은 물에 들어가면 높은 압력으로 인해 몸속에 질소가 저장돼. 그런데 잠수를 오래 하다가 너무 빨리 수면 위로 올라와 버리면 갑작스러운 압력 저하로 혈액 속에 녹아 있던 질소가 기체 방울로 변하고 이 기체 방울들이 혈관을 막아 버린다고 해. 구토, 호흡 곤란, 마비, 의식 불명, 폐 파열이 오기도 하고 심한 경우 목숨을 잃을 수도 있어. 그래서 심해에서 다이빙을 하다가 수면에 올라올 때는 중간 중간 쉬면서 천천히 올라와야 하는 거래. 제목의 잠수 한계 시간은 수면 위로 바로 올라오더라도 몸에 별 위험이 없는 최대한의 잠수 시간을 의미해. 물론 이때도 수심이 그렇게 깊으면 안 되겠지만 말이야.

우주에 널리 퍼져 있는 물질 중에 빛과 상호작용을 하지 않으면서 질량을 가지고 있는 암흑 물질이라는 게 있어. 우주의 바깥쪽으로 가면 이 암흑 물질이 집중적으로 모여 있어서 언제든 평행우주 영역으로 이동하는 것이 쉬워진다고 해. 내가 물리학자도 아니고 어찌 알겠니? 인터넷 뒤져보니까 그런 게 있더라. 왜 뒤져봤냐고?『형사 실프와 평행우주의 인생들』의 영문 제목이 Dark Matter, 암흑물질이야.

제이디 스미스(Zadie Smith, 1975~)

제 59권

제이디 스미스

하얀 이빨

미리보기

　"사람들이 자신의 것이 아닌 남의 고통을 보면서, 나쁜 소식을 전하면서, 폭탄이 떨어지는 장면을 텔레비전으로 보면서, 숨죽여 흐느끼는 전화기 너머의 소리를 들으면서 느끼는 기쁨을 절대 과소평가하지 말라. 고통 하나일 때는 고통으로만 끝나지만, 고통과 '거리'가 합쳐지면 재밋거리, 관음증, 인간적 호기심, 시네마 베리테, 한바탕 배꼽을 잡고 웃을 일, 동정이 미소, 눈살 찌푸림, 동정을 위장한 경멸 등이 될 수 있다."

" 아들아 처음에 아빠가 이 책을 골랐던 이유는 책 뒤에
나와 있는 광고 문구 때문이었어. 포스트모던 찰스 디킨스의 탄생
(워싱턴 포스트). 내가 디킨스라고 하면 사족을 못 쓰잖아? 자메이
카 어머니를 둔 영국의 25세 젊은 여성 작가가 이 책을 썼고 백만
권이 팔렸다는 출판사의 소개 글. 대체 이 괴물은 뭐지? 하는 호기
심. 그리고 책의 앞부분. 모든 문제의 근원이 비둘기에 있다고 믿는
정육점 주인 후세인이슈마엘의 생활신조. "똥이 똥이 아니고 비둘
기가 똥이다." 여기서 빵 터졌어.

"사람들이 자신의 것이 아닌 남의 고통을 보면서, 나쁜 소식을
전하면서, 폭탄이 떨어지는 장면을 텔레비전으로 보면서, 숨죽여 흐
느끼는 전화기 너머의 소리를 들으면서 느끼는 기쁨을 절대 과소평
가하지 말라. 고통 하나일 때는 고통으로만 끝나지만, 고통과 '거리'
가 합쳐지면 재밋거리, 관음증, 인간적 호기심, 시네마 베리테, 한바
탕 배꼽을 잡고 웃을 일, 동정이 미소, 눈살 찌푸림, 동정을 위장한
경멸 등이 될 수 있다."

참전군인 아치 존스, 이빨이 없는 클라라, 인도 레스토랑에서
일하는 방글라데시 웨이터 사마드. 이들을 중심으로 펼쳐지는 인
종, 이민, 종교, 전통, 정치에 관한 좌충우돌 코믹 드라마『하얀 이
빨』은 히스테릭한 리얼리즘이라는 말이 딱 들어맞는 책이야. 책의
분위기는 디킨스보다는 살만 루슈디에 가깝지만 루슈디보다 훨씬
유머러스하고 상쾌하고 따뜻하다고 할까? 그리고 흔히 말하는 '대
사빨'이 장난이 아니야. 작가인 제이디 스미스가 자란 런던의 동네
는 이민자와 노동자들이 많이 살고 있는 비교적 가난한 동네였다

고 해. 그 동네 사람들이 쓰던 단어와 말투가 고스란히 배어 있으니까 당연히 장난이 아닌 거지. 예를 들면 이런 식이야. 현관문을 두드리는 여호와의 증인 클라라에게 하는 사람들의 반응.

> "미안한데, 애야, 오늘이 무슨 요일인지 모르니? 오늘 일요일이지, 그치? 난 뻗었다고. 주중 내내 이 땅과 바다를 창조하느라 시간을 보냈거든. 오늘은 나의 휴일이야."

이십 대의 작가가 쓴 책이라고는 믿기지가 않을 정도야. 삶에 대한 성찰은 깊고, 깊은 성찰을 무겁게 말하지도 않아. 그들이 나누는 대화는 진짜 피가 흐르는 사람들이 바로 옆에서 나누는 대화처럼 생동감이 넘쳐. 세상의 천재 혹은 그 비슷한 사람들은 지구 곳곳에 그것도 아주 많이 존재하고 있다는 생각이 들어.

> "우리 아이들은 우리의 행동으로부터 태어날 거야. 우리의 우연이 그들의 운명이 될 거야. 그래, 행동은 남아. 간단히 말해 절체절명의 순간에 네가 무엇을 할 것인가의 문제야. 우리가 이런 순간에 하는 행동이 우리를 정의하지."

제이디 스미스의 이러한 인식은 우리가 비록 차창으로 굴러떨어지는 빗방울 같은 존재들이지만 삶에 대한 진지함과 진실이라는 끈을 놓쳐서는 안 된다는 걸 말해주고 있어. 아침마다 양치를 할 때 커피와 담배와 무관심으로 누렇게 변색된 입속의 이빨을 볼 때면, 꼭 내 인생을 보는 거 같아서 기분이 불쾌해져. 치과에 가서 누워 있을 때도 마찬가지야. 형편없이 망가진 내 이빨을 누군가가 내려보고 있는 게 그렇게 싫더라고. 마치 의사가 나를 내려다보며 '네

인생은 이 정도 밖에 안 되는구나'라는 조롱의 눈빛이라도 보낼 것
처럼 느껴져서 말이야. 아빠가 이 책을 썼다면 제목이 '누런 이빨'
이었을 텐데 책의 제목이 왜 하얀 이빨일까? 하얀 이빨은 백인들이
흑인을 지칭할 때 쓰는 말이야. 어둠 속에 흑인 한 명이 서 있다고
생각해봐. 그들이 입을 벌리면 하얀색 이빨만 보이겠지? 유난히 하
얀 치아가 흑인들의 피부색을 더욱 검게 보이게 만드니까 그런 이
름을 붙인 거라고 해. 흑인에 대한 인종차별적인 표현이지. 이 책
『하얀 이빨』은 백인뿐만 아니라 아시아, 중동, 아프리카, 동유럽으
로부터 흘러들어 온 다양한 피부색을 가진 여러 민족이 함께 살고
있는 지금의 영국 사회를 묘사한 작품이야. 갈등하고 충돌하고 화
해하고 사랑하고 그리고 또 지겹게 싸우는 이민자들의 삶과 애환
을 상징하는 제목이라고 이해하면 될 것 같아. 이제 우리나라도 다
문화 국가가 되어가고 있잖아? 이 책을 통해 다민족, 다문화 사회
에 대한 생각도 한번 해보고, 그들과 함께 살아갈 수 있는 진실들에
대해 관심을 가지는 계기가 되면 좋겠어.

"사람들이 '동양인들은 모두 이래.' 혹은 '동양인들은 이렇게 해.'
혹은 '동양인들은 이렇게 생각해.'라고 말해도 모든 사실을 알 때까
지 판단을 보류해줘. 사람들이 '인도'라고 부르는 땅은 천 가지 이름
으로 통하고 수백만 명이 살아. 그 많은 사람들 중 똑같은 사람 둘을
보았다고 해서 인도가 이렇구나 하고 생각한다면 잘못 판단하는 거
야. 그건 달빛으로 인한 착각일 뿐이야."

놓치지 말아야 할 것

제이디 스미스가 태어나고 자란 곳이 이민자와 노동자들이 많이 사는 지역이라고 했잖아? 바로 런던 북서부에 위치한 브렌트(Brent)라는 지역이야. 해외 이민자가 많기로 유명하고 15년 전만 해도 범죄가 많이 발생하는 악명 높은 곳이었다고 해. 웸블리 스타디움(Wembley Stadium)이 있는 곳이기도 하지. 브렌트 구(區)의 인구는 약 32만 명인데 인구 분포를 보면 18%가 영국 백인이고 나머지 대부분은 유색 인종이야. 약 19%가 인도인이고, 15% 정도가 흑인, 4.6%가 파키스탄, 4%가 아랍인, 그 외 방글라데시, 중국, 아일랜드 사람들이 살고 있어. 여전히 이민자들에 대한 통합 정책이 주요 고민이라고 해. 작가가 묘사한 브렌트의 풍경을 인용해 볼게.

"아이들은 미스터 신문도 알고 있었다. 그는 키가 크고 마른 남자로, 발목까지 오는 비옷을 입고 브렌트 도서관에 앉아 오늘 날짜 신문을 자신의 서류 가방에서 꺼내서는 질서정연하게 조각을 낸다. 아이들은 미친 메리도 알고 있었다. 얼굴이 붉고 부두교를 믿는 흑인 여자로, 그녀의 구역은 킬번에서 옥스퍼드 스트리트까지였지만 마법을 거는 일은 웨스트 햄스테드에 있는 쓰레기통에서 한다. 이들은 세익스피어 시대의 감각으로 볼 때 딱 맞게 미친 것이다. 당신이 전혀 예상치 못한 때에 이치에 맞는 말을 하는 그런 부류란 말이다. 언젠가 런던 시의회 의원들이 지역 이름을 너바나(Nirvana)로 바꾸자고 투표한 적이 있는 런던 북부에서 길을 걷다 갑자기, 얼굴은 하얗게 입술은 파랗게 칠한 사람이나 눈썹이 없는 사람으로부터 현인의 말씀을 듣는 일은 드물지 않다."

우리나라에 거주하는 외국인의 수는 약 175만 명이라고 해. 중국인이 가장 많고 그 다음이 베트남, 미국, 필리핀 순서야. 해외에 거주하는 한국인 수는 무려 700만 명이 훨씬 넘어. 역시 중국에 가장 많이 살고 있고 미국, 일본 순서야. 해외에 살고 있는 한국인들이 그 나라에서 많은 고통(언어와 문화, 음식, 교육 등)을 겪고 지내듯이 한국에 와 있는 외국인들도 마찬가지야. 아빠가 무슨 말을 하고 싶은지 알지?

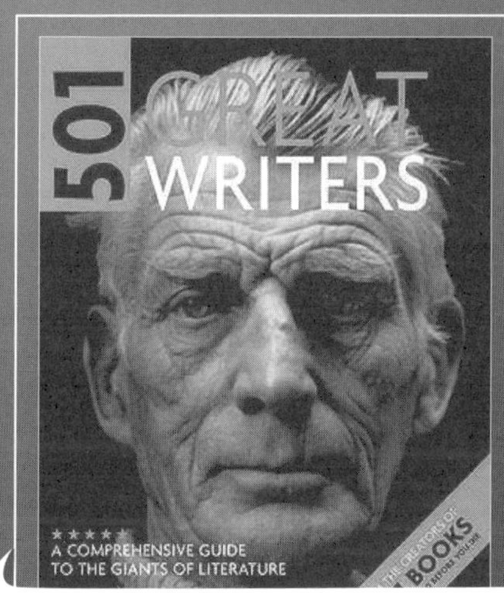

501 Great Writers

줄리안 패트릭

501
Great
Writers

"아들아 아빠가 영문으로 된 책을 좋아하는 이유는 숨겨진 온갖 단어들을 뒤져보는 재미가 특별하기 때문이야. 예를 들면 책등(앞면과 뒷면 사이, 책장에 책을 꽂아 놓으면 보이는 부분)을 spine이라고 부르거든. 이런 걸 재미있어 해. 더구나 그것이 책에 관한 책이고 작가에 관한 책이라면 말할 것도 없지. 이 책 『501 Great Writers』를 읽는 순서 따위는 없어. 사전처럼 그냥 좋아하는 작가나 알고 싶은 작가가 있으면 책 앞에 있는 목차를 찾아서 해당 페이지를 열어보면 돼. 줄리안 패트릭은 토론토 대학에서 영문학과 비교문학을 가르치는 교수님인데 이 책의 편집을 책임졌어.

책은 호머(Homer)와 사포(Sappho), 단테를 거쳐 『프랑켄슈타

인Frankenstein』의 일러스트레이션, 귀스타브 도레(Gustav Dore)
가 그렸던 포의 <The Raven> 삽화, 휘트먼(Walt Whitman)이 바위
위에 앉아있는 사진, 로버트 L. 스티븐슨의 눈이 얼마나 빛나는지
를 보여주는 얼굴 사진, 제임스 조이스와 에즈라 파운드가 함께 찍
은 사진, 피츠제럴드의 특이한 헤어스타일, 말년의 사무엘 베케트
(Samuel Beckett)가 파리에 있는 카페에서 커피를 앞에 두고 있는
모습, 키 작은 카포티가 마릴린 먼로와 춤추는 사진, 실비아 플라
스가 해변에서 수영복을 입고 환하게 웃는 모습, 그리고『잃어버린
시간을 찾아서In Search of Lost Time』제 1권 Swann's Way의 초판
본 표지 사진까지 정말 내게는 밤새 가지고 놀 만큼 즐거움이 넘치
는 책이야.

책 뒤표지 사진(어딘가에 엎드려 글을 쓰는 여성)은『미스 진
브로디의 전성기The Prime of Miss Jean Brodie』라는 책을 쓴 작가
뮤리엘 스파크(Muriel Spark)야.

책에 보면 귀스타브 도레가 그렸던 포의 <The Raven>이라는
시의 삽화 그림이 나온다고 했잖아? 그림이 아주 무시무시해. 귀스
타브 도레는 1832년에 태어난 프랑스의 삽화가이자 판화가야. 당
시에는 그의 그림을 집에 걸어두는 게 유행일 정도로 인기가 많았
다고 해. 성경에 나오는 장면들을 소재로 한 판화 작품으로 유명하
고『빨간 두건Little Red Riding Hood』과『장화신은 고양이Puss in
Boots』의 삽화로도 유명한 작가야.

책의 출판연도를 정리하다가 모르는 작가도 참 많고, 읽지 않은
책들은 그보다 더 많다는 사실 때문에 좌절감을 느꼈어. 만약 학창
시절 이후로 책을 잠시라도 손에서 놓지 않았다면 내 인생이 달라

졌을까? 그런 생각이 들더라. 인생의 어느 시점을 단면으로 잘라서 그 지점에서부터 다시 시작할 수 있다면 무슨 짓이라도 할 텐데 말이야. 아주 가끔은 목소리 높여 이야기를 나누는 사람들을 보면 부러웠고, 그들이 술잔을 기울이며 깔깔대는 모습에 주눅이 들기도 했었어. 하지만 오늘 밤에 깨닫게 된다. 그건 내 삶의 방식이 아니라고. 내게 익숙한 그 무엇이 아니라고 말이야.

헤밍웨이는 "겉장이 파란 노트 한 권, 연필 두 자루 그리고 연필깎이(주머니칼은 비실용적이었다)와 대리석 테이블들, 이른 아침의 향기, 맺힌 땀, 그리고 그것을 닦기 위한 손수건 한 장, 그리고 행운, 이것이 내가 필요로 하는 모든 것들이었다."고 했는데 내가 정말 필요로 하는 것은 무엇일까? 불굴의 의지일까 아니면 기억상실증? 아빠에게 필요한 건 왁자지껄함이 아니라 더 깊은 침묵이었는지도 모르겠구나.

이제 곧 여름이다. 일본에서의 무덥던 여름 어느 날, 도쿄하고도 어디였는지 지명은 기억나지 않지만 밤하늘 높이 올라가던 불꽃과 강둑 여기저기에 모여 있던 사람들, 그 불꽃을 따라 고개가 하늘로 올라갔다 내려오곤 했던 네 얼굴을 잊을 수가 없구나. 먼 훗날 아빠가 읽었던 책을 읽으며 즐거워하고, 아빠가 친 밑줄을 보며 고개를 끄덕이고, 아빠가 사랑했던 목록들을 너도 사랑해준다면 그것만큼 기분 좋은 일이 또 있을까?

놓치지 말아야 할 것

이왕 말 꺼낸 거 <The Raven>의 마지막 구절을 소개할게. 이 시
는 1845년에 발표되었어. nothing more와 nevermore가 끝없이 반
복되어 나오는데 읽고 있으면 기분이 오싹해져.

"And his eyes have all the seeming of a demon's that is

dreaming,

And the lamp-light o'er him streaming throws his

shadow on the floor;

And my soul from out that shadow that lies floating on

the floor

Shall be lifted-nevermore"

고마운 분들

아무도 읽지 않을 책 한 권 내는데도 고마운 분들이 너무 많다. 유명한 작가들처럼, 누구에게 바침. 이 한 줄로 끝낼 수 있는 인생이 아닌가 보다.

먼저, 소주로 쓰린 속을 달래며 책 이야기로 밤을 같이 새웠던 이용관 위원장님. 만날 영화나 영화제 이야기를 할 것 같지만 사실 둘이 만나면 책 이야기만 한다. 매일 밤 12시가 되면 "책 읽고 있냐?"는 전화가 걸려 왔고 그 전화 덕분에 원고를 끝낼 수 있었다.

원고를 끝내자마자 후배에게 메일을 보냈다. 마음에 안 드는 구석이 있으면 고쳐 달라고 부탁을 했던 이승연 작가. 원고가 나오기 전까지 인사말이 '책 책 책' 이었다. 해박한 지식과 진지함으로 조언을 해준 덕분에 엉망이던 원고가 그나마 책으로 나오게 되었다.

해운대 장산에 있는 Fairway 골프 연습장에서 원고를 수정했다. 스크린 1번 룸이 내 집필실이었다. 잘생긴(본인의 끈질긴 요청) 성원준 형이 쾌적한 환경, 재떨이, 식사와 수다를 제공해 주었고 내 넋두리를 다 들어주었다.

필 받아서 책 좀 쓰려고 하면 나타나서 몇 시간이고 영화 이야기를 푸는 바람에 정신이 혼미했었다. 배우 김정태는 수고한다고 밤참으로 라면과 국수를 사주곤 했다.

책 이야기가 나왔을 때 흔쾌히 출판을 약속했던 이건웅 대표. 긍정적인 에너지와 끈기로 우울증 환자인 나를 독려해 주었다. 이

자리를 빌어서 감사의 말을 전한다.

우리가 돈이 다 떨어졌을 때 소고기를 배가 터지도록 사주었노라고 말해달라던 오석근 형, 그 식당은 무한리필 가게였다. 부산국제영화제에서 함께 일했던 양헌규 형, 설창신, 전주국제영화제 이충직 위원장님, 민성욱 부위원장님, 김영진 형, 이상용, 장병원, 송현영, 오랜 친구들인 강윤영, 김보언, 김호성, 박지형 변호사, 플로리스트 박현진, 여현정 선생님, 오정택, Naver 오한기, 임태민 형님, 정민우, 국제신문 조봉권 기자, 조원희 감독, 황영우 박사님은 밥과 술과 위로와 농담으로 내게 힘이 되어 주었다.

그리고 살아계실 때 잘해 드린 게 하나도 없어 지금도 생각하면 눈물부터 나는 장모님 정금자 여사. 지하철이나 사람 많은 길을 갈 때 비슷하게 생긴 어른이 보이면 깜짝깜짝 놀라곤 한다. 손자가 북경대 합격했다는 소식을 들었다면 세상에서 가장 기뻐했을 분이다. 그 시끄러운 하이 톤의 목소리가 그립다.

내 생일에는 안 와도 경조사가 생기면 북경 발 비행기를 꼭 타는 의리파 철의 여인 김형신. 나 자신보다 더 나를 걱정하고 내 미래에 대한 고민을 많이 한다. 고맙다는 말도 못하고 던진 한 마디는 겨우 "감동적이었어."였다. 난 왜 이렇게 생겨 먹었을까?

속마음은 아닌 줄 알지만 김해공항 출국장에서 세상에서 가장 존경하는 사람이 아빠라고 이야기해 주었던 김정인. 헤어지고 얼마나 울었는지 모른다. 아무리 하찮은 일일지라도 항상 너의 도전을 응원한다! 고맙다, 짜식아!!

아들아, 책 좀 읽어라

ⓒ 2017 김청수

2017년 10월 10일 초판 1쇄 발행
2017년 11월 20일 초판 2쇄 발행

지은이 | 김청수
펴낸이 | 안우리
펴낸곳 | 스토리하우스

편 집 | 신효정
디자인 | 이주현 · 강명희
등 록 | 제324-2011-00035호
주 소 | 서울시 영등포구 영등포동 8가 56-2
전 화 | 02-2636-6272
이메일 | chinanstory@naver.com
ISBN | 979-11-85006-22-2 03800

값: 15,800원